迎风山上
的告别

YINGFENGSHAN SHANG
DE GAOBIE

章泥 ———— 著

四川人民出版社

图书在版编目（CIP）数据

迎风山上的告别 / 章泥著. —— 成都：四川人民出版社，2018.12
ISBN 978-7-220-11029-0

Ⅰ.①迎… Ⅱ.①章… Ⅲ.①长篇小说—中国—当代 Ⅳ.①I247.5

中国版本图书馆CIP数据核字(2018)第234476号

YINGFENGSHANSHANG DE GAOBIE
迎风山上的告别

章　泥　著

责任编辑	王其进
封面设计	张　科
版式设计	最近文化
责任印制	祝　健
出版发行	四川人民出版社　（成都市槐树街2号）
网　　址	http://www.scpph.com
E-mail	scrmcbs@sina.com
新浪微博	@四川人民出版社
微信公众号	四川人民出版社
发行部业务电话	（028）86259624　86259453
防盗版举报电话	（028）86259624
照　　排	最近文化
印　　刷	成都国图广告印务有限公司
成品尺寸	145mm×210mm　1/32
印　　张	9.75
字　　数	200千
版　　次	2018年12月第1版
印　　次	2018年12月第1次印刷
书　　号	ISBN 978-7-220-11029-0
定　　价	42.00元

■版权所有·侵权必究
本书若出现质量问题，请与我社发行部联系更换
电话：（028）86259453

序：朝向未来的告别

顾建平

《迎风山上的告别》呈示了我们这个物质过剩时代的贫与困，也描述了走出困境之路的崎岖与坚韧。这是关乎小人物与大时代的一部辉芒闪耀的协奏曲，让读者身临其境沉浸其中，心绪由同情、哀伤转而振奋、喜悦，一次次感受到周身血液的荡涤和盈眶的热泪滚滚。

贫富差距是一个历史性的存在，世界性的存在；在古老中国人口众多的今天，又是一个无法回避亟须解决的社会难题。几千年来人类设想了各式各样的没有贫富之别的理想社会，大同世界，乌托邦……都已被实践证明只是沙盘推演，不具有实际操作性。但建设一个和谐的社会，执政者又有道义上的责任缩小贫富差距，促进平等公正。因此我们不难理解，中国共产党和中国政府近些年大力实行的精准扶贫，其行动目的和深远意义之所在。

改革开放四十年，中国社会一方面是物质极大的丰富甚至过剩——某些行业的产能过剩，以致需要进行供给侧改革，网络时代传播方式的发生革命性变化，知识和信息骤然大爆炸，又导致了知识过剩、信息过剩；而另一方面那些主要生活在边远地区的贫困百姓，却依旧面临着双重的贫乏：物质生活的贫乏，精神世界的贫乏。

在小说中，迎风山虽然说不上壮丽秀美，但有大风吹拂，有雨水滋润，草木茂盛生机盎然。作者章泥以别致而抒情的笔调细密铺陈出小主人翁对这座山林的怀想与告别。

我们以往读到的文学作品习惯从全知的视角去审视贫困与落后，由外到内去观察去介入，《迎风山上的告别》独辟蹊径，用第一人称——一个特困家庭孩子的眼光去记录，去叙述，从贫困的内核写起。没有了第三人称（俗称"上帝视角"）的同情、怜悯与施舍，只有在泥水草丛中、颓墙破瓦下生长的身体，长着一双困惑、懵懂、好奇的眼睛，渐渐地，这双眼睛流露出喜悦、期待，闪耀着求知和探索的神采。《迎风山上的告别》难能可贵的是对小主人翁与贫寒物质生活形成反差的丰富内心活动的捕捉，随着这个贫困少年对周遭世界认知的逐渐唤醒，读者的同理心不由层层推进，当我们一次次打量这座山林突兀的贫与困时一次次作别往昔，其实我们也在一次次审视沉潜于自身的贫与困一次次迈向未来。正因为此，整部小说带给我们鲜有的既疼痛又有分明振奋的阅读体验。

《迎风山上的告别》通过儿童的眼睛和心灵，把小主人翁自身经历的今非昔比的变迁置之于精准扶贫，这一场对当代中国社会发生着深刻影响的大背景之中,作品可以看作小主人翁在当今时代的一段人生际遇和心灵成长史。这个全县全乡全村最"老火"的贫困户儿子陈又木,十岁时身量瘦弱,语言迟钝仿佛弱智,家里有独眼的父亲,又憨又哑的母亲和弟弟。后来,陈又木遇到年近二十岁的身残志坚的瘫子,瘫子教他数数和识字,他们结下珍贵的友谊;再后来,陈又木遇到驻村第一书记小武,这个从省城来到乡村、基层工作,经验还不丰富,却对扶贫帮困真抓实干的年轻人,如兄长般待他。随着精准扶贫工作的深入推进,众多扶贫干部一次次进村入户搞帮扶、做调查、添措施……迎风山上贫困青少年的命运终于一步一步改变。

  迎风山上的百姓,不只柴米油盐房屋被服这些物质严重匮乏,不只是身体患有各式各样的病痛残疾,更尴尬的是知识的匮乏、精神的虚空和人性的愚昧。贫与困,物质之贫容易解决,难在精神之困。特困地区的乡村、家庭,缺乏自身造血功能,依靠外界持续输血才能维持正常生活。房屋可以盖好,柴米油盐酱醋茶可以送来,甚至疾病也可以治疗,但精神上的贫困、智力上的障碍,是难以突破的恶性循环。扶贫不仅仅是济贫,要把贫困户扶起来,让他们自身站立,需要让他们在精神上充实,在理念上与现代社会接轨。

  扶贫干部小武和他的同事们,打破了这个魔性怪圈,帮助乡亲们告别迎风山,告别物质的贫乏和精神的困窘,让贫困青少年——瘫子郑华、盲童亮亮、一度又憨又哑的"我"

和有自闭症的弟弟……有了敞亮宽阔的未来道路，开启了比父祖辈更充实幸福的人生，这就像在沙漠上浇灌出了一片绿洲。滴水辉映太阳的光芒，这个小小山村的沧桑变迁见证了一个时代的铿锵步伐。

作为长篇小说，《迎风山上的告别》不仅内在张力饱满，而且经验真切、层次多元。作者别致、生动、富有表情的小说语言，既聚焦众多贫困户在国家、省、县、乡、村各方面积极外力作用下的改观，又注目贫困户乡亲与乡亲之间的相互帮扶，特别刻画了残障弱势群体的自身努力和心路历程。与经典相遇，和科技携手，"扶贫先扶志，扶贫必扶智"的方略，正让陈又木和更多跟陈又木一样曾经贫寒困苦的青少年与时代共奋进。《迎风山上的告别》既有对脱贫攻坚"啃硬骨头"的客观呈现、理性思考，又有对梦想的诗意抚慰和对希望的温暖传递，作者以卑微者细小的悲欢，呈现精准扶贫具体实践中所蕴含的人文情怀，以直叩人心的力量完成对脱贫攻坚饱含深情的文学表达。

《迎风山上的告别》是现实主义和理想主义的文学结合体，理想照亮了现实，并且正引导着现实。

2018年11月5日

目 录

第一章

1. 风 ······ *001*
2. 米花糖 ······ *007*
3. 大耳朵 ······ *017*
4. 镜子 ······ *026*
5. 雨 ······ *037*
6. 逢场天 ······ *054*
7. 计算器 ······ *069*
8. 柑橘林 ······ *078*
9. 口香糖 ······ *094*

第二章

10. 钉子 ······ *101*
11. 克 ······ *110*
12. 白围巾 ······ *116*
13. 红与蓝 ······ *126*

14. 水泥 *135*

15. 石头 *141*

16. 灯光 *152*

17. 掌声 *163*

第三章

18. 小册子 *175*

19. 失眠者 *189*

20. 雨夹雪 *202*

21. 柚子 *208*

22. 抬匠 *213*

23. 二十六分之三 *221*

第四章

24. 红 *231*

25. 月亮 *244*

26. 银杏 *251*

27. 波光 *263*

28. 郑华 *272*

29. 吕小武 *278*

30. 繁星 *288*

31. 蓝 *295*

32. 十米 *303*

第一章

1. 风

　　没有去瘫子家之前,我没有觉察出我家有什么"老火"①。

　　每天上午醒来,我都到屋前的院坝边,对着下面的山崖子冲一泡尿。我看见,阳光使我凭空而降的尿花变得七彩斑斓,我的心就有一丝小小的舒爽。又是一个好天气,我又可以望一整天云,听一整天风,玩一整天石头和泥巴了。

　　弟弟和妈妈不知要睡到什么时候。他们已经融化在屋子的晦暗和阴冷里了,对阳光普照倒不适应。他们总是在一起,一起睡,一起醒。睡的时候牵着手,醒的时候也牵着手,生怕谁把他们拆散了。我不知道,他们从什么时候变成了你是我的左手,我是你的右手,并以此对抗着、排斥着什么。我不喜欢他们这样一个小气的团伙。

---

① 老火:也作恼火,四川方言,困难。

我也不喜欢爸爸。他只有一只眼睛。另一只虽然同样睁着，但一看就知道瞎了。奇怪的是，每次站在他面前，明明他没瞎的那只眼在看别处，我却总觉得他瞎了那只眼在看我，这让我不知如何是好。溜走吧，他的瞎眼睛一定会追踪我。老实待着吧，他明亮的那颗眼珠里又没有我的影子。在他面前，我经常就这样左脚想迈开，右脚又在原地立得稳稳的。

爸爸睡在我们对面，隔一间屋，我们之间好像隔着几匹山几道岭。只有他骑着他的摩托车出门了，我们之间才会生出一份牵挂。无论他出门时间长与短，只要他一离开家，我们都盼着他回来。要知道，他一回来就会"啪"地朝我、弟弟和妈妈睡的屋子扔一包东西，那可不是一般的东西，那是一包油荤。尽管都是他吃剩的肉、啃剩的骨头，但也足以令我们竞相争夺。

没有去瘫子家之前，我吃过最好吃的东西，就是爸爸"啪"的一声扔在我们面前的东西。

很长一段时间，我甚至会久久回味那些东西落在地上"啪"的这一道响声。这道响声，像沉沉甩给地面的一记耳光，又像地面从心窝子炸开的一个闷雷。因为低沉，这道响声削掉了尖锐，钝去了锋利，在我耳朵眼里，竟变得敦实、淳厚而恩慈。也许，接受施舍早已成了我生命中的一种习惯。然而，当"啪"这个声音再度于我耳边响起，我仍有听得花开的欢悦。这时，如果弟弟从中握了一块厚点的肉或者一个大点的骨头，我会毫不犹豫地把它们一把抢过来，迅速塞进嘴里，要不然妈妈又会把它们从我手里抢了回去给弟弟。

这样争来抢去的机会，其实屈指可数。更多时候，我都处在对肉食的想象中。我常常在梦里吃肉，有一天夜里，我梦见我把爸爸的摩托车——我家唯一散发着油香味的东西给吃了。像吃一头猪一样，我把爸爸的摩托车东拆西卸地吃来只剩一堆架子骨。吃到最后，满嘴是油的我无比惶恐，我不知该怎样面对爸爸那只瞎了的但又能盯着我看的眼睛。就在我一刻比一刻惶恐之际，"不——不——不——"爸爸在屋檐下发动起摩托车，不知又要去哪儿了。

在我眼里，爸爸有两样了不得的东西。一样是他的摩托车，一样是他的手机。

爸爸才有摩托车的时候，载我在家门外的山路上溜了一趟。我没有想到，摩托车会跑得那么快。树啊、草啊、沟啊、坎啊，甚至千年不动的山都朝我们反方向开动起来，一时间周围的一切都从我脑门、眼前和耳边往后奔。我还没有眨下眼，摩托车上的我们就到了一个山拐。

从我家到这个山拐有很长的一段泥埂，如果不是坐爸爸的摩托车，我肯定半天也走不拢。我的腿走不了太远的路，走远了就痛，就得蹲下甚至趴下。我和弟弟、妈妈都有这个毛病，我们都不敢走远，就怕走远了回不来。事实上，在我印象里，弟弟和妈妈就没有出过门。

一家人中，爸爸的摩托车只载过我。这样的机会，虽然比他甩给我们一包油荤的时候还少，但不要太多，只消那么一次，我就知道什么叫作"快"。

"快"让我第一次看到了原本安详的世界突然惊慌逃窜的模样。这样的瞬息之变，让我想起了水底的虾。原本安详的世界好像悠闲伏在沟边的虾，你刚要伸出手去捉它，它便退着一遁，离你的视线和欲念远在九霄云外。

第一次坐在爸爸的摩托车后，"快"就这样拖拽着我，啃啃着我。奇怪的是，这时我在心底无限忧虑着的竟然是弟弟。明明是我坐在车上，我却担心换作弟弟坐在爸爸身后，弟弟一定会像一片树叶一样被摩托车刮起的风吹到半空中。爸爸的身体很厚实，我、弟弟、妈妈的肉都长在了他身上。坐在他身后，我感到他帮我挡住了一些风，但是那些吹到我手上、脚上、头发上的风，却总让我担心起弟弟，我担心弟弟坐上来，真会像一片树叶一样被摩托车刮起的风吹到半空中。

我为什么会在离开弟弟时无缘无故地担心弟弟？这个问题让我苦恼。在家时，没说的，我准会欺负他。他太好欺负了，他没有丁点儿还击之力。有一次，我掐过他的手，他的手细弱得像一根从未见过天日的瓜蔓，稍一用力，不但掐不住，反倒会黏上你。

爸爸把我从山拐载回家门口，对着弟弟说：

"小短命的，你也来坐一盘。"

已经从摩托车上下来的我，使劲用眼神告诉弟弟不要坐，不要坐。也许我的眼睛和我的嘴巴一样都不会说话，弟弟根本没有注意到我的神色，但他也丝毫没有像我最开始想坐上去试试的那样一种敢于冒冒险的欲望。他没有点头，也没有摇头，依旧和妈妈牵着手。我看出，他们都感到了危险，但他们怯懦的面目却透着一丝凛然：如果要坐，他们两个一定会一起坐上去。

"小短命的，你只有永远和你憨子妈拉在一起。"

爸爸没有再喊弟弟坐，他或许根本就没有安心载弟弟。他骑着摩托车在院子里笨拙地打了个转，用两条腿夹着摩托车，使牲口一样把它使到屋檐下，一边费劲地支摩托，一边咕噜着：

"你们，谁，也不准动它。"

我点了点头，弟弟和妈妈的脸色比先前放松了些，似乎他们两个都躲过了一劫。他们还是手牵着手，也许他们都太瘦弱了，不得不随时拉在一起，要不站在地面上的他们随时都可能迎风飘起来。

我家所在的这座山，叫迎风山。

迎风山上的风，一年四季一天早晚都在刮。风小的时候，还听得见山里的虫鸣鸟啼，风大的时候，关了门都像有人在咚咚咚地擂。

我不知道是谁给这座山取的名字，但我觉得"迎风"这两个字让这座山时时刻刻都有一种动感，念着这座山的名字，就会想见山上的枝摇叶展，草浪迭送。我没有料到，有一天我会离开迎风山，更没想到我会到迎风山外的学校去念书。

当我终于学会了很多字、词、句的时候，我的当下常常和我的昨天纠缠在一起。

那是一个夏日的傍晚，我在"安祺"特殊学校的图书角翻着一册彩色绘本。一页画面上有片海，海上有艘船，船头立着一个人，海风把他的衣服、头发都吹得飘飘扬扬，画面下方写着四个带拼音的字：临海凭风。

至今为止，我没有见过真正的海和船，但我胸中却有数也数不尽的临海凭风的感受。这些感受一次次把我带回迎风山，带到朝霞灿烂的山崖，云雾缭绕的山腰，草木如火如荼的山岭。

这些风，像手，小心翼翼地抚摸我，也曾不耐烦地推搡我，甚至凶神恶煞地捶打我。这些风，又像目光，一会儿含情脉脉，一会儿又幽幽戚戚地流出泪来，到了黑夜，我常常听见它在号啕着奔走，就像找不到宿主的魂灵。这些时候，总像有人在拍打我家那扇龇牙咧嘴的门。

"苍茫的天涯是我的爱，绵绵的青山脚下花正开。什么样的节奏最呀最摇摆，什么样的歌声才是最开怀……"

爸爸的手机通常就在风把我们的魂儿吹得东游西荡的时候突然咿呀啊地唱起来。他把这个家伙随时带在身上。它很少响，一响就有手机里的人叫爸爸出去做活路。

"我做不来啥子喔。"

每次，爸爸都要明白无误地这么宣告。

手机里的人嚷道：

"舅子！又不要你挑花绣朵，就来守下场子嘞。"

完了，手机里的人还补充两句：

"管吃！管喝！"

爸爸嘿嘿嘿地还想推一下，手机里的人不耐烦了：

"龟儿子，来不来喔？"

爸爸才勉强说：

"那好嘛，反正我做不来啥子，你们晓得嘞。"

非得等到手机里的人吼起来：

"挨球，跟哪个不晓得你是陈独眼儿一样！"

遭了骂，爸爸才觉得这事谈妥了。

"不——不——不——"

第二天，他又骑着摩托车出门了。

爸爸一走，原本死气沉沉的家更加死气沉沉。妈妈和弟弟只会啊啊呜呜地哼哼，哼两下也好，哼两下也是声音。爸爸的摩托车和手机跟着他一道出了门，这个家连个会叫的东西都没有。妈妈和弟弟不知什么时候又归顺了静默，半天半天的，他们哼都不会哼一声。

2. 米花糖

我是能听明白话的。

要是有人和我说话，我想我也能说几个字，甚至几个词。

但是没有人和我说话,我只好一个人坐在院子里,呆呆地望着天,白日看云霞,夜晚看星宿。

一天下午,我的脖子望得实在酸了,我就把头扭来扭去,扭到不能扭的位置,我的眼睛又瞅见了斜面山腰子上的那户人家。我把头往反方向扭过来,视线随之画出一个巨大的半圆,我再次确定斜面山腰子上的那一家是离我最近的人户。就在那个脖子酸酸的下午,我莫名其妙地盘算着,我能不能走到那户人家,最要紧的,是我到了那里,还能不能从那里再走回来。

那天下午,其实我连走到那户人家的信心都没有,就朝着它走去了。我没有向妈妈和弟弟支声儿,他们压根儿不会想到我会走远。这么多年,除了爸爸的摩托车载着我出过几趟门,我和他们一样,从来不敢走出家附近。

那户人家比我预想的远得多。

顺着一条不宽的土路,我走着走着,脚就痛了。我蹲下又坐下,坐下又趴下。我看了看天,估计天黑也打不了来回,便拖了一叉枯枝横在路边。腿脚稍稍不痛了,就慢慢往回走。到家的时候,我感觉下半截身子都成了两根稻草,这两根稻草连我的两片上眼皮都撑不起,我一下倒在了门槛边。

第二天醒来,我第一次首先想到的不是吃,尽管肚子已经很饿。我首先想到的是我昨天拖来横在路边的那叉枯枝,我想今天一定要超过它。弟弟坐在屋檐下吃着一碗黑乎乎的饭,趁妈妈转身去刮锅底,我又抢了弟弟的饭吃。弟弟看着我,哼也没有哼一声，他的眼睛越来越大了。我不知道，他的眼睛是不是把我也放大了。

为了避免上次的时间不足，这次，我从上午就开始走。走到枯枝横着的地方，我的腿脚没有昨天那么痛，我继续朝前面走去，直到腿又痛得厉害，才在路边坐下来。我回头看了看我的家，那个低矮的有一侧屋顶的瓦片都稀稀拉拉的房屋在我眼睛里变得更低更矮了，低得矮得装不进半个人，我突然怀疑起弟弟和妈妈是否还在里面。就在这时，我又感到了惶恐，就像在梦里把爸爸的摩托车吃掉后的惶恐。我赶紧找到一叉枯枝横在路边，又朝着来的方向往回走去。

这样一次比一次更远地走了四趟后，第五趟，我终于走到了斜面山腰上的那户人家。

这户人的院子真大，几乎半个山腰子都是他们家的。最要命的是，他们屋檐下挂着几块肥瘦相间的肉，靠边还搭着重重叠叠的玉米棒，地上是垒了又垒的红苕堆、柑橘堆。

我想，这些东西够得他们家的人吃上好几年了吧。就在我无比艳羡的那一刻，正在门槛边打盹儿的大黑狗发现了我，它一道闪电似的朝我扑来。

"不——不——"

我不知道该怎么办，突然就像爸爸的摩托车一样"不""不""不"一声比一声更尖厉地叫了起来。这个时候，我多么想我的身体也像爸爸的摩托车一样发动起来，轰地就不见踪影。

"大黑!"

一个更尖厉的声音喝住了已飞身扑到我面前的大黑狗。

"回来!再乱叫就打断你的……"

这个声音没有把话说完,黑狗已悄然退了回去。这条狗似乎知道打断它的……是绝对不堪设想的后果,再不造次了。

循着声音望去,我看见院坝靠边坎的石桌子旁,"立"着一个人。说"立"着,是因为他没坐着、趴着、蹲着或躺着。但"立"着的他,只有半截身子,仅比矮扁的石桌子高出一个头,他的双腿好似插到地下去了。这是一个人吗?这是个什么人?我一时反应不过来,他怎么会这样?他的衣服触着地,他的腿呢?

"你是谁?"

他朝我问话了。

"你从哪儿来?"

他的声音一句比一句轻起来。

"你在这儿干啥?"

我想回答他,我是陈又木,我从斜对面的迎风山上的陈贵群家来,我想到他家看看就回去。但是我开不了口,这么多年,除了和爸爸有极少的语言交流,几乎没有人和我正南齐北①地说过话。我知道怎么回答他,但是我的喉咙和舌头不

---

① 正南齐北:四川方言,严肃认真。

知被什么狠狠地钳住了。我只好愣头愣脑地看着他,指了指斜对面迎风山上我的家。

他大概知道我是从哪儿来的了。

"过来。"

他对我说。我却在这一刻感到了一股从未有过的紧张,我不知道是该向前迈向他,还是转身就逃走。

"来嘛。我是不能走,要是我能走,我就走到你面前了。"

我站在原地一动不动,久久不敢迈开步。当我终于一步一步走近他时,我的双脚竟畏缩得如履薄冰。这是我第一次真正走向一个陌生人,而且是这样奇怪的一个陌生人。我不知道他是要给我一巴掌,还是要踹我一脚。不过,我很快坚信,他不可能踹我一脚,随着一步步走近,我看见他那细细小小的腿和脚完全羸弱地瘫在地上。

那天,我知道了他叫郑华。人们都叫他瘫子。他有十九岁。小时候被医生打错针,从此以后再也站不起来了。

"你也叫我瘫子吧,叫郑华别人还不知道你在叫谁。"

我点了点头。

"你是哑巴吗?"

"不。"

他突然笑了。因为我嘴里冒出的这道气流就像悄悄的一声屁响。

"你吓到了吧?"

"不。"

"你走累了吗？"

"不。"

"你是学生吗？"

"不。"

他似乎专挑我能答上的话问我，我一下变得对答如流。

"你吃东西吗？"

我的嘴唇已做成了要冒出"不"这股气流的样子，但是这次我没有让"不"再脱口而出。瘫子从我眼里看到了答语。

"妈——"

他使劲朝院坝连着的屋子扯开嗓门吼了一声，一个收拾得干净齐整的妇人走了出来。

"呃，啥子事嘛？"

"这儿有个小娃儿，他说他从山对面的那家人户来。给他吃点东西。"

"山对面？那是陈家的屋，你是陈独眼儿的娃儿？"

瘫子妈惊讶地打量着我，好像我披着一身鳞甲或羽毛，要么来自水域，要么来自天空。

"娃儿，跟我来。"

瘫子妈把我从院子带到了堂屋。

"坐嘛，娃儿。"

她招呼我坐下。我平生第一次来到别人家，除了跟在瘫子妈身后，我不知道如何进退。她似乎感觉到了我的怯懦，每对我说一句话,都要加上"娃儿"两个字。"娃儿"这两个字,莫名给我一丝暖暖的抚慰,我内心的惶恐渐渐消退,我开始有些大胆地打量瘫子的家。

我没有想到,瘫子的家有这么多东西。桌子、柜子,柜子上还有电视机。以前爸爸用摩托车载我去乡上的集市,我看见过这玩意儿。当时,我目不转睛地盯着它,既怕里面的人突然钻出来,又怕我自己不留神被吸进去。爸爸看我那噤若寒蝉的样子,大咧咧地说:

"砍脑壳的,那方盒盒是电视。还有动画片喔。"

我不知道什么是动画片,但我知道了这个可以把男女老少、猫猫狗狗都装进去的方盒盒叫电视。再次看到这方头方脑的家伙,我一下觉得瘫子家简直和乡上的集市——那个最鼎盛繁华之地也大差不差。我的眼睛因为这份发现,迸发出一道亮光,这道亮光让我自己都感觉到自己的眼睛在闪烁。但是就在我眼里迸着亮光的这一瞬,我同时感到了劈头盖脸的迷茫。瘫子家的板凳太多了,不仅有围在四方桌边的长条凳,还有不短不长的小矮凳,还有红红绿绿的塑料凳,还有圆墩墩的草绳凳,甚至还有两把可以躺一躺的竹椅子。我的屁股一时真不知该放在哪里。

"快坐,娃儿。"

瘫子妈把四方桌边的一条长凳子抽了出来。

"坐嘛,娃儿。"

她又招呼我。我看出,瘫子妈似乎也有些无所适从。也许,我的出现对他们家来说真的太突然了。

"娃儿，坐着啊。"

她更大声地说了一句，用手在我肩头轻轻按了按，好像担心我一下就跑了。

我就那样温顺乖巧地坐在瘫子家四方桌的一张长条凳上。我享受着这样像模像样地坐在桌子边的奇异感觉。那一刻，我似乎不是走了那么远的路来到他家，而是被什么神秘的力量把我像一瓢水似的，从我家那口冰凉凉的水缸舀起，然后全部倒进了他家这口暖洋洋的水缸。

"吃啊，娃儿！"

我还沉浸在眼前这口水缸的暖洋洋里，瘫子妈已用围腰布兜了好多吃食站在我面前。我一眼就看到了她围腰布里有柑橘、花生，还有烧熟的玉米棒、土豆、红苕，让我惊讶得几乎要叫出声来的是，她的另一只手里还拿着几大块厚厚的米花糖。米花糖！瘫子妈居然给我米花糖！

这些东西都是给我的吗？我不敢相信这突然而至的一切。

"娃儿，吃！家头莫啥好东西嘞。"

瘫子妈首先把米花糖递到我面前，我的喉咙早伸出了手。但我真正的手，那两只抢弟弟的吃食比什么都来得快、准、狠的手，却在这一刻被一根无形的绳子捆了起来。我喉咙里的手就在这时轻轻抓起了一块米花糖，它把那块米花糖稳稳送到我嘴边，我的嘴迟疑了一下，就那么一下，我的牙齿突然像两排锋利的锯子，咔嚓一声，就把大半块米花糖截在了嘴里。

"嚓嚓嚓嚓……"

接下来，我的整个身体只剩下一双耳朵，而整个世界，只剩下"嚓……嚓……嚓……嚓……"这无比酣畅淋漓的碎灭之声。

从瘫子家回到我家时，天已经完全黑了。

吃饱喝足的我原路返回，似乎没有用到去的那么多时间。在一小段泥埂上，我还像驮着东西满载而归的马儿一样，嘚嘚嘚地跑了几步。这一天，走了这么多路，我居然还能跑，我不知道我身上哪儿来的一股子劲。

瘫子妈在我走时，把桌子上剩下的东西都用一个袋子给我装上了。

"你屋还有谁？"

她把我边带出堂屋边问。

我想说：

"弟弟。"

我尝尽香甜滋味的嘴巴那一刻真还争足了气，它终于挤出一点声音。已经被移上一个简易滑板车的瘫子，听到我嘴里挤出的这股"得"不像"得"、"叠"不像"叠"的气流声，突然像发现了什么新奇玩意儿似的，大叫了起来：

"妈！他不只会说'不'，他还会说'弟'！"

看来，他听懂了我说的是什么。

"娃儿,回去走快点喔,改天再来找瘫子耍。"

瘫子妈把我送到院门口,我点了点头,提紧那袋吃食,头也没回就走了。直到推开我的家门,我才像一瓢水似的,不知又被什么神秘的力量从那口暖洋洋的水缸舀起,然后全部倒进了这口冰凉凉的水缸。

这是我生活了十年的家。这个阴暗、残破、脏乱得一塌糊涂的家,随着一道龇牙咧嘴的门渐渐推开,我对它的陌生和疑问渐渐放大,最后成了无限大。这是我的家吗?

我家没有桌子。

"啪!"

我像在外面晃荡回来的爸爸一样,把一袋吃食趾高气扬地扔在了弟弟和妈妈面前。弟弟和妈妈昏昏欲睡。我敢肯定,听到"啪"这个声音,他们一定以为是爸爸回来了。他们同时朝袋子扑了过去。

弟弟在解袋子。妈妈突然朝我呃呃呃地叫着,她也许是想问我这一天到哪儿去了,也许还想问我这些东西是从哪儿来的。

弟弟解着解着袋子的手也停下了,他的大眼睛看着我。我不知道,夜晚的昏黄灯光中,站在门口的我,是不是在他眼中变得更高更大了。

"呃——呃——"

弟弟大概也想说点什么。

"嗯——"

我嘴里突然冒出一股长气。

我想对他们说：

"吃！"

我想像瘫子妈招呼我吃东西一样，招呼弟弟和妈妈吃东西。

家里的灯很暗，弟弟和妈妈啃玉米棒、剥花生壳的动作很利索。他们都顾不得把吃食看上一眼，就往嘴里塞。一包东西很快就变成了一地狼藉。弟弟还在地上捡食残渣。

"噗——噗！"

他大概吃到霉花生了，突然把嘴里已嚼烂的东西一个劲儿地往外吐。

我想起我衣服的口袋里还有两块米花糖，给不给他们呢？我用手在衣服口袋外摸了摸，还能感觉到它们脆脆的样子。

"哇——哇——"

弟弟越吐越厉害了。妈妈窸窸窣窣摸黑去灶房给他找水喝。我看到弟弟还在没完没了地吐，几乎把刚吃进肚子的所有东西全部吐了出来。

我的手捂在米花糖上，绕过他的一摊呕吐物，我倒上床就睡着了。

3. 大耳朵

第二天醒来已是大上午。我又到屋前的院坝边，对着下面的山崖子冲尿。这回，我没有埋头看我凭空而降的尿花是否在阳光中七彩斑斓，而是扭头望了望远处瘫子的家。隔着一道又一道的山弯弯，瘫子的家在朝晖中升起一缕炊烟。瘫子妈一定又在灶房忙乎了，瘫子也该在他家的院坝里晒太阳了吧。

正当我望着瘫子的家呆呆出神时，一阵再好辨别不过的声音从山崖下传来。没错，是爸爸骑着他的摩托车回来了。与往常不一样的是，他的摩托车后还载着一个人。

摩托车在院子中间停下。

"看嘛，我说哟，我屋啥子都莫得嘞。"

爸爸对他身后的人说。他身后的人脚一翘，下了车。这是一个和爸爸差不多高矮胖瘦的叔叔，他们头发的长短也差不多。不同的是，这个叔叔两只眼睛都是好的，不过，他这两只好眼睛时不时总要对在一起。

对眼叔叔用他机灵的目光把我家院子一扫而过。

"进屋看看。"他说。

"看嘛，屋头也啥都莫得。"爸爸再次说道。

妈妈和弟弟都佝偻着畏畏缩缩地站在那扇龇牙咧嘴的门口，对眼叔叔看了他们一眼，进到堂屋，随即往堂屋两侧的小黑屋探了探。

"陈贵群，你屋不仅是穷，还脏、乱、臭！床收拾一下嘛，地扫一下嘛，吃的、穿的，啥都丢地上，你屋的地，脚都下不了！"

"咋个弄嘛,你看到的,娃儿妈是憨的,啥都弄不来。"

"啥都弄不来,哪这两个娃儿是咋个生出来的?"

"莫说这两个娃儿,都跟他们妈一样,是憨包。大的有些时候还听得明你说的一两句话,小的跟他妈完全一个样,说啥子都不晓得。"

"大的好大了?"

"十岁。"

"小的?"

"八岁。"

"小的有八岁?这么丁点儿大,看上去只有四五岁。"

"有啥子法。这个小短命的生下来就病嘞,都以为死咻啦,把他丢在地上,到半夜又听到他哭,才抱起来的。这娃儿,捡的半条命。就是长不大,也长不高。"

对眼叔叔又钻进了灶房,出来后问:

"吃的东西够不够?"

"反正米还是有,吃是吃得饱的,"爸爸说,"前一阵,村委会又送米嘞,县上的工作组也送油嘞。"

"一个月吃得了几次肉?"

"一两次,两三次,不好说,要看情况啰。"

"你每个月挣得到好多钱?"

"挣不到两个钱,别人一般都是管个吃住。我做不来啥子嘞,最多给别人守下场子,挣不到钱。"

"养得有牲口吗?鸡啊鸭呢,有几只?"

"莫得，啥都养不住。去年，村上拉一头羊来，这个大砍脑壳的，牵出去放，莫得几天，羊就丢唑啦。"

"丢了？"

"那不是！"

爸爸说着，用他好的眼瞪了我。瞎了的眼，好像还在屋前屋后找那只羊。

"羊都喂得丢？地呢？种了好多？"

"莫得。莫得劳动力。你看到的，这娘儿母子，挑也挑不起，担也担不动，啥都做不得。"

"吃了几个低保？"

"一个。"

"咋只吃了一个低保？"

"我吃着，她没吃着。"

"她咋个没吃着？"

"她是我捡来的，户口还莫有扯伸展、弄醒活嘞。"

"捡来的？你这一家人，真的太老火了！因病、因残、缺资金、缺技术、缺劳动力，各种致贫的原因，你家都占齐了。"

这已不是外人第一次到我家，他们来了总会问爸爸一些大致相同的问题。这些问题要是拿来问我，我要是能够说话，也可以一是一、二是二地对答了。他们有时还会带些东西来，米、油、面、棉大衣……偶尔，还会有一两袋旧衣服。我不知道，他们为什么要给我们这么多东西。他们一走，爸爸就

会对我说:

"还木着干啥,还不把东西提到屋里头去,米和油藏在床脚下。"

那件棉大衣被爸爸撂在了他屋里。那些旧衣服,每次他都要先翻一遍,看能不能找到几件适合他的,之后就全部扔给我们。收到旧衣服,妈妈会把它们一股脑儿全挂在屋檐下的铁丝上,我们想穿哪件,一扯就下来了。我们换下的衣服从来不洗,它们通常都脏得不能再脏,我们脱下来,扔在地上了事。

刚才对眼叔叔说:"你屋的地,连脚都下不了。"可能就是因为他怕踩着我们遍地的脏衣服。

别人送的所有东西中,爸爸最稀奇的是钱。我知道什么是钱,也知道最大的钱是多少。我还知道,比起实实在在的东西而言,钱更灵活,更能由着自己的性子来。爸爸钱最多的一次是得了退耕还林的补偿,他把厚厚的一叠红票子变成了他那辆摩托车。如今,来我家的人如果谁再给爸爸塞上几张红票子,爸爸那一两个月保管都乐呵呵的。

别人送来的东西中,我最稀奇的是"大耳朵"。

去年,他们给我家牵了一只羊来,这只羊耳朵特别大,最开始我还没搞清楚长着那么大一对耳朵的它究竟是狗还是牛,不管它是什么,我以为那是给我们吃的,结果是让我们养。

"这种羊耳朵咋那么大?好养不?"

爸爸当时问道。

送羊的人说：

"这种羊？莫小看它嘞。人家还是有身世的喔。听说还在抗战时候，民国第一夫人宋美龄访问美国，美国政府送给她几十只非洲的纯种努比亚山羊，后来就放养在我们四川简阳龙泉山一带。这批外国羊和我们当地羊经过几十年杂交，才有嘞它们。放心嘞，这种羊又好养，又肯长。圈养、拴养和放养都使得。口粗，吃得杂，人家自己啃草、嚼树枝树叶都长得上好，饲料都不消喂。"

听说这种羊自己啃草嚼树枝树叶都长得上好，饲料都不用喂，爸爸乐呵呵地牵过了它，随后又把它交给我，要我每天把它牵到屋后的山坡上去吃草。我喜欢这只羊的那双大耳朵，它长那么大一双耳朵，天生就是一副会听话的样子。为了让它听得懂我的话，我和它说什么，都像它一样"咩咩咩"地叫。

"咩咩咩"，每次我对它说了什么，它都"咩——""咩咩——"地应着。在这个家里，终于有人可以和我说说话了。

有一天下午，我又把大耳朵带到离家不远的山坡上去啃草。大耳朵把它面前的草啃得差不多了，就走到坡沿去啃那些边坎的草。我正躺在地上看天空中的云，我觉得有一朵云就像大耳朵，只不过它更大、更轻，轻得可以飘在天上。在天上，大耳朵也有一个家吗？蓝天是它的草地吗？我正浮想联翩，突然听到一阵泥土松塌、碎石滚落的声音，我侧头望去，坡上已不见大耳朵,四周也听不到它悠闲嚼草的声音。大耳朵滚下山崖了!我猛地反应过来,一下翻身跃起,跑到坡沿口对着山崖大声叫着:

"咩——"

"咩——"

"咩咩咩——"

我希望大耳朵能听到我的唤声,整个山上却再也没有它的回音。

我一个人回去的那天晚上,爸爸不在家。要不要告诉妈妈?我不知道该怎么对她说,就算我能把这件事说明白,她也听不明白。对着墙根,我又"咩咩咩"地叫着。我等着大耳朵轻轻走到我身边,温柔地埋下头,任我像触弄春日里垂到眼前的柳枝一样,从上而下,再触弄触弄它那双大耳朵。

"咩——"

一个怯怯的声音虚虚弱弱响起。

大耳朵回来了吗?我惊喜地冲到门口,哐地推开门,门外是一地洁净的月光。呼呼的风吹过我的眼睛,我的心第一次有了悲伤的感觉。我知道大耳朵再也回不来了。

"咩咩咩——"

我又叫着,泪水在眼眶里转着圈。我在心里责怪自己,怎么没有把它看好,如果我早提醒它一声,它就不会掉下崖去了。

"咩——"

那个怯怯的声音又虚虚弱弱响起。我把院子打量了一通，转身进屋，只见弟弟蜷缩在墙角，原来是他在学大耳朵，学又学不像，装神弄鬼的，我鄙夷地从他面前走过，无比恼恨地踹了他一脚。

那天晚上，我心情特别不好。最开始我一直以为是因大耳朵滚下山崖，到了半夜，听见入睡的弟弟扯着小小的、匀匀的呼鼾，我才知道自己难受的另一个原因是，我又踹了弟弟一脚。

我为什么老是欺负弟弟？每次都想拿他出气，结果更多的懊丧更强地反弹给我自己。是从什么时候起，我就享受不到拿他出气的快意？以前，心头的火朝他一喷，我就爽利了。现在出了气的我反倒更有溃败之相。黑夜里，迷迷糊糊地，我只觉得自己心里似乎有一朵奇怪的花。有时它舒展着每一枚花瓣，挺立着每一根花蕊，出落得清秀俊逸。有时它耷拉着头，整个世界都是阴沉沉的。天空是一副要下雨又下不出雨的样子。当我心头的花朵耷拉着，我睡觉，被子不会裹着我。我立在湖边，湖水映照不出我的影子。我走在路上，路不会留下我的脚印。我爬着迎风山，风都从我身边绕道而去。

对眼叔叔要离开我家时，问爸爸：

"这座山上还有哪些贫困户？"

"还有好多家嘞。"

爸爸用手指了指斜对面的山腰子,那不是瘫子家吗?

"那屋有个娃儿,小时候被医生打针打瘫嘞,他屋原来殷实得很,后来带这个娃儿到处求医看病,家都拖垮哳啦,那娃儿到现在,总是要二十嘞,还是个瘫子!"

"还有,"爸爸又指了我们屋背后的山弯凼凼,"那后面,是刘万一的屋。刘万一前些年去深圳打工,修楼房,在工地上从脚手架上掉下来,都以为活不成,结果活是活下来,颈椎断哳啦。医生说他这种情况活下来,只有万分之一的可能不是植物人,结果他婆娘给他照顾得好,七八年下来,他还可以下地嘞,真的不是植物人,真哳成个万分之一,我们都喊他刘万一。"

"还有,"爸爸噜噜嘴,又指了一个小山包包,"那是汪倒霉的屋。汪倒霉他屋十多年前用电炉盘煮饭着火嘞,全家烧光哳啦。幸好我们这几户都隔得远,才莫有被烧着。"

"这匹山,真的是个穷窝窝。山上还有哪些人户?我今天就挨个挨个去看个遍。"

"还有好几户喔,都老火。刘万一屋的眉头上是李大锤,李大锤上个月才和他老丈人吵哳嘴,两爷子还动手嘞。李大锤屋的右拐子旁边是李二锤,李二锤见哳女人就嘿嘿嘿地笑,四十多岁嘞,到现在还莫有讨到婆娘。李二锤屋的背脊骨后头是钟瘤子,钟瘤子一家五口有三口药罐罐,老汉儿肝腹水,老娘尿毒症,加上他自己脑门上长瘤子,亏得他和他婆娘有时候还挣得到一两个钱,不像我屋。要说老火,整匹山,整个村,整个乡,可能要数我屋第一。"

"啥子可能哦,简直就是绝对!你家哪里只是整个村、整个乡最老火的?整个县排起来,你家都要数第一!"

对眼叔叔把我家排成了全县第一,爸爸呵呵呵呵地,似乎有些当不住。我不知道"县"究竟是多大的一个范围,从爸爸欣慰得甚至有点故作谦逊的神情,我推测"县"一定是比"乡""村"都大得多的范围。

"你家真是我见过的最老火的一户。全香台县数万顺乡最老火,全万顺乡数苔花村最老火,全苔花村数你家最老火。看来,你们村委会的的确确没有编白扯谎,我这次来把情况核实清楚后,回到乡上向精准扶贫工作组如实报告,争取下一步有针对地对你们这些特困户实施精准措施,靶心式脱贫……"

对眼叔叔边说边要走出我家院子了。他后面所说的,我几乎没听明白什么,爸爸呵呵呵地,不知他听明白没有。叔叔已经出了院子,爸爸忽地才想起什么。

"等一下!我用摩托车送你嘞!"

"不——不——不——"

爸爸又跨上了他的摩托车。

4. 镜子

摩托车越跑越远了。一开始,我的目光还追随着他们的踪迹，很快，我的目光就变成了引着他们转弯，爬坡，倒拐的飞鸟。他们要去的第一户显然是瘫子家，去瘫子家的路正好是我昨天才走过的路。

瘫子家也老火吗？

瘫子家怎么会老火呢？

我知道"老火"可不是一件光鲜的事。每次有对眼叔叔一样的人来到我家，我都隐隐觉得他们是因为我家"老火"而来。现在我越来越分明地感受到，他们的到来是为观看我们的"老火"。为了避免耳听为虚，他们必须眼见为实一样，都要亲自进到我家那脏、乱、臭的黑屋子，再进到爸爸睡的那个更脏、乱、臭的小房间，再进到我、弟弟和妈妈睡觉的那个更更脏、乱、臭的小房间。还有我们的灶房，有一次，一个干部还揭开了我们灶台上扣着陈菜陈饭的碗。

如果我家叫老火，瘫子家就不叫老火。

别的不说，只说瘫子家的干干净净，齐齐整整，他家就不叫老火。想到这儿，我不禁收回了飞向瘫子家的目光，刚才那只还扇着翅膀为爸爸和对眼叔叔引路的飞鸟一下落在了眼前这个破败的院子，我突然明白了什么是老火。老火就是我家叫外人下不了脚的地，老火就是妈妈永远佝偻着的身子永远蓬散着的乱发，老火就是弟弟空洞茫然的大眼睛，老火就是知道这一切，却不会开口把它们说出声来的我自己。

这一天，我第一次认真地打量了妈妈。和头发梳成一个髻，腰间围着一条花布围裙的瘫子妈相比，我的妈妈多么邋遢，猥琐。她总是穿着一件腻乎乎的粘满杂碎物的红外套，外套空落落的，就像虚野里一扇斑驳败朽的门。妈妈的裤子也空得系不住似的，风吹来，她的双腿便是两根竹竿，任两个裤管猎猎地飘扬。所有的衣物都帖服不了她，暖和不了她，她的脸寒凉得像一块冰片，冰片周围是蛮荒的枯草。我记得每次要过年的时候，爸爸会把她枯草般的头发咔嚓嚓剪一地，那时，妈妈总呜呜哦哦地叫着。妈妈不会哭，不会笑，她只会叫。

打量完妈妈必然会打量到弟弟。他们的手总是牵在一起，他们已经习惯性地结成了一个整体。

弟弟的脑袋不东倒就西歪，他细细的脖子很难立稳他的脑瓜。任何一件衣服穿在弟弟身上都是空落落的，弟弟二指宽的脸像妈妈的脸一样寒凉。

三年前，爸爸带我到乡场上剪过一次头发，那是我第一次见识镜子，也是我第一次打量我自己。那天，我几乎狠狠地吓了一大跳，我看到镜子里的我，既像妈妈，又像弟弟，我跟他们完全如出一辙。什么衣服穿在我身上也是空落落的，我的脸也如冰片般寒凉，我的头发也如枯草般蛮荒。那天，最终让我镇定下来的是，我看到镜子里的那个人也在打量我，我没有回避他的观察和审视，迎着他的目光，我更冷静地观察和审视他。那天，因为这一份不怯，我莫名觉得自己是有勇气的一个人。

我真的有勇气吗？

第二次去瘫子家的时候，我默默问自己，你难道不怕他家一道闪电般的黑狗？这个问题在我快要走到他家时，岿然挡在了我面前。

这一次从我家到瘫子家的路，没有以往那样长，经过前几次的来来回回，我的脚劲得到了锻炼，在我可以看到他家大门上贴着的凶煞的门神时，我觉得自己还有一些足力没有用尽。就在这个可以喊叫瘫子一声的地方，我停了下来。为了不至于像上次一样招惹到他家的大黑狗，我爬上泥埂边的小坡，眺望他家的院子。我想望望瘫子在没在院子里。

那个半截人果然在院子里。

是啊，他能到哪儿去呢？他就像从土里冒出来的一株植物，不，他不像植物，植物也有伸向泥土的腿和脚。他像什么呢，蹲着的青蛙？也不像，蹲着的青蛙可以跳起来，露出长长的蛙腿。他究竟像什么？我忽然想起瘫子妈在目光顾及他时总会先"呃"地叹一声，那一声，总是沉得要从半空中坠在地面上。对了，瘫子就像他妈说起他时，那一声总是沉得要从半空中坠在地面上的深重的叹息。

瘫子守在矮扁的石桌旁，石桌上有些小纸片一样的东西，他埋头翻弄着它们。我想跟他打招呼。犹豫了一下，捡起一块小石头朝他扔了去，小石头连院子都没有飞进。我不甘心，往前走走，捡起一块再扔，还是飞不进，再走走再扔，扔了几次，我不敢再往前走，再往前走，他家的大黑狗保不准就发现我了。在这个我认为还算安全的位置，我一次次蹦跳，一次次蹲抛，一颗小石头终于从我手心飞进了瘫子家的院子。

瘫子抬起头,四周望了望。

"喔——"

我边挥手边尽可能大地发出声响,瘫子看到了我。他大概知道我为何止步不前,放声说:

"进来吧,大黑拴着呢。前几天,大黑才咬了来我家的扶贫干部,现在被我妈套着了。"

咬了扶贫干部?我心里琢磨着,幸亏自己有所警惕。既然大黑套着了,我就放心走到瘫子面前,瘫子还在埋头翻弄着那堆小纸片,边翻边思忖着什么。

"你会数数吗?"

他突然抬起头问我。

数数?我茫然看着他,不知他在说什么。

"你知道一二三吗?"

一二三?我当然知道。爸爸每次接过别人给的钱,事后总会一二三地数一数,数数可能就是一个接一个地清理东西吧。这样想来,我便朝瘫子浅浅地点了点头。

"你会认、会写吗?"

这是我可以回答的问题,我又在他面前轻轻发出一股气流声:

"不——"

"你想学吗?"

这个问题,我不知该怎样回答。我垂下头,心里面更多的不可言状的东西也随之垂落。就在它们垂落的瞬间,瘫子的目光像一张拉开的网子一样从下接住了我的目光,在他乌黑的眸子里,我发现了小得不可思议的我自己。瘫子的眼睛是我照过的第二面镜子,这是多么奇异的镜子,它把我变成了身处其中的不知该爬向何处的两只小蚂蚁。

"说话呀,想还是不想?"

镜子看着我,我看着镜子。对我而言,开口说"不"已经是比较容易的事,这是爸爸的摩托车教会我发出的一个音,我可以把它发得就像摩托车在启动。如果只听我发这一个音,别人也许还不相信我是个不会说话的哑巴。但是这一刻,我却想发出另一个音,我想对他说"想"。

我努力掂量着瘫子刚才是怎么发"想"这个字的音,几次努力调试自己的舌位和嘴型,终于,我冒出了一股很轻很小的气流:

"痒——"

"想。瞧!你会说话的,你会说很多话!"

瘫子欣喜地仰望着我。

"你看呢,'痒'是抓痒痒的痒,"他说着伸手在我下巴处挠了一挠,"这种感觉是'痒'。'想'呢,就是声音很响的'响'的那个音。"

说罢,他两个手掌使劲拍打在一起发出一道响亮的声音,"想要的'想'就是响亮的'响'的音。"

接下来,瘫子又用他那奇异的镜子来照我。这奇异的镜子此刻照得我无处可遁,而我就那么束手就擒般安于甚至乐于被他奇异的镜子所捕获。

这一天，比我上次来瘫子家吃到的一肚子好吃的东西更为收获满满的是，瘫子在这天下午将就落在他身边的小树枝在地上摆摆画画，竟大致教会了我认"1、2、3、4、5、6、7、8、9、10"。虽然我把它们的音全部发得面目全非——耶，呃，仙，谢，乎，勒，黑，滑，朽，歇。

瘫子在地上竖着摆了一小截树枝。

"这是很小的数，'1'。就像刚才我一个人在院坝里。"

然后拿起这截树枝，在地上的一层薄泥土上画了个白鹅浮在水上的数，接着说：

"这是'2'。比一多一个。就像现在我们两个人在院坝里。"

然后又拿小树枝在地上画了个耳朵一样的数，再接着说：

"这是'3'。比一多两个，比二多一个。就像你上次来，我，你和我妈我们三个人在院坝里。"

……

讲到"10"，他在"1"的后面画了个小圆圈，"这就是'10'，是比较大的一个数。比如说，你有十岁，大黑只有五岁，实际上你比它大很多。"

我比大黑大很多？瘫子见我一时不能理解，干脆重新打了个比方：

"这样说吧，你一顿可以吃下一碗饭，两碗饭甚至三碗饭，但是你一顿能吃下十碗饭吗？吃不下，为什么？就是因为'十'是比较多比较大的一个数。如果你把一个碗里的饭全部吃光了，什么也没有，那就是'0'，'0'比'1'还要小，'0'是最小的数。"

阳光洒在院坝里，把趴在石桌上的我和瘫子的身影越拉越长。瘫子没有我高，他的影子没有我的影子长。

"你看，'0'像什么？"

瘫子还仰着头在对我循循善诱，我却发现，院坝边围在篱笆里的鸡有几只在不安分地扑棱，坝坎下不舍池塘的麻鸭和白鹅此刻也在你嬉我戏地扎着水猛子。

"你去数一数，篱笆里有几只鸡。"

看来，瘫子要测试一下我今天的学习成效了，我想原来数数当真是这么简单的事，脸上禁不住刷起一层欢喜。

"数出声音来。"瘫子叮嘱我。

"耶——呃——仙——"

我用自己独有的腔调数着篱笆里的鸡。

"大声点。"

"谢——乎——勒——黑——滑——"

我没料到，自己数得磕磕巴巴，这些鸡哪管篱笆外有个才学数数的又憨又哑的小子在数它们呢，它们依旧咯咯咯地踱来踱去，冷不防还要争斗逐腾一番，好不容易数到"歇"，我再也数不下去了。鸡还没有数完，我的数字用完了。

"哈哈，"瘫子在原地笑道，"哪天，你可以把我家喂的鸡、鸭、鹅全都数清楚，别人就不会再把你当憨包和哑巴了。"

我回到瘫子身边，太阳的余晖全都集中在了他的脸庞上。一对俊朗的眉毛下，乌黑的双眸更加灵润晶泽，从远而至的轻风正将它吹起层层涟漪。

"怎么样？"

他的声音似乎也镀着落日的余晖。太阳正从他身后慢慢沉下山去，这一刻，他仰起的脸庞竟然光亮得灼灼照人。

"瘫子——"

瘫子妈从院门外背着一大背篼东西回来了。

"妈。"

"我喊你理的药单子理好莫有？我又给你买啤好多药回来。"

"糟了。"

瘫子这才想起他的正事来，赶紧埋头翻弄起石桌上的小纸片。

"娃儿，你来嘞？"瘫子妈看到了我，"对啰，没事就来找瘫子耍嘛。娃儿，你等着，我去给你们煮饭，吃啤才走喔。"

后来，我当真隔三岔五就去瘫子家。从我家到瘫子家的路一天比一天变短了些，我不知道，什么力量在缩减着这两处一动不动的房舍间的距离。

在瘫子一次复一次的训练下，我渐渐能把"一二三四五……"的音发得有点模样了。那些天，我真盼着有人和我对上几句话。这人最好就问我你家有几口人？你几岁？你弟弟几岁？我呢正好就能用一个数一口答出。这是怎样风光的场景啊，我不止会说"不"，还可以和别人灵活地一问一答。我常常想象这一幕，甚至虚拟一些和我说话的人，他们可能是和我差不多大的孩子，可能是和瘫子妈一样和气的大人，甚至是集市上的人，县上的人。想到县上，我突然觉得自己的世界一下变来大得不可捉摸。

对话这事当然指望不上妈妈和弟弟，他们顶多只会哼哼哼，哪能向我提问。爸爸呢，经常又不在家。我想和人说话的愿望就这样如滚烫的开水倒在一个碗里，最后一刻一刻地放凉了。

一天中午，爸爸刚"不不不"回来，院坝下的路弯弯处就有几个人朝着我家走来。

没多久，他们也进了院门。其中一个是村上的，来过我家好几次，爸爸叫他刘村儿。刘村儿对爸爸说：

"独眼儿，这几位是区教办的，了解到你屋这两个娃儿没有上学，今天专门来核查核查情况。"

"喔。大憨，二憨，过来。"

爸爸召集着我和弟弟。

一下站在刘村儿和陌生人面前的是三个人，我，弟弟和妈妈。我不知道那几个陌生人首先注意到了我们三个人中的哪一个，从他们恍然大悟的神色看来，他们似乎也耳听为虚，眼见为实了。其中一个瘦高个还想再弄清一些问题似的，他问爸爸：

"你家一共几口人？"

这正是我能回答的，我知道是四，但我担心我的"四"发得像"谢——"。

这个问题，很快被爸爸答了。他说：

"你们看到的，我家就这四口人。"

瘦高个还想再证实什么，这一次，他试探着问向我和弟弟：

"两个娃儿，你们多大了？"

弟弟木木的，没有任何反应。我心里却是一阵暗暗的激动，这个问题完全和我预想过若干次的问题一样，我当然也知道该怎么答，只是我想把自己可能发出的"歇"和"滑"，尽量说得像"十"和"八"一些。我不知道，为什么在别人检验我最基本的听说能力时，我竟然有一股追求完美的"精神"，哪怕这种"精神"在此刻是多么不合时宜。就在我当着他们的面滑稽而慌张地调适嘴舌时，我的脑门因紧张而逼出一层密密的汗珠。我也不知道我把自己的嘴舌到底调试了多久，只觉得平常还算凑合的口腔、脑袋甚至整个身子都在关键时候变成了一头头犟牛，更可恨的是这几头犟牛此刻都铆足劲头竟相不听我使唤。

瘦高个拍了拍我的肩，有些自讨没趣的尴尬。

爸爸说：

"你们看到的，这两个都跟他们妈一样，是憨包。大的有些时候还听得明你说的一两句话，小的说啥子都不晓得。"

每次说到我和弟弟，爸爸都这样说，这次也不例外。我不喜欢被他向别人介绍成憨包，遗憾别人又一次对我和弟弟的"憨"眼见为实。

"两个娃儿的智力和听说能力的确都有问题，这种情况现在确实不适合到普通学校去念书。县上有一个特殊教育学校，但是只能走读，家长要负责接送。"

"那我屋莫得办法喔，县城离村上啷个远，咋个走读嘛。再说娃儿妈这个样子，哪儿管得了他们两个喔，她都要人管！"

"你家这两个娃儿读书的事，真不是我们区教办能解决的问题。"

"嗯啦，嗯啦。他们这个样，都是天生的嘞，我也莫得办法。"

爸爸继续和他们说着，我只觉得自己的脸颊再不像刚才那样烫得发痛。风吹来，我、弟弟和妈妈又和平常一样，各自木木的，我们的小院坝又在迎风山上，均匀自在地呼吸着四面的清新，默默尽享着呼呼风声中的安宁。

5. 雨

迎风山上很久没有下雨了，一下就没完没了。雨越织越密，似乎要把整座迎风山都缝合在天地间。一只鸟儿躲在我家屋檐下，它只能短促地从这根屋梁飞到那根屋梁，看上去，它是多么坐立不安。它静静待着的时候,就愣愣地望着檐外的雨。这一刻,它在想念它的家吗?它的家会被雨淋湿吗?

我家的灶房在漏雨,雨水直接从灶房顶的破瓦间隙滴进下面的铁锅。我端着的菜汤有一半是雨的味道。我喝了三天的雨汤了,我想对这鸟儿说说雨的滋味。

每一滴雨水和每一滴井水的滋味是不同的。

我家平常取的是压水井的水。哐当哐当,地下的井水随着压杆一上一下的提按,被抽出遍身锈迹的水管。井水是土地的血液,每一滴都带着地底的秘密与水管的内壁擦身而过。井水是幽闭的,它们这一生只在最后的尽头面世,它们是逆向行走的水。

每一滴雨水则来自棉絮般的梦境,它们对天空的舍弃只因对大地的好奇,它们途经山峰、树冠、屋顶,带着星星的挑衅和月亮的羞赧,潜入人间。它们毕生的愿望好像只求成为地面上的一滴光亮,晶莹莹地挂在最悬之处,欲滴不滴。

我还在痴人梦呓,鸟儿早已不辞而别。雨终于停了,我扯下摊在柴垛上的一件厚衣服,裹上身,踏向一片泥泞。

很多天没去瘫子家了。

今天,尽管我在路上滑了好几跤,鞋子里也灌满了泥浆,我还是毫不含糊地沿着那条早已谙熟于心的路走去。

雨后的迎风山湿漉漉的,远处的峰峦嗞嗞嗞地蒸发着潮湿的水汽,眼前的林木更加葱茏,路边含着雨珠子的山花正在悄然吐蕊,像是泥土捎给这个季节的几张笑靥。一切都是刚刚梳洗过的新鲜模样，除了泥猴一样的我。

瘫子没有在院坝。端着锑钵喂鸡的瘫子妈招呼我：

"娃儿，你来嘞。路上那么滑。这几天下雨，瘫子都窝在屋头。"

我从院坝走过，在水泥地上留下一串泥印。

"娃儿，难为你嘞，路上大坑小凼的，灌得一脚的泥。来，换双鞋。"

瘫子妈放下手中的鸡食钵，在侧屋外阶沿上一排齐齐摆放的鞋中挑着，她是要帮我找双瘫子的鞋吗？我忽然想起瘫子的脚多么小，他的鞋我哪能穿。

"来，娃儿，换这双，大小应该差不多。"

瘫子妈提着一双粉嘟嘟的鞋走到我面前。

"这是瘫子妹妹的鞋，她早穿不得嘞，还好好的，你将就穿，比泡在泥浆浆里好。来，先用帕子擦擦脚……"

我已经习惯听瘫子妈的话了，她怎么说，我就怎么做。

瘫子在屋里看电视，一眼看见站在门前的我，惊怪道：

"嘿，你这一身！粉红的衣服粉红的鞋，晃眼我还以为是我妹娃回来了呢。"

我哪管自己穿了妹娃儿的衣服和鞋子，两只眼睛只被他正看着的电视吸引了去。

"快来一起看，好好笑的，《猫和老鼠》。"

瘫子让我挨他坐下，原来，这就是爸爸以前给我说过的动画片。这是我第一次正正式式地看电视，电视里的猫和老鼠多么逗乐,它们好像专门就是想让我和瘫子在这屋里哈哈大笑不止。我和瘫子正笑得眼泪四溅时,瘫子妈又在院坝里招呼着谁。《猫和老鼠》播到这儿,忽地变成了一些真正的人在里面比比画画。

"广告了,"瘫子说,"你看看外面来了几个人。"

我把着瘫子家堂屋的门框朝外探。

"呃——"

我对他说。

"二。"

瘫子又开始纠正我。

"呃——"

"二。"

院坝里的人朝堂屋走来。

走在前面的那个人又是刘村儿。

"嫂子,狗套着莫有?上次我们村新来的第一书记小武,被你家大黑咬嘞,把人家害遭啡啦。"

"套着嘞,套着嘞。"瘫子妈一脸愧疚,"上次真对不住那个年轻人。"

"狗要套牢哦!"

"嗯啦嗯啦。"

"今天是给你屋带亲戚来嘞。"

"亲戚?"

"那不是?这是县卫生局的周科长,他定点帮扶你家,今天，就是专门上你屋结对子，认亲戚来的。"

"哎哟，那怎么好喔！"

瘫子妈被这突然而至的"亲戚"弄得有些手足无措。

"你们坐嘛，进屋坐嘛，我去，我去给你们烧开水。"

"不用烧嘞，不用烧嘞，快来认识一下。"

刘村儿说着，把瘫子妈拉到那个戴眼镜的叔叔面前。

"周科长，这就是你要帮扶的这一户，郑崇明的屋。这是郑崇明的老婆文素芬。文素芬，把你屋情况给周科长说一说。"

瘫子妈看着那个戴眼镜的叔叔不知如何是好，眼镜叔叔主动向她伸出手来，笑吟吟地说：

"大嫂，以后就是一家人了，有什么困难我们一起解决。"

瘫子妈赶紧在围腰布上反复擦了擦手，有些羞怯地和眼镜叔叔的手拉了拉。

"谢谢喔，谢谢喔。才下啤雨，路唧个烂，你们就来我屋，谢谢你们嘞！"

"路烂？"

刘村儿插话说："我们下一步，首先就是要把村上的土路全部改建成硬化路，再把各家各户门前的路修好，这项工作，很快就要启动嘞。以后，周科长来你屋，也不用踩满脚满腿的泥啤啦。文素芬，你今天嘞，就是要和周科长好好拉拉家常，让周科长多了解了解你屋的情况。"

"是嘞，是嘞。"

瘫子妈一边应着，一边指着堂屋说：

"我屋就这个样,太寒碜嘞,都不好意思。"

"大嫂,我看了你家建档立户的资料,你家有两个娃,一儿一女,就是他们两个吗?"

眼镜叔叔说了,看向我和瘫子。

"那个大的,站不起来的,是我屋的。小的这个,不是妹娃,是弟娃,他是对面山上陈独眼儿屋的。"

"这个小的是陈独眼儿屋的,我晓得,他屋的情况最老火,两个娃儿又憨又哑,跟他屋妈一个样。"

刘村儿又插过话来,转身对眼镜叔叔说:

"你幸好结对子没有结到他屋。文素芬这一户,算是贫困户里最好过的。"

"喔。"

眼镜叔叔笑着给刘村儿发了一支烟,他们相互点上后,眼镜叔叔继续问瘫子妈:

"娃儿父亲呢?"

"带着他妹娃在城里打工。"

"妹娃多大了?"

"快十八嘞。"

"怎么没读书,也打工?"

"妹娃读完高中,没考上大学。不想复读,就想去打工。"

"有两个做工的,你家的日子应该好过哦。你又这么能干,养了那么多鸡鸭鹅,还有好几头牲口。"

"她屋以前确实好过得很,两口子都能干,十多年前,她屋是我们村上,不喔,是我们乡上最先买电视的,噜,就这台,我以前都要跑到她屋来看。"

"呃——"

瘫子妈叹了一声,眼圈一下又像是被雨浇润了。

"按理讲,我屋是该好过,只是我儿子从十多年前就变成这样。现在嘞,每个月,光给我瘫子买药都要花几大百。"

"什么药?每个月几大百?"

眼镜叔叔有些惊讶。

"看嘛,药都摆满那一桌。每天要吃好几道,每道要吃好几种。"

瘫子妈这一说,我才发现他屋电视旁边的小桌上摆满了大大小小的盒盒和瓶瓶。

眼镜叔叔过去随手拿起一个盒子看了看,又拿起几个瓶瓶摇了摇。他旋开瓶盖,倒了几颗在掌心,察看一番又装回瓶。再把盒子打开,取出里面的纸片,借着透进屋的光线审起来。

"这些东西吃多久了?"

眼镜叔叔边折回纸片边问瘫子妈。

"十多年嘞,从这个娃儿站不起来,我们就省吃俭用地给他买。"

"十多年了?每个月要几百?"

"最开始是一两百,后来三四百,五六百,七八百,这阵涨到八九百嘞。现在的物价,啥子不涨嘛。"

"不要吃了。这些东西根本不是什么药,连正规厂家都没有，成分不清，疗效也是胡编乱扯，我一看就知道是那种一本万利的所谓保健品，你们肯定是上当受骗了。"

"不会啊，我们吃啤十多年嘞。"

"十多年，现在一些药骗子就是要让病人对他们的药形成心理依赖，反正让你吃了坏不了，也好不起来，只是心理上觉得自己一直在接受治疗。"

"咋个会？瘫子就觉得吃啤还好嘞，他们让我们坚持吃，说是只要坚持，不放弃，总有一天，瘫子会站起来。"

瘫子妈越说，两个眉头靠得越拢。

"大嫂，你别急，我问你，你们这些药在哪儿买的？"

"一个大妹子，专门和我屋联系，她说好多瘫痪的久病卧床的人坚持吃他们的药都好啤啦。"

"大妹子？是不是态度特别好？"

"嗯啦，好耐心喔，让人感动，每个月都要打电话问瘫子吃药的情况，问他的效果，有啥子不晓得的，别个都指点得清清楚楚。"

"大嫂，你不知道，他们就是搞这一套，专门针对老年人和一些得了疑难杂症的患者。你看，他们把这些药取名成什么骨力健，筋骨强，增力宝，壮骨生长液……完全就是为了迎合你们迫切希望儿子站起来的愿望，这些标签我都怀疑是他们故意粘贴的。真的不要吃了，白花那么多钱不说，吃这么多年，还要产生好多毒副作用……"

眼镜叔叔一口气说到这儿，瘫子妈越听神色越不对劲，她最初还因大黑咬了新来的第一书记满是歉意，后来又因结了城里亲戚受宠若惊的红彤彤的面庞，这会儿就像簇簇山花被疾驰的车轮一碾而过。

"咋个会喔？莫非我们坚持十多年还坚持遭啷啦？"

瘫子妈眼里涌出一片惶恐。

"真的不要吃了，大嫂，相信我，我是卫生局的，学医的，以前是医生。"

"医生？"

瘫子妈听到这两个字，一脸的惶恐陡然变成充斥整个屋子的愤懑。

"医生？你是医生啊！我们全屋最痛恶的人就是医生！就是你们医生把我儿子变成这样嘞！我儿啊，你们看到的，他长得那么标标致致，从小又精灵又明事，做事又麻利，读书又展进，从来没有惹过大事小祸，就是一场感冒啊，你们医生一针下去，把他打瘫啷啦！你们啥子医生喔？医的啥子病喔？十多年，我们两口子为了治娃儿的病，倾家荡产，十多年啊，我们背着娃儿跑北京跑上海跑西安跑广州，住桥洞，睡窝棚，啥子样的医院都去嘞，啥子样的罪也挨嘞，在医院头，这个娃儿啥子孽没遭，啥子苦没受，你们医生哪个给他医好嘞？我是再也不信你们医生嘞，有本事把别人打瘫，没本事让别人站起来！你们医生还有脸上我屋来？认亲戚？认狗屁亲戚喔！滚嘞，你给我滚出我屋……"

瘫子妈的愤懑顿时如山洪倾泄，泪水裹挟的她操起门背后的大抓耙要朝眼镜叔叔狠狠扫去，顷刻间，张牙舞爪的瘫子妈变成了一只要蜇人的蝎子。

"汪！汪！汪！汪……"

门外，被绳子套着的大黑奋力挣着，蹿着，勒穿脖子也要冲过来帮它的主人。

"文素芬，文素芬！你冷静点，这是那门回事，你都还没有搞清楚……"

刘村儿抓住瘫子妈手中的大抓耙，要制止她狂挥乱舞。

"妈！妈！妈——妈——"

瘫子一声比一声更嘶哑地喊着。

"快去，快去把我妈抱住！"

瘫子突然命令我，我一下跑过去死死抱着还在挣扎的瘫子妈，瘫子妈的眼泪雨点一样扑打在我身上，脸上，我回头瞥见瘫子埋了头，嗡嗡嗡痛哭着，蹬着他细细小小的腿。

电视里的猫还在被老鼠得意扬扬地捉弄，他们还在千方百计地为我们制造笑料。

我回去的路上又下起了雨，老天好像也有满肚子悲愤和苦痛，抑不住伤心地抽噎着。

老天哪来的悲愤和苦痛？它也有伤残的身体？也有被欺骗的经历？它也有罪挨？也有孽遭？它哭得这样悲切，让浸在它泪水中的万物都是瑟瑟抖抖地哽咽。树收敛着枝，草蜷缩着叶，来时路边才盛开的小花耷拉着头，一切都在天空的啜泣中更加萧索寂寥。

老天的眼泪凌空洒向我，我想起了瘫子妈洒在我脸上的一把把泪。这一天，我的脸上扑来了多少泪水啊，我要走到家时，它们把我满头满脸的污垢都洗净了。

还没有走进院门，我听见里面有人在高声说话。是谁的声音，这样洪亮？难道我家也来了"亲戚"？真是奇了个怪，迎风山上这一阵老是有人走东窜西，他们好像突然发现了这座山上我们这些人的存在，大老远都要来看我们。

扒在门框外，我看见我家堂屋里有四个陌生人。一个背着双肩包的小伙儿脚脖子处缠着白纱布，我从未见过他，凭他的伤势我猜测他就是被瘫子家大黑咬伤了的"小武"。

大黑真的会下口，看着这个脚脖子缠了白纱布、走动起来还有些一颠一簸的小伙儿，我忽然想起第一次去瘫子家，大黑闪电般朝我扑来的那一瞬间，幸亏那天大黑被瘫子喊住了，要不然……想到这儿，没有被大黑下口的我仍心有余悸。比起我来，这个小伙儿真够惨，遭狗咬成这样还东走西窜，不怕再撞上狗吗？我盯着他看了好一会儿，只觉得他不像迎风山上的人，也不像不是迎风山上的人。他的伤势，是迎风山给他打下的一道印记。

这个小伙儿也发现了门框边的我，他取下背上的双肩包，从中掏出一袋小食品，走过来递给我。

"来，拿去和弟弟分着吃。"

我伸手接过，暂时还不敢撕扯开，我把它在手里捏来捏去，凭触感只觉得这包吃食一入口肯定就会被我的口水融化得无影无踪。

屋子里的另外三个人都穿戴得周周正正，挨着爸爸站的那个秃了顶的伯伯领口前还系着一条不宽不窄的带子，带子上一些碎碎的辉芒在灯光下一闪一烁。

屋里太暗了，不知是谁拉亮了我家的灯。站在屋子中央的灯泡下，秃顶伯伯双手按在自己肚子上，声音高亢地说：

"说真的，我没有想到我们的农村还有这么困难的家庭。家徒四壁，一贫如洗，比这种情形还要难啊。"

秃顶伯伯转身面向背背包的小伙儿和另外两个陌生人，接着说：

"关键是，这家人没有自己造血的功能。你们看，就是捡破烂的都比他家强，至少别人知道去捡，知道把捡来东西简单分类，然后拿去回收变成钱。你从他们身上感觉得到他们在依靠自身的能力，哪怕是仅有的能力，但是他们也在求生存啊。而这家人的情况，你们看到的，确实是太特殊了。一家人都带残疾，仨娘母智力还有问题，他们没有生产力啊，他们自身不能解决自身的困难，他们只有依靠政府，依赖政策兜底。"

回过头来，秃顶伯伯又面向爸爸、妈妈和弟弟，发自肺腑地说：

"你家确实太难了。这么多年，你们是怎么过来的，我不清楚,但是从今天开始,我们结了对子,认了亲,这就是一种缘分啊,难得的缘分!从今天开始,你们的生活也是我的生活,我有责任有义务让你们全家过上好日子……"

秃顶伯伯说到这儿,声音更敞亮了,似乎囊括着无限的感慨。爸爸的那只独眼,目不转睛地望着他,生怕听漏了秃顶伯伯激昂话语中的任何一个词一个字。秃顶伯伯感觉到了什么,他的声音没有之前高昂,语速也没有之前那么快促,他主动向爸爸要了手机号,沉下语调一个字一个字地说:

"把我的手机号存好。我姓姜,有什么事就给我打电话,把他们两个,小宁和小秦的电话也存好。小宁是办公室秘书,小秦是单位司机,万一联系不上我就找他们,总之一句话,既然结了亲,就是一家人,一家人不说两家话,你们以前的生活我管不了,现在有什么困难,能帮的我肯定帮,暂时帮不了的,我们还可以和村上、乡上、县上一起想办法嘛!现在,你们是赶上了好时代啊!"

"谢谢姜局长,谢谢姜局长!"

爸爸脸上一直堆着笑,他明亮的那只眼睛更加明亮,似乎已经看到了未来的一大片好日子。

"陈老弟啊,我把你的电话都存下了,还是那句话,有什么多联系。这个家,平常你要多担待点,特别是两个娃儿,要照顾好!"

说到娃儿,秃顶伯伯这才发现了倚在门框边的我。

"这是老大啊?"

"嗯啦。"

"也跟他妈妈一样？"

"嗯啦。"

"也不会说话？"

"嗯啦。"

"多大了？"

"十岁。"

"十岁，和我幺儿一样大。老弟，好好保重，你这一家人真不容易啊！"

秃顶伯伯说着，从他上衣内包里摸出一个纸封封，递给爸爸。

"拿着，把日子过好，以后我争取多抽时间来看你们。"

爸爸双手接过秃顶伯伯交给他的纸封封，上嘴唇和下嘴唇间就像含着颗硬核桃一样，半天合不上。

"谢谢嘞，谢谢嘞！"

"莫说这些，一家人，哪来这么多客套！我们还要到村委会和局里面来结对的其他同志会合，今天要赶回县城，就不久留了。"

秃顶伯伯跨出门，招呼着他刚才说到的小宁和小秦：

"走吧，天也不早了，回县城还有两百多公里。"

我猜测是"小武"的背双肩包的那个小伙儿，跟着他们一起出了门。他对秃顶伯伯说：

"姜局长，今天真是辛苦您了，现在路还没修，车也开不上来，等明年，我们把路修好，您再来就方便了。"

"不要紧，小武书记，农村是难啊！所以要请你们来驻村帮扶。呃，小武书记，他家房屋这么破烂，我看都是危房，怕只有拆迁哦。"

"这房子肯定是不能长久住下去，到时我们会征求他们家的意见，是就地拆盖，还是易地搬迁、集中安置。"

"是的，是的，辛苦你们了。第一书记责任大啊！小武书记在这儿挂职有多久了？"

"快一个月了。"

"习惯了吗？"

"嗯，还，还没有完全习惯。其实，在这儿，我什么都不怕，就是怕狗咬。"

"嘿嘿，是的，小武书记，平常当心一点，凡事安全第一。这个村子条件艰苦，你自己要多保重。"

"嗯！姜局长，来回那么远，让你们受累了。"

"不要紧，当锻炼身体嘛。你们看，这山里的空气多好，在城里，哪享受得到这样清新的空气？"

雨还在下，我家院子早已变成了一个稀泥塘。我捏着手中的吃食琢磨着，原来这个小伙儿当真就是被瘫子家的大黑咬伤了的"小武书记"。为什么大家都叫他"书记"？"书记"是什么？就叫小武多好。我又盯着他看了看，想象着他背包里一定还有好多好吃的东西。

"您慢点。"

小武扶了扶秃顶伯伯。

"没事,没事。你要注意你自己的脚,伤还没好完吧?不要感染了。打狂犬疫苗没有?"

"打了。"

"要多注意。我还是那句话,凡事安全第一。"

"嗯,好的。"

爸爸带着我、弟弟和妈妈一直把他们送到了院门外。

"快回去,快回去,你们伞也没有一把,我看娃儿妈和这个小的,走路都不利索,快回去,不要再出来了。"

秃顶伯伯在院门外拦着我们。

"陈大哥,"小武禁不住对爸爸说,"你家真是好福气啊,和姜局长这样的好领导好心人结上了亲。"

"嗯啦,嗯啦。"

那个硬核桃还含在爸爸嘴里。

我看见撑着四把伞的他们,像四朵蒲公英,慢慢飘往山脚。他们的身影越来越小了,只有他们撑起的伞还盛开着。我呆呆看着那四朵伞。伞,多么神奇的东西,可以张开可以收拢。像蝴蝶的翅膀,像客人们的笑容,又像我的梦。我忽然想有一把伞,我想在下雨的时候,也像他们一样,变成一朵会飘的蒲公英。

"憨包些!快回来!雨越下越大唦啦,还神在那儿干啥子嘞!"

爸爸吼着我、弟弟和妈妈。我蹭回堂屋,只觉得爸爸今天心情特别舒爽，连刚才吼我们的声音都带着欢喜。这会儿，他满脸幸福地把刚刚揣进裤包的纸封封又拿出来，我猜纸封封里装的肯定是钱，果不其然，爸爸从中掏出红红的"票子"。

"晓得是好多不？"他问我们。

"一、二、三……"

灯光下，爸爸当着我们数了起来。他这不是在数数吗？他说的这些数字我都会说，我在心里跟他一起数着。

"四、五、六……"

爸爸数得很慢，生怕少数了一张。

"七、八、九、十！"

数到最后一张，爸爸睁着的那只眼睛好像也变成了一盏亮晃晃的灯。

"晓得十个一百是好多不？"

我很想和爸爸对上话，但是他提出的问题我哪里答得上。这个问题对我来说实在太难了，我只能数到十，过了十就不知道是什么，更别说十个一百是多少。我同样睁亮了灯泡一样明晃晃的眼睛看着他，希望他给我们一个从天而降的惊喜。

"嘿嘿，十个一百是一千，一千喔！我们这个亲戚是结对啡啦，真的是结对啡啦！"

爸爸圆圆的脸庞红晶晶的，灯下的他喃喃自语：

"汪倒霉家的亲戚才给他两百，李大锤李二锤各家也才三百，钟瘤子家四百，刘万一家得的最多，也才五百。我们家这个亲戚,别个是领导,领导真的不一样,他说以后还要来,呃,他好像说的是要争取多抽时间来看我们喔……"

爸爸沉浸在无边的喜悦中。这份喜悦在我们残破而潮湿的屋子里弥漫着,充盈着,一片暖流托举着我,我感到自己也在这满屋的喜悦中飘升,我的脚似乎都脱离了地面,飘升到半空中,我看见妈妈和弟弟的脸也不像平日那样寒凉,他们的眼里似乎也多了些光亮。

屋外,雨更大了。有一千个雨点吧,它们挤挤攘攘地敲打着我们头顶的瓦片,好像也要分享我们的欢喜。嗦嗦嗦,这雨声早不似天空的哭泣,嗦嗦嗦,它们是爸爸哼着的一首歌。

6. 逢场天

有了这一千元钱,爸爸在一个逢场天又带我去赶了次场。

村委会外的土路上满地都是卖东西的人,满地又是买东西的人。牛啊羊啊,鸡鸭鹅都出来凑热闹。这边哞哞咩咩,那边吭吭嘎嘎,赶场人的大声招呼和谈笑都被淹没了。做买卖的吆喝声不甘示弱地在几个黑箱子里重复叫嚷着:

来来来,走过路过,千万莫要错过
往前走啊莫后退,了解产品不收费
每样东西都五块,五块五块全五块

这个价格不会高，厂家今天搞直销
不骗人民不扯谎，合格产品才出厂
上过电视上过报，男女老少都知道
如果你说没看到，证明你屋没信号

来来来来，走过路过，千万莫错过
一样馒头一样菜，一样朋友一样待
你不用挑不用选，拿到哪个都保险
不赚大家一分钱，只为厂家做宣传
……

这边叫得朗朗上口，那边又喊得响当当：

好消息！好消息！
爷爷奶奶，叔叔孃孃，大哥大嫂
好消息！好消息！
我们的菜刀不磨自然快
我们的菜板任砍不会坏
……

　　爸爸把摩托车停在人畜不太密集的地方，带着我一头扎进这片热闹。
　　热闹很快也要把我淹没了。我全身只剩下浮在热闹上的一双眼睛。四周是这样喧腾,像锅里咕咚咕咚翻涌着的涨了的水。我的目光粘在左边还没有掰开,又被右边活辣辣的劲头生生拽了去。

"衣服不需要买,有人送。"

"米和油也不用买,有人送。"

"买点啥子呢?"

爸爸一个人自言自语。

走到一个杂货摊前,我看见了一把一把垒在一起的花花绿绿的伞。站在摊铺边,我停了下来,指了指其中的一把。

"走哦,又没有下雨。"

爸爸扯了我一把。

"下雨也用不着,下雨就不出门嘞。"

隔了几个摊子,前面有人支着油锅在卖炸南瓜糕。香酥酥的气味很快更强烈地诱惑了我,我一下把伞抛在脑后,只希望那气味也能诱惑一下爸爸,这样,他今天就可能花出第一笔钱了。

爸爸从左右两边依次铺排开的摊子前挨个走过,炸着南瓜糕的那口油锅显然没在他的视线里。跟在他后面,我第一次发现,圆滚滚的爸爸走路的姿态其实很是稳沉。满场的东西,还没有哪样能把他的脚步牵引过去。

我如同在密林里穿梭。那些与我擦身而过的人的衣襟、袖口、手掌、指甲、声音、嘴气、唾沫……枝叶一样拂弄着我,他们背着的竹筐、篾篓支出的长长短短的尖角不时剐蹭着我,让我在此消彼起的些微疼痛中始终兴奋不已。有一阵,我甚至觉得自己像极了爸爸带着的一条猎狗,明明已嗅到了各种微妙的气息,只因没有他的一声令下,只好佯装见多了世面般不惊不诧地尾随其后。

"娃儿!"

熙熙攘攘中,突然有人喊了一声。

我在分辨这声音发自何处之前,已判断出这一声是瘫子妈在叫我。没错,一定是她在叫我,只有她会这样叫我。她在哪儿?

终于,我看见路边一个满当当的菜架子旁,瘫子妈蹲在地上卖鸭蛋。绿壳和白壳的鸭蛋摆在她跟前的一小丛稻草上。她蹲在那儿,晃眼看去就像在孵这一窝蛋。

"独眼儿,就你们两爷子啊?"

瘫子妈热络地招呼着爸爸。

"嗯啦,你屋麻鸭肯下蛋喔。"

"嗯啦,你屋老二咋个没有带出来过?"

"婶,莫说那小砍脑壳的,路都走不利落。"

"来,娃儿,"瘫子妈又望向我,"揣两个鸭蛋回去,让你屋妈煮给你和弟娃吃。"

瘫子妈说着,一手拿着个绿壳蛋,一手拿着个白壳蛋,塞进我左右两个衣兜。

"揣好,莫碰着嘞。"

瘫子妈把我的两个手板心搭在两只蛋上,示意我护好。

"吃了鸭蛋莫考鸭蛋哦。"

她还给我说了句玩笑话。

"呵呵,"爸爸笑着,"这两个砍脑壳的,哪儿读得来书嘛!你屋瘫子嘞?"

"老样子。"

"那娃儿才读得书。"

"莫说嘞,我宁愿他像这娃儿一样满地跑来跑去。"

"跑来跑去有啥子用喔,还不是憨包一个。大砍脑壳,还不谢谢你婶子!"

爸爸一把拽过我,按着我的脑袋向瘫子妈点了好几个头,我双手还揣在兜里护着鸭蛋,我在想,今天回去,我究竟是吃绿壳的还是白壳的。

我和爸爸继续穿梭。到了场子尽头一个扯得很大的摊铺前,我又迈不开脚。还好,爸爸这次也停下了。

这个大摊铺卖的全是红红绿绿的塑料品。大大小小的塑料盆塑料桶塑料瓢塑料盒塑料碗塑料拖鞋塑料手套……重着垒着。

看来,爸爸也对这个摊铺的东西感兴趣。我和爸爸的目光都集中在了叠得高高的两排塑料板凳上。

"好多钱一根?"

"圆的十块,方的十五。"

"有少莫得?"

"莫得,都是亏本价。"

"取根圆的来看。"

"圆的莫得方的经事喔。"

"看看嘛。"

卖东西的矮个子男人还在吃面条,他放下面碗随手取了一根圆板凳递给爸爸。

"坐一下。"

爸爸终于给了我一个命令,我一屁股坐下去,屁股墩立刻体验到一种平平的、滑滑的感觉。

"安逸不?"

我使劲点了点头。

"起来,老子坐一下。"

爸爸走到圆凳前,他担心自己坐不稳,先张开两腿,调整好站姿,确定立稳身子后,才一屁股坐下去。就在他一屁股把自己交给这根圆板凳时,"咵——哧——",不知是因为他太重,还是塑料凳太脆弱,圆凳子不堪其辱地崩开几道口子。

"咋搞起的喔,屁股上有刀子啊?板凳都给我坐得烂!"

"你这个板凳怕是歪货喔,一碰就烂唦啦。"

"啥子唉?你把我的板凳坐烂嘞,还说我的东西不对头,咋个说?赔起!照价赔偿!"

"凭啥子?你这些东西,豆腐做的!"

"先就给你交代过,圆的没得方的牢实,你舍不得出钱,要圆的,当然一分钱买一分货。你买得起就买!买不起来这儿旋啥子旋！"

"你几时说过牢不牢？"

"我没说过？我要是没说过，我全家死绝！！"

"你说过？你要是说过，我全家死绝！！！"

爸爸和矮个子叔叔吵闹得一发不可收拾，他们各自都搭上一家性命还是相持不下。看热闹的人越围越多。

有人解着围：

"算嘞算嘞，和气生财，赔个成本价差不多嘞。"

有人出着馊主意：

"独眼儿，再坐一个，看坐得烂不。"

有人嘿嘿取乐：

"独眼儿，你屁股戳烂没有喔？各人摸一下，你现在到底有几个屁眼儿？"

有人戳着乱：

"把娃儿当在这儿！"

"这个娃儿？呸！送给我，我都不要，憨眉憨眼，给我提尿盆我还嫌他跑得慢。"

……

我从来没有见识过这种无数张嘴巴同时起哄的场面，只觉得自己卷在一个旋涡里，随着旋痕在飞速地转圈圈，眼见着就要被吸进涡心。

"娃儿！"

一道熟悉的声音又传来，我回头看见瘫子妈站在我背后不远处，她挤过来，弯下腰，朝我手心里塞了个什么东西。

"去，去拿给你老汉儿，赔人家，我走嘞，我的蛋还在那边。"

我打开手心一看，是张钱，上面写着"5"，我认识这个数，瘫子教过我，说"5"像杆称的称钩。这是五块钱？我上前塞给爸爸。

"哪儿得嘞？"

我指了指瘫子妈的背影。

"拿去！"

爸爸把这五块钱甩在塑料堆里。

"拿去给你屋的人买药吃！"

矮子叔叔捡起钱，一脸铁青。

"还有五块嘞？"

"算嘞，算嘞，"有人劝道，"独眼儿屋头老火得很。"

"老火得很，还出来东旋西旋？老火得很，就应该夹起尾巴在屋头好好缩到！"

矮个子叔叔还在骂骂咧咧，爸爸一下扯开嗓子吼了起来：

"输不输？老子今天把你这个烂摊摊的东西全部买去砸哔啦！"

"好大的口气！大家都听到的，输！我输！我输你有本事买！买啊，买啊，只看你摸得出几个角角钱！"

爸爸哗地拉开外套，从里面荷包里拔出一把磨快了的刀似的拔出个纸封封,这不是秃顶伯伯给的吗?

"睁大你的狗眼,看到!这是啥子?"

爸爸呼啦一声把一千块钱一下从纸封封里扯出来,红光一闪,爸爸当众扬着。

"不要以为老子没得钱!"

"独眼儿有钱啊!"

"他卖的是歪货,你扯出来的是不是假钱喔?"

"假钱?你两只眼睛莫非是两个屁眼儿?看清楚!全是新崭崭脆生生的大红票子!"

爸爸又和说他的钱是假钱的人铆上了。

结果,旁边一个满脸雀斑的大娘把爸爸拉了去。

"大哥,看你面相,我就知道你是带财的人,莫和他们一般见识。来,来这边看看我的塑料,你看我的这些东西的颜色都不像他屋的污浆浆霉戳戳的。"

"他那些东西,"大娘压低声音说,"他那些东西,全是回收的塑料废品做的。莫看他的东西那么多,莫得哪样牢实!你看我的,颜色都鲜亮得多,摆到屋头也好看嘛!再看我的质量,又轻巧又结实。"

大娘提起她的一根板凳朝地上狠狠一摔,板凳弹起来跳了几下。

"看,我的东西莫说在这平地上经得摔,就是从山顶上摔到山脚下,也摔不烂!我这些东西是越用越经事,而且永不败色，你子孙后代都可以传下去！"

不知雀斑大娘到底是哪句话打动了爸爸，爸爸最终在她那儿要了四根红色的小板凳。

"我屋四口人。"

"对头，买四根。来，再看看这个。一把壶配四个杯，一张桌配四根凳。再买个小桌子，你屋也算置套家什嘞。"

雀斑大娘说着，在一堆杂物中翻出一个扁扁的铁腿家伙。

"看，这是翻板桌。一折就收拢，一拉就打开。好用得很，放哪儿都方便，又实用又灵活。"

看着这张可以一下收拢又一下拉开的翻板桌，我忽然想起我逮过的那些山坡上的蝴蝶。当它们停在一朵花上歇息的时候，总是把两个翅膀竖立着收在一起，等它张开两个翅膀，就是要准备飞了。

雀斑大娘还在倒腾这张铁腿翻板桌，爸爸已从他的纸封封里掏钱了。这下好了，我们终于把东西买到手了。我松了一口气，我没想到买东西要经历这么多的惊心动魄和滔滔不绝。爸爸把翻板桌夹在腋窝下，我端着四根重叠在一起的小红板凳，一路走去，我心里有说不出的高兴。我家也有桌子、板凳了，我、弟弟和妈妈再也不用趴在地上吃东西。想着我们一家四口围坐在小桌子旁扒饭抢菜的场景，我突然觉得白云下迎风山上，我们那个破破烂烂的家，也有个家的样子了。

太阳暖暖照着乡场，来往的人没有先前那样慌忙和仓促，卖东西的人大都有了点进账，买东西的人双手多少有点提拎，大家脸上沐着斑斓的阳光，神色透出一丝慵懒的闲适。

　　阶沿边的小馆子这会儿才显示出热气腾腾的兴隆。好多人早饭也没顾上吃就来赶场了，眼下正好把午饭、早饭一起解决。我随爸爸站在一家没有招牌的门店前，这家小馆子把一个大蒸笼和七八个小蒸笼都支在外面，簇簇白雾升腾在黑里透红的炉子上。店里坐满了人，一些桌子板凳歪歪斜斜延伸到阶沿上。爸爸走过去靠墙根放下翻板桌，顺势坐在一条裂了缝的长凳上，我抱着新凳子挨他小心坐下。

　　"来一个粉蒸肉、咸烧白，再来一个卤鸭子！"爸爸朝里面大声喊着，"再来两笼小包子，再来一个蹄花汤！"

　　店里很快有人应道：

　　"独眼儿，今天天气好喔，这是你屋公子？长得好帅，就是瘦精精的，要像你老汉儿一样嘛，多吃点！"

　　转眼，爸爸点的菜已把我们面前的小方桌摆满了。这么多碗碗盘盘，每一个碗碗盘盘又盛得这样旺实，它们都踮着脚，扬着手在气喘吁吁地招呼我，我的筷子真还不知道该朝哪一碗哪一盘夹去。

　　这一顿，是我吃得最胀的一顿。我感到自己吞下的食物都溢在我的喉咙口，我几乎不能再动一下，一动，它们就会从我的喉咙口晃出来。

　　"挨刀的，全吃完啡啦？也不给你屋妈和弟娃留一口。"

爸爸圆滚滚的肚子更圆了，他长长打了一个饱嗝儿。

"来，老板，再来一个卤鸭子。"

隔桌的人见我们吃饱喝足还要带个扎包回去，由衷感慨着：

"独眼儿，你今天真的财大气粗啊。"

一个刚落座的戴着灰帽子的叔叔一边取下帽子一边问爸爸：

"吃完去整几把？"

"整！"

后来我才知道，他们说的"整几把"就是玩一些纸片儿一样的东西。纸片儿上有些数字：2、3、4、5……都是我认识的，看到它们，我暗自庆幸。这一刻，我感念起瘫子来，是他教会了我认识它们，它们不仅可以用来数数、算买卖，还可以"整几把"。

我把抱着的小板凳放下来，挨爸爸坐着。我琢磨着他们是怎么玩的，没几把下来，我发现他们不过是在玩比大小。4比3大，5比4大，没错，只是有些人人儿样的纸片儿我就搞不懂了。又几把下来，我发现了一个不可思议的问题，在他们的玩法中，2居然比所有的数都大。怎么会呢，瘫子不是说2只比1大吗？1在哪儿，我在他们的纸片儿中半天没有找到。

也不知他们究竟玩了多久，爸爸面前两块五块的钱一会儿多，一会儿少，到最后一张也没有了。

"锤子，不整嘞！"

爸爸骂了一声，提起卤鸭子和翻板桌走了。我只好又抱着新板凳悻悻地跟上他。

我们在乡场上闲逛着,早先密密匝匝的人几乎都要散光了,遍地是果皮菜叶烂袋子,一片狼藉中,我忽然发现了被爸爸坐坏的那张小圆凳,想当初它还其乐融融地与它的家人重叠在一起,风风光光地立在卖场,现在残破着身躯的它却只能孤独地与满街垃圾为伍。没有谁怜恤它,只有我走过它时,朝它多瞥了一眼,我看到斜插在热闹过后的惨淡中的它,独有一份桀骜和不甘。

"还在放录像,我进去看两场。你在外面等到。"

爸爸说着,把翻板桌和装着卤鸭子的袋子交给我,觉得不放心,又收回装卤鸭的袋子,便熟练地钻进路边一个挂着帘子的门。帘子半空坠着,一些乒乒乓乓的打斗声从里面强劲地震出。

我正好也不想走了。一肚子食物把我变成了一个灌满水的池塘,我只想陷在原地。我把翻板桌小心翼翼打开,坐在板凳上,把脑袋趴在桌子上。我独自体验着坐在这张桌子前的感受。太阳偏西了,阳光从我背后洒来,我看见不远处的迎风山更加青幽,几朵白云在它的腰间缓缓飘移,像一首轻轻哼着的曲子,无限古老,无限清新。一群鸟儿呼啦啦从我头顶掠过,它们好像借着飞行之高在俯瞰我趴着的这张翻板桌。两只花蝴蝶扇着翅膀舞在桌子旁,它们在猜测这张翻板桌其实也是一只会飞的它们的同类吗?我不知道一飞而过的它们是否留意到，趴在桌子上的我对眼下这一切所享有的陶然与沉醉。

蓝天为顶，大地为毯，安守在小小的桌子旁，我感到十分安逸。远处的皂角树、浇了水的农田、争红斗绿的时鲜庄稼，隆重地衬托着我的心境，眼前阶沿边、沟坎下无人顾及的野葱、野折耳根、野豌豆尖儿竞相伸长着触须，似乎它们也想作为一份正式的菜肴摆上这张小桌。

这张小桌可以坐四个人，我、爸爸、妈妈和弟弟正好各拥一方。一家人齐齐地坐在它周围，偌大的天地似乎都被我们围拢，那会是怎样一种情景？想到这儿，我把屁股下重叠着的小板凳一个一个取开，分别摆在桌子四方。原来这套桌子、板凳真的是为我家四口而设，我想象着谁会坐在我对面，爸爸？弟弟？妈妈？

太阳从云层里抽出一丝亮光倾泻在这张桌子上，桌面荡开一圈一圈的涟漪，浮在涟漪上，我就这样轻轻荡入了梦乡。

这个下午，我看见了以前从未见过的人，一男一女两个满面皱褶的老人，他们的牙都快掉光了。他们眯着小小的眼睛看着我，一个说他是我爷爷，一个说她是我奶奶。他们说他们从来没见过我，没见过我弟弟，也没有见过我们的妈妈。但是，他们说，他们认识我们。

我们准备一起吃晚饭，满桌的菜都摆好了，大家才发现我们六个人，只有四根凳子。我蓦地感到一丝尴尬和羞耻。爷爷笑着对我说，来，我抱你。奶奶笑着对弟弟说，来，我抱你。就这样,我们一大家人也正好乐陶陶地坐在小桌子前。坐在爷爷身上,我感到奇异的柔软和暖和,我竟然撒娇地噘着嘴,偏偏就要任性地把筷子伸向一只油光光的还没有砍开的卤鸭子……

就在这时,我正享着柔软和暖和之福的屁股突然被谁狠狠踹了一脚,我还没睁开眼睛,就连滚带爬地跄到老远一扑趴。

"哼!"

我右边衣兜里的什么东西碰碎了。我才想起那是瘫子妈给我装的鸭蛋,我爬起身赶紧伸出左手去护左边的衣兜,爸爸冲过来对准我还没有完全醒来的屁股又是狠狠的一脚,我再次一扑趴。

"哼!"

左边衣兜的鸭蛋也碎了。

我回过头惊恐地看着爸爸,眼泪挂在眶沿上,不知怎么回事。

"憨包!还有三根凳子嘞?!"

我的目光急速往翻板桌周围一扫,我摆在它四周的四根凳子只剩我坐的那一根,其他三根全都不翼而飞。我的心瞬间冰冻了。

"死人守四块板板都守得住,你嘞,你能守住什么?没用的东西!"

爸爸说着,又朝我一脚踢过来。这一次,我没有鸭蛋可护了,我只好护着自己的脑袋,任他踹。

7. 计算器

　　天气一天比一天冷了,阳光一天比一天吝啬起来。风,得了势,愈加嚣张得不知天高地厚,见谁都要刮几巴掌。

　　自从挨了爸爸的飞腿,所有风欺雨淋,对我来说反倒是一场抚慰。轻柔时,它们像在轻舔我的伤痛。猛烈时,它们像在斥责爸爸的恶狠。

　　我膝盖上的瘀青周围泛起些黄色的痕迹,它们没有前几天那么疼了。我捞起裤管数着腿上的伤,"叶,额,仙……"我的发音一定比以前更清晰了吧。就在我独自掂量着这些数的发音时,妈妈站在了我面前。这一次,她没有牵着弟弟。弟弟正抱着那张红板凳在玩。

　　打家里有了这张红板凳,弟弟就对它爱不释手。抱着红板凳,弟弟摸它、按它、拍它、敲它……高兴时,还咯咯咯地笑出声来。红板凳在弟弟眼中好像有着生命,它也在摸弟弟,按弟弟、拍弟弟、敲弟弟……高兴时,它也咯咯咯地笑出声来。它们俩就这样,有事没事的,相互逗乐。

　　妈妈一个人站在我面前,我莫名觉得她显得有些重心不稳,她的整个人好像只来了一半,她的另一半什么时候舍下了她?半边妈妈顺着我捞起的裤管,看向我腿上大大小小的瘀青,她突然咿呀哇地说着什么,我把头撇开,谁知道她在说什么。

　　为了制止妈妈不停地咿呀哇,我放下裤管,故作轻松地站起来。为了摆脱她还向我跟来的目光,我走到院子的边坎上,去看那些风中的草木。

　　草木都在风中唯唯诺诺,全无平时伸展自如的舒朗俊逸。我嘴角挑起一丝轻蔑的笑,呵,呵呵,我也不知道在笑谁。草木?妈妈?弟弟?爸爸?风?我自己?

　　我抖了抖身子的灰尘,走出院子。我不知妈妈的目光是否还跟着我,我的目光一出门却被山脚下的场面逮了个牢牢实实——山脚下,一群人正挥锄扬铲,挖的挖,掘的掘,刨的刨,他们大蚂蚁一样在泥巴路上骨碌碌地忙乎着。

　　站在边上的两个人,举着一大张纸比比画画,我定了定眼,其中一个应该是小武。小武走哪儿总是背着一个双肩包,蜗牛一样老驼着自己的壳。

　　大蚂蚁个个都有使不完的力气,在小武的指挥下,各自干着各自的活计。他们真的像一群大蚂蚁,隔老远,也能感觉到他们在忙碌中的井然有序。谁叫小武是工程师呢?我记得刘村儿说过,工程师就是"关火"的。

　　他们在开始修路了吗?我马上就要去的那条路也被他们修了吗?这两个问题突然让我一阵紧张,我急忙转身朝着另一个方向看去,还好,去瘫子家的路仍是我熟悉的老样子。

　　我的腿脚还在隐隐作痛,这影响不了什么,我走得比平常更快些,我想用"快"来甩掉"痛"。"痛"一直贴在我身上,苔藓一样伏着我的筋骨生长，它们用毛茸茸的苍翠提醒我不要忘记它们的存在。我依然故作轻巧地爬上一个小坡再俯冲下去，嘚嘚嘚嘚，我又学着马儿小跑了一段。

那个半截人还是待在老地方，他正埋头玩弄着什么东西。大黑自从被套住以后老实多了，见了我也不再跳起脚狂吠。

"汪，汪！"

它只是象征性地叫两声，提醒瘫子我来了。然后伏在地上，用舌头扫了一圈嘴唇，继续懒洋洋地烤它的太阳。

"进来啊，"瘫子抬起头，"咋好久没来了？"

见到瘫子，我的腿脚才清晰无比地痛了起来。似乎我走路那阵，疼痛全都随着我的步子摇睡着了，这会儿，狗把它们吵醒了吧，左边的伤痛和右边的伤痛都不甘寂静地振臂呐喊、遥相呼应起来。

瘫子也许早就忘了他曾经的所有更加撕心裂肺的疼痛，这会儿，他安逸地待在阳光下，悠然自得地玩着一个和爸爸手机差不多的东西。

"知道这是什么玩意儿吗？"

"不——"

"这是计算器。可以算所有加减乘除。还记得我教你的数字吗？"

我点了点头。

"不要点头，说话。"

"衣——呃——仙——细——虎——落——黑——华——朽——席——"

我嘴巴面前冒出一串气流，尽管我发出的只是微弱气息的声音，但我还是想尽量把它们发得周正些。

"太好了，你要是再发大声一点就更好！"

瘫子仰望着我的眼睛迸出一道明亮的光，这道光把站在他面前的满身尘垢的我照得光鲜鲜，亮堂堂，我从他漆黑的两个眸子里看到了簇新簇新的我自己。

"计算器上有很多数字。来，我们来玩计算器。"

我在瘫子身边蹲下，不知道计算器可以怎么玩。瘫子想看看我把他上次教的东西忘没忘似的，试着问我：

"比一个再多一个，是多少？"

我想起我和瘫子加在一起是两个人。

"呃——"

"二。相信吗？它可以检测你答对没有。"

瘫子说着，在计算器上按了"1+1"。

"你来按等号，像横着的一双筷子的那个。"

我轻轻朝横着的筷子一按，计算器显示出"2"。

"嘿嘿，你答对了。又来，2+1，得多少？"

我想起瘫子、我和瘫子妈，一共是三个人。

"仙——"

瘫子又让我按等号，计算器上显示出"3"。

"三。嘿嘿，你又答对了。"

……

这个东西真是太神奇了。更神奇的是，它还可以算很大很大的数，瘫子按了一个长长的数"123456789"，接着按个"+"，又按了个长长的数"987654321"。

"它们相加，你猜得多少？"

我摇摇头。这么大的数，我从来没见过，它们加起来得多少，更是我猜都猜不到的。

"不要摇头，不知道就说不知道。"

"不——嬉——笑——"

"不知道。"他又在纠正我的发音。

"不——嬉——笑——"

"不嬉笑嘛不嬉笑，来看看它算得出来吗？"

瘫子还是让我来按等号。这一次，我按得特别轻，我不知道会有一个什么样的结果出现在我们面前，它会不会大得把计算器都撑爆？

"1111111110。"

"啊？哈哈，哈哈哈哈……"

看着这个像数又不像数的东西，我开心地笑着。

"再来看。"

瘫子又按到"20151127"。

"今天是2015年11月27号，我们减去和它相同的数。这次你来按数字。"

我来按数字？我内心一阵欢欣，对着瘫子按的数一个个依次按到"2-0-1-5-1-1-2-7"。

"你猜,两个一模一样的数相减,得多少?"

我摇摇头。完全摸不着头脑。

"说话。"

"不——嘻——笑——"

"不知道。来,还是你来按等号。"

这一次,我更为紧张了,甚至不敢去碰那个等号。那个等号似乎包着一个炸雷,一按,它就会把天地都扯开一道口子。

"按呀。"

我只好闭着眼睛去按了。

"看!"

我睁开眼,刚才瘫子和我按下的那两个是今天的数都不见了,计算器上只剩下一个"0"。

"是零光蛋!"

"哈哈哈哈……"

我笑得开心透了,好像计算器上的"0"是谁露出的光屁股一样。

哈哈哈,瘫子也和我一起笑着。我们的笑声把正趴在地上睡觉的大黑弄得不好意思起来,它以为我们在笑它流梦口水吧。这会儿,大黑只好不太情愿地站起来,在绳子允许的范围内来回走着,以尽它看家守院的职责。

"哦。我还要算我妈卖东西的收入呢。"

瘫子也一下才想起他的正事来。他拿起石桌上的一个小本子，对着上面的一条条记录逐个逐个地按起数字。

"这个月，卖鸡两只 144.7，卖鸭三只 167.5，卖鸡蛋 66.8，卖鸭蛋 53.4，卖菜 37.6……一共得 470。470，是我妈这个月卖东西的收入，加上我爸拿的 500，总共 970。"

瘫子把小本子向前哗哗翻着。

"但是，这是我这个月花的药费，比哪次都多，1028。你看，970 有没有 1028 大？"

瘫子一下考我这么难的一个问题。我比较着这两个数，只觉得 970 没有 1028 长，我摇了摇头。

"说话。"

"不——"

我还不会说"没有"，我只会用"不"来表示否定。

"跟我说，没——有——"

"围——朽——"

"到底哪个大，我们用计算器来减。970-1028，看答案，你发现什么没有？"

"围——朽——"

"再仔细看看。"

我只好又下细看了看，这一看，我发现 970 与 1028 减得的数之前有一小截横线。我不知道，这是不是应该算作是一个发现，我用指头指了指那一小截横线。

"对啊，你看得很仔细嘛。这根横线是减号，它在 58 前面，说明 970 减 1028，不够减，还差 58。也就是说，这一个月的钱，光付我的药费还差一截。哎,真不想吃那些药了。但是……"

瘫子看着我,无奈地说:

"上次你看到的,我妈和来我家结对认亲的人大吵大闹了一场,现在我都不敢再跟她说我不想吃药的事了。一说,她就难过,还要哭。她叫我永远也不要再信那些医生的话,她说只要我自己觉得吃着好,她就会让我一直吃下去。问题是,我自己真的也说不出吃了这些药有什么好和不好。

"前几天,我妈说药公司的人又给她介绍了一种新药,这种药可以直接通过骨髓产生效果,十二个疗程就可以见效。药公司的人还说,双喜村那个打疫苗打瘫了的黎三娃,瘫在床上好几年,吃了这个药现在都可以下地了。我妈说着这种新药好激动,她说只要有一线希望,我们也要争取,她说她一定要给我试试,她现在又开始筹钱了。我妈还让我放心,说我爸和我妹娃都在县城打工,他们也在给我挣药费。

"咋办,我现在?我现在真的怕我妈就像结对认亲的那个周科长说的一样,是钻进了药公司设的圈套。但是,我又只有一直吃着那些药,我妈一天累着忙着才有盼头。咋办啊?我现在!"

瘫子这下给我提的可是个大得可以把我整个脑海都罩住的问题。那些药,究竟是吃,还是不吃?这个问题我想来想去也答不上。瘫子似乎也根本没有存心找我要答案。我看见他又垂下头发茂密的脑袋,乌黑而有棱有形的双眉下,密密的睫毛半遮着他平日晶润亮泽的眼眸,他就那样屏声静气地看着地,好像地面终究会冒出一个答案。

"呃!"瘫子突然抬了头,"昨天晚上,我爸打电话说,下个月,他和我妹娃要回来,到时候,我可以和他们说,和他们说会比和我妈说好说得多。"

这也许是最好的答案吧。我看着瘫子,想象着即将回来的他爸和他妹娃会是什么样,我还从来没见过他们呢。

这天,我和瘫子在院坝里待了很久,晌午都过了,瘫子妈还没有回来。

"不对啊,我妈每天在这之前都要回来给我做午饭的呀。她今天一大早就上山收柑橘,现在还没有回来,会不会出什么事了?"

一片焦虑乌云一样从天边压过,瘫子的神色蓦地黯下来,我也恍惚感到了不妙。

"快去!快去我家背后的山坡上看看我妈到底怎么了!"

瘫子一说完,我顾不得点头就朝他家屋背后的山坡跑去。每次接到瘫子的指令,我都有一道誓必完成的念头。这次更不例外,我笃笃笃跑着,全然忘记身上那些还在暗地里兴妖作怪的疼痛。

这一刻,我似乎已经不是我,而是瘫子奔跑在迎风山上的一双强劲的腿脚。

瘫子家背后是一片小山坡。顺着杂草间时有时无的土痕,我左手抓一把草,右手抓一把草地对直往上爬。土痕两旁的杂草像迎风山伸出的援手，左边拉我一把，右边拉我一把，让我以平时完全不可能有的劲儿呼哧呼哧向上攀。

我还在一把接一把地抓草而行。抓着抓着，却觉得这满坡的杂草更逼真地像我妈妈的一头乱发，我那么慌忙而狠劲地抓她的头发，她都没有哼一声。为什么偏偏在这个时候想起她？我的脚蹬滑了一些小石头，咕噜噜滚下去的它们让我警醒：此刻，我要去寻找的是瘫子的妈妈。

8. 柑橘林

一把草被我连根拔了起来，我险些遭一个后仰翻。"啪！"我把这把还带着泥土的草坨往后使劲一扔，又继续一抓一爬。

到了半山腰，终于看到一片柑橘林。红红的柑橘掩映在枝头叶间，放眼望去，它们挑起的好像一盏盏黄昏的灯。

瘫子妈在哪儿？

我在这片小树林边走边张望。满头的小灯笼点亮了我的视线，我的耳朵被风牵着，我的脑子像瘫子的计算器一样嗖嗖地运转着。太阳渐渐偏了头，我踩着自己和并不高大的柑橘树的影子，地面一片驳杂。突然，我视线的光亮削弱了些，前方一片柑橘树上的灯笼稀稀拉拉，我不由得更警惕地扫视着四周。很快，我发现右前方不远处有两箩筐摘得满满的柑橘。瘫子妈呢？怎么不见她的身影？

我快步走到箩筐前，这一下只为眼前未曾料及的一幕呆得一动不动。我看到一背篼打翻的柑橘，散在一地的柑橘像坠入尘土的星斗，了无生气。斜翻的背篼里还残留着小半篼柑橘，幸免于难的它们蜷缩在篾条编成的空间里，惊魂未定。

这里到底发生了什么？

站在斜翻的背篼前，我不敢再往前挪半步。

这一刻，我徒然想起了大耳朵。那天，就是这样一个风轻云淡的下午，随着一阵窸窸窣窣的声响，原本悠然啃着草的大耳朵蓦地从我的世界里永远消失了。瘫子妈，该不会？

我的耳朵就在这时被风扯得老长。两个耳郭托着我的两个耳朵眼，犹如正在风中伸长和飘扬的两条柔韧的带子，它们在敏锐地捕捉越来越宽的四周的一切动静和声息。

……

"嫂子，嘿嘿，让我拉你上来嘛。"

我听见不远处有人在说话，又像觍着脸在企求。

"不，我怕把你从上面拽下来。"

这是瘫子妈的声音！我想确定自己有没有听错，我的两个耳朵在风中伸得更长了。

"嘿嘿，不怕，要是把我拽下来，我正好在下面跟嫂子搭个伴儿。"

"不，我哪敢劳烦你。"

"嫂子，你这样困在这里，总不是办法，你屋男人郑崇明在外面打工，你儿又是个哪儿都走不得的瘫子，哪个救得到你嘛！"

"李二锤，你要是真为我好，就去我屋把放在堂屋里的手机帮我拿来。"

"拿来有啥子用？远水救不到近火嘞。"

"我打电话给村上，他们会来帮我。"

"他们帮你是帮，我帮你不是帮？嫂子，何苦还要让我来来回回跑一趟，你屋那条大黑狗，骇死人！"

"瘫子在，它不咬人。"

"驻村的第一书记小武都被咬啷啦，还说不咬。"

……

我的耳朵一点一点吸着这片声音，越吸得多，我越是安下心来。还好，瘫子妈应该没有大事，只是被陷在了一个什么坑里，暂时爬不上来吧。为了证实我的推断，我小心循着声音走去，我把脚步放得很轻很轻，我还不能完全确定自己的推断是否正确。

情况果然不出所料，前面一个懒坡上，一个邋里邋遢的伯伯守着那儿，他就是瘫子妈叫的"李二锤"？我一下想起，爸爸曾提起过我们这座山上有两个老兄弟，李大锤和李二锤，这个人当真是李二锤？瘫子妈为什么不要他帮忙把她拉上来？

地下没有传出声音，李二锤又对着地下说起来：

"嫂子，嘿嘿，让我拉你上来嘛。"

"不，我怕把你从上面拽下来。"

"不怕，嘿嘿，要是把我拽下来，我正好在下面跟嫂子搭个伴儿。"

"不，我哪敢劳烦你。"

"嫂子，你这样困在这里，总不是办法，你屋男人郑崇明在外面打工，你儿又是个哪儿都走不得的瘫子，哪个救得到你嘛！"

"李二锤，你要是真为我好，就去我屋把放在堂屋里的手机帮我拿来。"

"嘿嘿，拿来有啥子用？远水救不到近火嘞。"

"我打电话给村上，他们会来帮我。"

"他们帮你是帮，我帮你不是帮？嫂子，何苦还要让我跑你屋去一趟，嘿嘿，你屋那条大黑狗，骇死人！"

"瘫子在，它不咬人。"

"驻村的第一书记小武都被咬啉啦，还说不咬，嘿嘿，嫂子，你豁我喔。"

……

他们几乎完全一样地重复着我第一遍听到的话，他们这样重复了怕不止三遍，李二锤还是守在那儿。我一下明白自己该干什么了，我蹑着脚轻轻转身，顺着来的小路悄悄退去，直到出了柑橘林，才迈开步子跑起来。

跑到下坡处，我不敢再朝着原来的土痕往下冲，坡太陡了，我怕摔了跤误事，干脆顺着一条有点绕但坡坡稍微缓些的泥埂一口气往下跑去。

还没从瘫子家的屋背后钻出来，院坝里的瘫子已经对着我喊起话来：

"我妈没事吧？"

我气喘吁吁跑到瘫子面前，上气不接下气地说：

"围——朽——"

没想到，今天瘫子刚教我学会说的这两个字正好用上。

瘫子脸上的乌云被我这两个怪头怪脑的声音一扫而去，他提着的心放下了，不待眨眼的工夫，他才放下的心又提起来。

"到底怎么回事？"

问完这话，瘫子的神情又是一片懊丧。他知道，以我现在的表达能力，我怎么能向他说清楚这个问题。

"朽——西——"

这两股气流一下从我口中蹦出，我怕他听不明白，举起手做了个打手机的动作。瘫子很快反应道：

"手机？快去拿，堂屋里！放我药的那个小桌子上！"

拿到手机，我没有再和瘫子说什么，直冲冲地，我又往他家屋后的小山坡爬去。

当我忽然站在李二锤面前时，这个还觍着脸嘿嘿嘿的男人一下收住了笑。我看到他面前有个比一个人可能要高出半个身子的坑，瘫子妈坐在里面，平日挽得光光顺顺的头发凌乱地夹杂着些碎草。她屁股下是一堆蓬松的枯枝败叶，幸好坑底有这堆厚厚的东西，摔进去的瘫子妈看上去才没有什么大碍。

"娃儿,你咋个来嘞?瘫子叫你来的啊?"

瘫子妈从坑里惊喜地望着我,就像望着天上突然闪现出的一颗明星。

"你是哪个屋头的喔,跑这儿来偷柑橘啊?"

坑边的李二锤悻悻地打量着我。

"李二锤,莫乱说娃儿家,这是陈独眼儿屋头的老大。"

"哦,原来是陈独眼儿屋的大憨!大憨,你屋妈嘞?"

我看着李二锤,不知怎么回答他。我一下想起衣兜里的手机,赶紧掏出来从上面抛给瘫子妈。

"娃儿,太好嘞,你咋个晓得婶就要它喔?"

瘫子妈拿着手机,喜出望外地拨弄着,好像要在里面翻找什么,终于,她重重地按了一下,随即把手机凑到耳边。

电话接通了,瘫子妈大声喊着:

"黄支书啊?我是文素芬啊。我掉到我屋背后先前他们栽电杆、架电线的时候挖废的坑凼里嘞!"

"哎哟,你咋个搞的嘛,赶快打电话给村委会的岳主任,我现在乡上开会,又要领一大堆扶贫帮困的表表格格回来。"

"喔……喔……"

瘫子妈刚才接通电话的高兴劲儿一下折了半截。

"打岳主任嘛,背时岳主任的电话嘞?"

瘫子妈又在手机上一阵翻找。

"我有,在我的手机上,只是我的手机也在屋头。反正一天到晚也没得哪个找我,我难得揣那个鬼东西。他们说,移动公司送我们的这种手机，都是老年机！字大，声音大，都把我们当老年人打整嘞，我们还没老呢！"

李二锤搭着话，瘫子妈顾不得理会他。

"找到嘞，找到岳主任的电话嘞，他们的电话我屋老郑都是给我存着嘞。"

"嫂子，好久把我的电话也存起嘛。"

瘫子妈还是没听到李二锤的话一样，又重重地按了一下手机。

"岳主任啊？我是文素芬啊。我掉到我屋背后先前他们栽电杆、架电线的时候挖废的坑凼里嘞！"

"啥子啊？说大声点，我在去县城的路上，要采购一批鱼苗回来，大家搞养殖。"

"岳主任，我是文素芬啊。我掉到我屋背后先前他们栽电杆、架电线的时候挖废了的坑凼里唦啦！"

"你咋个搞的嘛，赶快打电话给黄支书！"

"黄支书在乡上。"

"那赶快找第一书记小武，他在村上，应该正在你们山脚下修路，赶快给他打电话！"

"喔……喔……"

瘫子妈脸上的高兴又折了一半。

"背时，小武书记的电话嘞？"

瘫子妈在手机上来回找了好几遍，都没有找到。

"咋办？呃，我找陈独眼儿，"瘫子妈望了我一眼，"我找你屋老汉儿,他肯定有小武书记的号码。"

瘫子妈终于和小武通上了电话。她把给黄支书、岳主任说的话又对着手机说了一遍。电话那边的小武好像叫她好好等着什么的,挂了电话,瘫子妈脸上的高兴劲儿又全都跑回来了。

李二锤坐得不耐烦了。

"嫂子,有人来拉你,我就不拉嘞。"

李二锤拍拍屁股,甩手甩脚地走了。我坐在坑边上,居高临下地俯视着瘫子妈,她怎么会摔到这个坑里?李二锤怎么又刚好出现在这儿?我正琢磨着,坐在坑底的瘫子妈突然幽幽地说:

"娃儿,真的是难为你嘞。你和瘫子到现在都还没有吃上午饭,等婶出去,就给你们弄碗好吃的。"

小武赶来时,还带了一个小伙子。这个小伙子以前来过我家,我认识,也是村上的一个什么干部,爸爸叫他徐虎。他们一见坑底的瘫子妈就说:

"婶,你咋个会掉到这里头来啊?"

"没有哪儿摔着吧?"

"呃,今天真的活该我背时。我收柑橘,装满两箩筐,又装一背篼,我原想先把那一背篼背下山,结果背篼挣断一根背条嘞,柑橘散得到处都是。我挨个去捡,正要捡滚到这个地方的那些个,一下撞到鬼一样哗地掉啾进来。都怪那个李二锤，他平常就在这个坑坑上头铺些枝枝叶叶，当他设的陷阱，这下，其他活物没栽进来，倒把我栽进来咻啦。"

"李二锤的鬼点子还多嘞！"

"那不是，今天碰巧他又来查这个陷阱，想碰运气捡个活物，结果看到是我栽在里头……"

"李二锤见嘞，咋没把你拉上来？"

"他一个人，拉也拉不上来，我沉得很。算嘞，劳烦他，我心头也不踏实。"

徐虎和瘫子妈说着话，小武察看着周围的地势。

"婶子，你没有摔着吧？这个坑还是有那么深呢。幸好坑底掉了那么多的叶叶草草。婶子，你先站起来，看看身子能活动不。"

小武一边对着坑里说，一边撂下他的双肩包。

"哎哟，我的腰，还有点痛，不过，比才掉下来的时候，好是好多嘞。"

瘫子妈扶着腰，试着站立在一坑枯叶上。

"好的，婶子，你举起手来我们看看。双手，举双手。"

"小武，来，我们一起拉婶子。"

"不行，婶子站在坑里面的位置太低了，我们这样拉只能抓着她的手，她自己不好用劲，我们在外面也使不上力。"

"怎么办？"

小武望了望四下，"有了！"

他朝那个斜翻在地的背篓走去，提起它在一窝草丛中倒出里面还剩下的半篼柑橘，然后把空背篼反扣在地。

"把这个东西丢进坑里垫在大婶脚下，怎么样？嗯，我先试试。"

小武说完，试着把两只脚踩上去。他整个人站在背篼底上，一下高出地面一大截，我打心眼儿叹着小武的机灵。小武也许想检验背篼底是不是真的牢实，踩在上面的他又试着把身子往下压了压，一下，两下，"扑通！"小武的双脚突然穿过背篼底直接落在地面上，双脚就像穿着个背篼裙。

"哈哈哈哈……哈哈哈哈……"

我和徐虎一下笑个不停。我恍惚觉得，这一刻的小武就像在演《猫和老鼠》，存心就是要逗得我们乐不可支。

"糟了，糟了，踩烂婶子的背篼了。"

小武长着痘痘的脸更红了，他尴尬地从空了底的背篼里抬出脚来。

"这下咋办呢？"

"哈哈，哈哈……"

我在一旁还没笑够。小武走到坑边又往坑里看了看。

"我个子高，要是我下去，你们在上面拉我应该比较好拉。"

小武说着，忽然双脚一收，又"扑通"一声，他自己跳进了坑里。这一跳，害得我、徐虎和瘫子妈都大吃一惊。

"小武书记，你咋个也跳进来嘞？"

"婶子，我们来试试这个办法。我蹲着，你踩在我肩膀上，我慢慢把你托着升高,他们再从上面拉你,你就能上去了。"

"不行不行,那咋个行喔!小武书记,莫开这个玩笑!"

"婶子,我是小辈,你不要介意,这应该是个办法。我们来试试。"

"不行不行,小武书记,你这么周周正正的一个小伙儿,婶子我咋能踩你喔?"

"婶子,就当我是你儿子,来试试吧,小心一点。"

小武说着,蹲下身子,埋下头,用双手拍了拍自己还算结实的两个肩头,示意瘫子妈踩上去。

"小武书记,你,你快起来啊……"

站在坑沿边,我发现瘫子妈的眼圈都红了,声音也哽咽着:

"快起来喔,是我儿子嘞,我更舍不得踩啊……"

"真的不要紧,婶子,这个办法还不知行不行,只有先试一试。"

徐虎蹲在坑边,别无他法,只好跟着劝道:

"婶,小武跳都跳下来嘞,你还是配合一下,不然你们两个在里头,我们在外头更莫得办法。"

蹲着的小武把肩头降得更低,头也埋得更低地说:

"来,婶子,慢慢来,手可以扶着一下坑壁。"

……

瘫子妈颤巍巍地踩在了小武的双肩上。小武就像稳稳托着一轮太阳似的,徐徐让瘫子妈从坑的最底部冉冉升起。到了一个合适的高度,徐虎和我抓住瘫子妈的手,使劲把她往上拽，我明显感到瘫子妈脚下的小武在给她向上的力，而瘫子妈自己也在奋力地朝上使劲。

终于，瘫子妈在托与拔的外力的帮助下，靠自身的扭、抓、移、挪、蹬、蹭……到底是完全爬出了坑口。坑里坑外，我们四个人一阵欢欣。

"快，快把小武书记拉上来嘞。"

瘫子妈回头看向困了她多时的坑凼，对站在里面的小武说：

"小武书记，来，现在我们在外头来拉你。"

小武本来个子就高，站在坑里也容易够着我们的手。他又在坑壁找到几个着力点，一步一步往上攀，我们三个在外面拉到他的手后，一起发力，很快把他也拉了上来。

"快来吃几个柑橘。今天真的难为你们嘞！"

瘫子妈抓起箩筐里的柑橘就往小武和徐虎的手里塞。

"娃儿，你也吃嘞！"

瘫子妈往我手里塞了又往我的衣兜里塞。

"这片柑橘林好大啊！"小武搓了搓手上的泥土，"婶子种的柑橘好甜！"

"柑橘好种，不淘神，我也没费啥子事。这山上的柑橘肯挂果，就是不好弄下山，好多都卖不成钱。来，小武书记，把你那个背包拿来，我给你装满。"

"哦，婶子，我把你的背篼踩烂了。装嘛，我正好帮你把它们背下去。"

"莫说那个背时背篼,今天都是它惹这么多事!亏得有你们,不然婶子我现在还在那个坑坑头。"

"今天也合适,我们就在山脚下修路。"

"怕是我都耽搁你们修路嘞?把这些柑橘拿去给大家剥来吃。来,小武书记,把你那个背包牵开。"

"哦,哦。"

小武一口包下大半个柑橘,腾出手来拉背包。他一拉开背包就甩给我一小瓶药一样的东西。

"接到,口香糖。"

我接住这个小瓶瓶,捏在手里,看都没敢多看它一眼。我不知道什么是口香糖,但我猜它一定是可以吃的,而且一定是甜的,香的。我不想在他们面前显得什么都不知道,就装作见识过这玩意儿的样子,把它和好奇心都一起揣进了我的裤兜。

小武这会儿又腾了腾他的背包,在里面移了移两根棍子样的东西。

"这是啥子?双节棍?"

徐虎问道。

"啊,防狗的。"

小武有点不好意思地笑着。

"村上狗太多了,家家都有,背着它我心里才踏实。"

"哈,你是一朝被狗咬,十年怕猫儿喔。"

"真的,现在看到四条腿的板凳我都怕。有天去钟瘤子钟大伯家,他家跑出一只放养的猪儿来,我没注意,以为又是狗,吓得躲在钟大伯背后,拿他当挡箭牌。"

"现在,村子里的狗怕都认得你嘞。"

"说到狗,小武书记,我屋真对不住你!上次把你害惨嘞,那天他们把你送走后,我把大黑狠狠打咑一顿。这条狗,我还从来没打过它,那天打得它瘫子都在为它求情。现在我一直都把大黑套着,你再去我家也不用怕嘞。"

"婶子,是我从小就怕狗。我妈说狗欺负小娃儿,在狗眼中,我肯定是个小娃儿,所以它们都对我那么凶。"

"呵呵,不是,狗那个东西,最欺生,处久咑啦就好嘞。"

"嗯,婶子,走,徐虎和我把这两箩筐柑橘帮你担回去。"

我们四个人收拾好,正准备下山,徐虎一脚把没了底的背篼踢进坑里。

小武回头说:

"明后天,我们再找两个人上来,把这坑填了,免得不小心还有人掉进去。"

"不——准——填!"

一道吼声突然从柑橘林边传来,我们一起看过去,是李二锤。他没走还是又来了?

"这片地,是我的地,我说不准填,就不准填!"

李二锤,一拖一拖走到坑边,早不像刚才那样嘿嘿嘿地觍着脸,他的脸这会儿就像换了一张似的,黑里透着恨,恨里透着狠。

"当初他们架电线、栽电杆，非要在这儿挖坑，我说不行，他们说不行就不给我屋接电，结果嘞，挖成这么个半残不落的样儿又说搞错嘞，弄个废坑坑在这儿摆着，这么多年哪个管过？现在，我用得着这个坑嘞，你们又要来填，早晓得要填，当初何必硬起八股筋来挖？"

"李二叔，还不是为大家安全嘞，你想，要是你哪天掉进去，爬起来也不容易啊。"

徐虎好生诓着李二锤。

"哼！挖是一肚子气，填又是一肚子气！还说你们为贫困户着想，我看你们纯粹是和贫困户对着干！"

"李二叔，他们以前做得不当，我们现在就是想把它弥补过来。"

"我不管，少说那么多，哪个要填都得我李二锤点头填才能填！"

瘫子妈见李二锤不把小武和徐虎当回事，不禁瞪了眼大声说他：

"李二锤，莫在这儿弯酸小武书记！"

"弯酸？他上次没少弯酸我喔。他伙到刘村儿上我家，左说右说东说西说，就是要我明年脱贫，你们看，我这个样子孤家寡人的，锅儿吊起吹，我的贫咋个脱嘞？"

"李二叔，脱贫是好事啊，我们的目标就是要摘掉贫困帽！"

"那我问你,村上开小卖部的刘川河,他做生意赚啣那么多钱,现在都娶第三个老婆嘞,咋个还在拿啥子补助?还有黄奇胜,人家在镇上都盖起小楼房,咋个也还在享受啥子扶持?不要以为我们这些人都像陈独眼儿屋的人,眼睛瞎啣啦,耳朵聋啣啦,嘴巴哑啣啦,心窝窝憨啣啦!"

"李二叔,你说的这两户的情况,我具体还不清楚,下来我们核实一下,一定会弄清楚,该怎么办就怎么办。我们还要感谢你给我们反映这些情况。"

"哼,你?你才来这儿几天?这儿的根根底底你晓得好多?怪不得狗都要把你当细娃儿看!"

"话莫这样说!"

瘫子妈走到李二锤面前,更重地甩了一句话给他:

"李二锤,狗不懂事?人也不懂事?"

瘫子妈又走回来拉了拉小武:"小武书记,走,我们走,别理他,这个李二锤,说话从来就是天一句的地一句。"

我们担的担,背的背,提的提,终于把瘫子妈今天摘下的柑橘全部弄回了她家。路上,从他们三人的闲聊中,我才知徐虎原来和瘫子还一起念过书,他们从一年级一起念到三年级。徐虎说,瘫子以前是他们班的学习委员,老师都偏爱他,瘫子站不起来后,他们的班主任,那个姓沙的语文老师还经常去瘫子家给他补课,直到沙老师要结婚了才离开他们学校。

"沙老师真的是个好老师,只可惜我们瘫子后来和她没得联系。我还记得沙老师长得好漂亮喔……"

瘫子妈一路还叹着。

9. 口香糖

那天,我们四人回到瘫子家的院坝时,大黑老远就叫了起来。不过它那响亮的叫声,竟声声入耳。谁都听得出来,它是在兴高采烈地欢迎我们凯旋。

随着大黑的欢叫,瘫子脸上的焦灼早已烟消云散。这会儿,满眼都是日照苍山的和煦。瘫子妈走过去把事情的经过大致对他说了一遍,瘫子仰起脸,和跑过来看他的徐虎击了下手。

"虎子,谢谢你们了!"

"咋这样说!"

不一会儿,瘫子妈给我们每人煮了一大碗东西。

"来,喝碗开水。"

小武接过瘫子妈端给他的大碗,惊讶道:

"这是开水啊?"

"嗯啦,嗯啦!"

瘫子妈一个劲儿点着头。

"快吃吧!"瘫子说,"在我们这儿,开水不是简简单单地煮开了的水。开水在我们这儿,是这种加了醪糟儿米酒和红糖一起煮的荷包蛋。一大碗开水,就是朝里面敲四个鸡蛋,一小碗开水,就是朝里面敲两个鸡蛋。"

我们每个人都把一大碗开水吃得干干净净，我觉得开水比爸爸赶场那天在小馆子买的卤鸭子还好吃。

吃完开水，小武和徐虎又去修路了。瘫子妈在屋里屋外忙乎，我又在院坝里守着瘫子。瘫子也许觉得我今天的表现还不错，他像刚才和徐虎击掌一样击了击我的手。这一击，我才想起我衣兜里还有个新奇玩意儿呢！

我摸出小瓶瓶，"哗哗哗哗"在瘫子耳边摇着，这里面有很多东西。

"什么？又是药啊？"

瘫子的眉头不禁皱了皱。

"不——"

"哦，"瘫子拿起小瓶瓶仔细看了看，再旋开瓶盖一瞅，"是口香糖呃，我吃过，以前妹娃回来就给过我，只不过她给我的是一长片一长片的，不是这样一颗一颗的。"

瘫子抖出一颗给我：

"你吃吧，不要吞，把甜味嚼完后，嘴巴会剩下一小团胶，那一小团胶还可以吹泡泡玩。妹娃会吹很大的泡泡，她把我也教会了。"

一小团胶？吹泡泡？听瘫子这样说来，一丝七彩的阳光跃在我眼里，世上有这么奇妙的吃食？嚼过后还可以吹泡泡玩？

我们把口香糖的甜味嚼过后，瘫子就给我示范起如何用舌头捣鼓剩在嘴巴里的那一小团胶。瘫子有些抱歉地说：

"我没有妹娃吹得大。她吹的泡泡爆了后可以把她鼻子都罩住。不过，我们如果想把泡泡吹大，可以吃两颗口香糖。"

我们一人又送了一颗口香糖入口，把甜味嚼过后，剩在嘴里的那团胶比先前更大，我们要吹泡泡的材料准备得更充分了。

"先把口香糖顶在舌头尖上。再用牙齿和上天堂……"

瘫子张开嘴，把右手的食指伸进去给我指了指"上天堂"。

"用牙齿和上天堂帮着口香糖在舌尖上捋薄，捋得稍微厚点，不要太薄，更不要弄破，让口香糖变成包在舌尖上的一小层胶皮。然后缩回舌尖，让刚才的胶皮变成一个小囊囊，轻轻粘在牙齿上。最后，朝这个小囊囊吹气，慢慢地越吹越大，直到呼的一声把它吹爆。"

瘫子把吹泡泡的要领先总的给我说了一遍，就出神入化地在我面前吹起了泡泡。口香糖在他嘴里一番摆弄后，果然在他嘴前成了一个由小变大的白泡泡，泡泡越吹越大，最后当真"呼"的一声爆了。瘫子的舌头一伸，收回爆了的泡泡，在嘴里又是一阵咀嚼、捣鼓，一个白泡泡又在他嘴前由小变大，又"呼"的一声爆开……

我迫不及待地模仿着他。

把口香糖顶在舌尖上很简单，但是要用牙齿和上天堂帮着口香糖在舌尖上捋薄可不容易。瘫子又在嘴里慢慢捣鼓着那团胶给我看，我呢，不是完全把胶团粘在了上天堂上，就是把好不容易捋薄的胶皮又弄破了。屡试屡败后,我干脆把嘴里的那团胶吐出来,用两只手帮忙把那团胶小心牵扯开,再伸出舌头把这层薄胶皮罩在舌尖上,收回口中。

我更小心地缩回薄胶皮下的舌尖,用牙齿轻轻固好得之不易的小囊囊,就要朝里面吹气了。这是一个多么让人心弦紧绷的时刻,我越是紧张越笨拙,越是笨拙越想用劲,然而,我的牙齿、舌头、整个口腔偏偏在这一刻又犟得不听使唤。我管不了那么多,憋了气终于要吹了,那小囊囊却不知什么时候变成了一个实心的胶团。"噗!"我使劲一吹,小胶团一颗弹丸般从我口中喷射出去,"叭"的一声掉在了地上。

"这样,你一次吃三颗口香糖,胶团更大一点,更好吹一些。"

那天,也不知我从口中发射出去了多少个胶团,一瓶口香糖只剩小半瓶的时候,我终于吹起了一个小泡泡。

一个白俊俊的小泡泡在我嘴前嘟着,像我嘴巴生长出的一朵娇嫩嫩的白蘑菇。我多么担心谁把它采摘了去啊,我想在嘴前一直嘟着这朵白蘑菇。

……

和瘫子在一起的时光,就像我们这天用口香糖吹出的泡泡,新鲜、明亮而奇幻,泡泡可以在口中反反复复地吹开,复复反反地收回,我和瘫子在一起的时光,也是这样,可以反反复复地盛开,复复反反地收拢,在心底。

那天,瘫子除了教会我用口香糖吹泡泡,还教会了我认

装口香糖那个小瓶子上的一个字——"口"。瘫子张开嘴巴说:

"看,大大方方一个'口'。"他告诉我,口袋的口是这个口,户口的口是这个口,几口人的口也是这个口,牲口的口还是这个口……"

他还告诉我,大口套小口,是回家的"回",口中穿一竖,是中间的"中",口中加一横是日头的"日",口中加两横是目光的"目",口中加个十是田地的"田",口长两只脚是只有的"只","口"生两颗牙是四川的"四",两个口重一起是吕小武的"吕"……

回到家的时候,小瓶瓶里还剩下六颗口香糖。我又倒了三颗入口,才把剩下的给了弟弟。

两下三下嚼完甜味后,我在弟弟面前卖弄地吹起泡泡来。还好,这一下我又吹成了。我嘟着嘴前的白蘑菇,就想向弟弟展示自己突然拥有的一种奇妙的魔力。弟弟对白蘑菇和我的"魔力"一点兴趣也没有,他把剩下的三颗口香糖一起塞进嘴,胡乱嚼嚼就慌忙吞了。

"不——"

我一下扑过去掰弟弟的嘴,想把他吞了的东西抠出来。

"不——"

我想对弟弟说,那团胶不能吞,吞进肚会粘住他的肠子,但是我没法说明白这句话,说明白了他也听不明白。我只好去硬掰弟弟的嘴巴,让他马上把那团胶吐出来。弟弟顽固地闭着嘴,偏偏不让我得逞。我仗着比弟弟高大有力,我比他更顽固地逼迫着他。坐在屋檐下的妈妈侧过头,她一定以为我又在欺负弟弟了,又噢噢哇哇地叫起来。

"两个砍脑壳的,闹个鬼啊闹!"

爸爸一边吼着我和弟弟,一边从屋里走出。

"苍茫的天涯是我的爱,绵绵的青山脚下花正开。什么样的节奏最呀最摇摆,什么样的歌声才是最开怀……"

刚迈过门槛,他的手机又唱开了。

第二章

10. 钉子

"陈老弟啊，一家人还好吗？"

"喔，喔，是姜局长啊，姜局长……"

爸爸的神色满是激动。

"要过元旦节了，我准备今天下午上你家来看看，你们都在吧？"

"在，在在……"

"那好啊！"

"好，好，好……谢谢你哟，姜局长……"

电话那边已经挂了，爸爸还在对着手机说："谢谢你哟，谢谢你……"

爸爸的手机和瘫子妈的手机一样，都是声音很大的老年机。他和秃顶伯伯说的话，我全听得一清二楚，我听到秃顶伯伯说今天下午要来看我们。这会儿，不要说爸爸，连我的心情都欢喜得好像一群麻雀"呼啦"一声从地上齐刷刷地飞上了天。

这一下午,我的眼睛始终盯着院门的方向。这天是周末吧,山脚下不见小武他们在修路。挖开了的路基、平整出的路面和刚刚成形的边沟袒露着,像迎风山在伤痕消退处生长出的一道新肉。风吹来,沿途的树叶哗哗翻动,好像无数双欢迎的手掌。它们也像我一样盼望秃顶伯伯的到来?

这天下午,秃顶伯伯真还没有让我们久盼。阳光从我的肩头上悄悄探来时,我隐约听到一阵飘向我家的声音。虽然隔得还远,但那声音中的洪亮与爽直已分明撞击到我。我的心好像是一堵回音壁,回响起秃顶伯伯上次离开时说的那些话;我的心又好像是一面大镜子,映照出秃顶伯伯当时站在我家那盏灯泡下的模样。

山脚下的人影在我视线中越来越清晰。没错,那个高高大大的提着一大包东西的人果然就是秃顶伯伯。他旁边有个提着东西的女人,他俩后面还跟着一个男孩。

爸爸站在院门外,接到他们。

"谢谢哦,姜局长,星期六你都没有休息喔,大老远地又来看我们。"

"说了要来看你们,就要来看你们啊!怎么样?这段时间一家人还好吧?"

"好,好,好,谢谢你挂牵喔!"

"嗯,好,一家人好就好!"

秃顶伯伯带着细眉毛、红嘴唇的年轻女人和那个孩子走进我们院子。他边走边对红嘴女人和孩子说：

"你们看看，你们看看！他们家的情况是不是和我给你们讲的一模一样？看，那是他老婆，这是他大儿子，角角边上那个，抱着一张塑料板凳的是他小儿子。"

女人睁大眼睛，看过我们一家四口，笑也不是，不笑也不是，她似乎不知道该不该和我们这一家四口打招呼，只是睁大眼睛四处看着，眨都没眨一下。

"儿子，来！你看看，儿子啊，你看看，这就是陈伯伯的一家。看，这个娃儿和你一样大，是吧？小伙子，你几岁了？"

秃顶伯伯突然问我。

我一下收回粘在他们身上的目光。不知是我的目光在他们身上粘得太牢，还是他们三人光光鲜鲜的一身本来就带着很强的黏性，我几乎是把自己的目光从他们身上扯回来的。

秃顶伯伯不是知道我十岁吗？上次他还对爸爸说我和他幺儿一样大。他现在怎么又问我几岁？他是想再次检验我会不会说话吗？我很喜欢他叫我"小伙子"，我打算像个真正的"小伙子"一样，响当当地告诉他们我十岁了。

我又在准备自己的嘴型，调整自己的舌位，一时半会儿又开不了口。看着我欲说而不能说的样子，秃顶伯伯遗憾地对他儿子说：

"看，他连话都不会说。"

秃顶伯伯的儿子不以为然地瞥了我一眼，似乎早见识过我这样的人。秃顶伯伯见我没有特别引起他儿子的注意,有些不甘地拉着这个孩子往弟弟所在的院角走去。

"这个娃娃比你小两岁,你看他玩的是什么?你玩的是什么?你对他说什么,他都听不明白。"

抱着红板凳的弟弟还是没能引起那个孩子的注意。秃顶伯伯索性要把他儿子拉到我们的黑屋子。

"来,你再到他们屋子里来看看,你好好看他们住的什么,用的什么,吃的什么……"

秃顶伯伯拉着他儿子走了几步,那个孩子不耐烦地甩开秃顶伯伯的手,像根钉子一样钉在院子里,再不肯向前挪半步。

"儿子啊,你看爸爸给你说的是不是都是真实的情况?爸爸骗你没有?怎么样,今天全都眼见为实了吧!"

那个孩子从我看到他的第一眼到现在都一声不吭,他也不会说话?

"儿子啊,不要身在福中不知福,要知道,爸爸小时候生活的环境就跟这样的环境差不多,比他们还老火的是,那时候,我们家连电灯都点不起!你看你现在,一天到晚,电脑,手机,平板,耳机,QQ,微信,陌陌……不是网剧,就是网游……小小年纪就近视,你再看看这两个孩子,他们没有那些东西玩,但他们的眼睛至少是好的啊……"

那个孩子还是懒得搭理秃顶伯伯。秃顶伯伯对走到他身旁的红嘴女人说:

"他不进去看,你进去看。你进去看看,那里面是这一家人真真实实的生活啊!"

"这家人,真的太老火了,现在怎么还有这么老火的人?"

"你看到的啊,这家人的情况确实也特殊。一家人都有残疾,瞎的瞎,聋的聋,憨的憨,哑的哑……但是人家也要生存下去啊。你啊,你平常少买一个包,这家人都可以舒舒服服过几年了。"

"哼。"

红嘴女人斜着眼瘪了瘪嘴:

"不要教育我哦,你今天来,把儿子教育好就行了。他现在这个样子,给他说什么他都软硬不吃,真是一根不进油盐的四季豆,我反正是拿他没办法了。"

"教育他?这还需要教育吗?我不相信,眼前这么活生生的事实还触动不了他。"

秃顶伯伯说着,又拉起他儿子的手。

"儿子,看着爸爸!爸爸严肃地给你说,我们今天大老远跑这儿来,不是闹着玩的。你在这儿好好感受一下另外一个世界,另外一种人生。如果你还是不满足于你现在的生活,不和我们沟通交流,今天你就留在这儿吧。反正这家人也是我们家认的亲戚,他们家困是困难,但也不至于把人饿死,他们这一家怎么过,你就跟他们怎么过。"

那孩子还是不说话。

天空中有一根绳子似的,把这孩子的脑袋总是悬着扭向一边。我默默看着他们一家三口的言行,只觉得这个倔强的孩子和自己有几分相似，我犟着的时候，也是这样一根油盐不进的四季豆吧。

秃顶伯伯暂时也不想理他了。他带着红嘴女人走进我们的堂屋，堂屋两侧的黑房子，漏雨的灶房，瓦片都要掉光了的柴棚……一看过后，秃顶伯伯又走到爸爸跟前。

"陈老弟啊，要过元旦了，这次来，我们专门给两个娃儿买了些吃的东西，我看他们两兄弟都需要补充补充营养，他们妈妈也一样需要补充补充营养，你把这些东西收好，面包蛋糕要抓紧吃，不能放太久。"

"谢谢喔，姜局长，谢谢你想得这么周到。"

"还有这些，"红嘴女人说，"这些都是我们儿子穿不得的衣服，全是好好的。我们儿子长得快，有些衣服还没有穿就穿不得了。这些东西给别人也不合适，反正我们认了亲，就送给这两兄弟加个冷热。"

"谢谢，谢谢喔。"

"还有这个，陈老弟。"

秃顶伯伯又从他衣服的内包里摸出一个纸封封，看到这个纸封封，爸爸睁着的那只眼睛一下闪烁起露珠般的亮光。

"拿着，合适给家里添置点什么，把生活过好一点！"

"谢谢，谢谢……"

爸爸双手接过纸封封，脸上漾起一朵又一朵盛开的花。他的嘴唇哆嗦着，又连着说了好长一串谢谢。

"另外，我这儿子呢，恐怕想在你这儿住上一阵子。今天，我和他妈就专门把他送来了。这儿空气又好,又没有什么干扰,住上一段时间也是好事,只是要给你家添麻烦了。"

"呵呵,哎哟,这个……呵呵……"

爸爸憨憨笑着,似乎知道秃顶伯伯是在吓唬他的儿子。

"儿子,你还是不说话?那就不要怪我和你妈一会儿走的时候不喊你啰。你干脆就留在这儿吧,反正这家的两个娃儿也不说话,你们正好合得来。"

那个孩子也许料定他父母不会抛下他,仍把头扭在一边,任秃顶伯伯的话风一样从他耳边吹过。

秃顶伯伯还想再给他儿子把话说穿说透。

"儿子,你看这两个娃儿不说话,是因为他们不会说话。他们从小就没有人教他们说话。他们爸爸经常不在家,他们妈妈又憨又哑,你看到的,他们家又住得这么偏远,附近连个人户都没有,所以这两个娃儿在他们小时候就错过了学习语言的最佳时期,现在长大了,他们想说话都开不了口。"

秃顶伯伯说着,看了看他儿子,那孩子还是把脸别向一边。秃顶伯伯又看了一眼红嘴女人,接着说:

"儿子你呢?你是能说话而不和我们说话,在我们周围,还找不到你这样整天不开腔的人。你看,你现在和这两个孩子多相像。你就留在这儿吧,你们不说话的人用你们不说话的人的方式交流吧,和他们在一起,你们都有共同的特点,你也不孤单,说不定还会过得开开心心。爸爸妈妈就走了,一年后,我们再来接你,到时候,说不定你的眼睛也不那么近视了,这儿的视野多好啊,满眼都是绿色,爸爸要是不上班,我还真想在这儿来陪你呢!"

那孩子还是一副充耳不闻的样子。

秃顶伯伯说到这儿,已拉了红嘴女人往院门走去。那个孩子硬扎扎地立在院坝里,他真把他自己像钉子一样钉在这儿了?秃顶伯伯和红嘴女人要走出我家院子了,在他们的身体即将穿过我家破败的院门时,秃顶伯伯回过头,再次对钉子一样钉在院子里的孩子说道:

"儿子,你在这儿,也不用上学读书做作业了,跟这两个孩子一样,你每天的任务就是耍,要累了就睡,睡醒了又耍,在这儿没有谁会管你,不洗澡不洗脸不刷牙都可以,就像这两个娃儿一样。明年我们来接你,要是我们认不出你来了,你要认出我们来哦……"

那个孩子终于扭过头瞟了瞟他父母,好像要记住他们此刻的模样,以便隔年相认。

秃顶伯伯和红嘴女人已经头也不回地出了我家院门,爸爸跟在他们身后,照例要送他们。与往日不同的是,爸爸刚随他们走出去,院门就"哐"的一声重重关上了。

"哐嚓!"

外面的锁也扣死了。

门里门外一片空寂,风在这一刻也停止了穿行。

"爸——妈——"

那颗钉子一样钉在我家院子的孩子突然尖厉地哭叫起来。

"梆！梆！梆！梆！"

扑向院门的他惊恐地拍着门板，踢着门板，似乎院子里有一条张大嘴巴的恶狗正向他追来。

"开门！开门！呜呜——呜呜呜呜——我要出去！开门，开门！呜呜呜呜——呜呜呜呜——我要出去……"

这颗钉子的哭声和眼泪顷刻如疾风骤雨。

"想好啦？你真是不见棺材不掉泪！"

隔着门板，秃顶伯伯在外面高声喝着，严厉的声音与出门前截然不同。

"还打游戏不？"

"不……"

"还一天到晚上网不？"

"不……"

"还在学校惹是生非不？"

"不……"

"还不做作业不？"

"不……"

"还不知好歹不？"

"不……"

"还惹大人生气不？"

"不……"

这个孩子就像第一次站在瘫子面前的我一样，对所有问句，都用一个"不"字频频作答。

11. 克

秃顶伯伯带来的食品我们几乎从来都没有吃过。爸爸抓了六七包甩在小桌上,为了最快尝遍它们的滋味,我和弟弟把每一包都哗哗扯开。酸的,甜的,麻的,辣的,还有一些怪眉怪眼的味道,争先恐后地拥抱着我们的舌头,我们的舌头片刻也不能抽身。

有一种彩色豆子样的糖果,被弟弟独自包揽了。摊在我们面前的吃食第一次这样纷繁,我懒得再和他抢那些彩色豆子,挑着大的甜的香的先塞了一肚子。弟弟也不再像最初那样狼吞虎咽,这会儿吃彩色豆子都是一颗一颗地挑选了再往嘴里送。黄的,蓝的,白的,绿的,泥巴色的……我看了他好一会儿,突然发现他吃下肚的都是这些颜色的豆子,留在袋子里舍不得吃的唯独是红色的豆子。那些红豆子的味道难道更特别?

我一把抢过弟弟手里的袋子,把剩在里面的红豆子一下全部倒进自己嘴里。弟弟哇地大哭起来,趁着他哭,我包嘴嚼着这些红豆子,不也就是个甜味道吗?有什么好稀罕的?我正纳闷弟弟为何这样挑来选去地留下它们,弟弟忽地收住哭,一下从他屁股底抽出那张红板凳,抓着它就向我打来。我一闪,板凳的一只脚还是踹在了我的鼻子上,一股热流从我鼻孔浸出。

"呃——"

弟弟歪着头,发现了什么更迷人的东西似的。他盯着我的脸,一下破涕为笑起来。

我伸手往嘴前一抹,横在手上的是一道红色的血迹,弟弟把我打得流鼻血了,我挥起手正准备朝他更重地打去,我的鼻血就在这时屋檐水一样滴了起来。弟弟伸出双手迎接奇幻的精灵一样接住了我的鼻血,一滴,两滴……他居然把他面前正怒火中烧的我忘却了,只对那一滴一滴的红饶有兴味。

我扬起的手,最终没有落在弟弟身上。我被他这份执拗而鲜明的喜好震住了。这一刻,我第一次意识到不会说话、虚弱得风都可以把他像树叶一样吹到半空中的弟弟,有着他自己的世界,甚至王国。

这一天,我不可思议地对弟弟生出一丝畏惧。我隐隐看到,无缘无故对红色独自痴迷的他真正有着他自己的领域。他用他的所有欢愉捍卫着他的领域,他的领域神圣不可侵犯。

这一天,我几乎是夹着尾巴走出的家门。一路上,我垂头思忖着,足不出户的弟弟的世界说不定比经常跑出门的我的世界大得多。如果不是这样,他的眼睛里为什么会有那么无边无际的神往和静谧?相比这一切,我较之于他的所谓"强悍"不过是林间清晨的一场雾,朝阳刚睁开眼睛,我的"强悍"就消失得无处可寻。

我带了几包没有扯开的食物给瘫子。

"别人送的？"

"嗯——"

"和你家结对的亲戚？"

"嗯——"

"前几天，我家又来了一个结对认亲的人，他给我家送了两箱牛奶，让我每天都喝，他说喝牛奶可以补钙，这次我妈对这个亲戚不像上次那样了。呃？你喝过牛奶没有？"

"围——朽——"

"没有。对，你就是要多开口说话。来，你喝一盒看看。"

瘫子从他小推车旁边的纸箱子里取出一盒递给我，我把带来的食物一股脑儿扯开，全部摆在石桌子上。我们相互笑了笑，都有些熟悉中的默契。院落里，阳光洒金，草木含翠，我们俩像那些从天空偶尔落到地上啄食的鸟儿，又机敏又惬意地在这山村的一隅安享着眼前的食物。

每吃一样东西，瘫子都告诉我它们的名字。

德芙巧克力，张飞牛肉干，旺旺大米饼，雀巢脆脆鲨，费列罗，士力架……他又教我认会了巧克力的"克"，牛肉干的"牛"，大米饼的"大"……我指着巧克力的"克"字的中间，发现了一个老朋友似的欣喜地冒出一串气流声：

"吼——吼——"

"口？口？对啊，'克'字中间是有个'口'。这个'克'字里面实际上有三个字，不对，五个字，不对不对，这个'克'字里面一共有六个字！"

六个字？我不解地看着瘫子。

"你看吧。"

瘫子抓起身边的小石子，又在地上写写画画起来。

"一横加一竖是个'十'字，这是语文的'十'，和那个数学的'10'是一个意思。'十'是一个字，'十'下面这个字，你知道是'口'。'口'下面又有一个字，一撇一个竖弯，这个字是儿子的'儿'。这样就有三个字了，对吧？"

"嗯——"

"但是，'十'和'口'又组成了一个字，叫'古'，古时候的'古'。古时候，就是离我们现在很远很远的以前，古时候也有人，他们不仅会读书写字，还会作诗，他们作的诗就叫古诗。"

瘫子接着又边写边说：

"你看，'十'和'口'组成的'古'是一个字。'口'和它下面的'儿'又组成了一个字，这个字是'兄'，兄弟的'兄'。比如你和你弟娃是兄弟，我和我妹娃是兄妹。现在是不是有五个字了？"

"嗯——"

"最后，'十'和'口'和'儿'这三个字合起来又是一个字，这个字叫什么？我刚才告诉了你的。"

"赫——"

我又发出一股近似于"克"的字音的气流声。

"克！哎，你真是太聪明了！所以我说这个'克'字里一共有六个字。"

后来,瘫子又教我把旺旺大米饼的"大"字拆开来认,他说一个人长大了,可以在肩膀上挑根扁担了,就是大人的"大"。他还把上次教我认会的一个字"田",重新写在地上,让我去想"田"字里一共有几个字。

"细——呵——吼——"

"四个口。还有呢?"

"厄——呵——?"

我张开的嘴巴冒不出"日"这个字的气流,瘫子帮我答道:

"二个日。还有呢?"

"耶——呵——坛——"

"一个田。很好!你看看,'田'字里一共有几个字?"

我一下想不出来。

"慢慢数一数。"

……

瘫子就是这样,一面教我新东西,一面又帮我复习旧知识,教我认字的同时,又在教我数数。他是一个多么神奇的老师,我最初的语文、数学的知识全都从他这儿得到启蒙。更让我受益不尽的是,瘫子一开始就让我觉得学习是件充满无限乐趣的事。

这天下午,瘫子为了让我记住和数字1、2、3、4、5……不一样的语文的一、二、三、四、五……竟然还教了我一首古诗。

一去二三里，
烟村四五家。
亭台六七座，
八九十枝花。

"这是写我们乡村的一首古诗。你看，古人多了不起，他们可以用最简单的字，画出最美的画，这就是诗。呃，你发现没有？这首诗写的多么像从你家到我家一路的景色？"

真的呢，瘫子这样一说，我突然觉得真的很像。

"你看，你一路走来，我们两家可能就是二三里的路程，放眼望去，远处村落有四五户人家，亭台？我们这里没有，但是那些电线塔差不多也能看到六七座，近处，树上的花朵正好八九十来枝！"

这一天，不管是我吞进肚子的东西，还是塞进脑子的东西，都满满的。但是，最有味道的，我已分明感受到，那个东西，叫作诗。

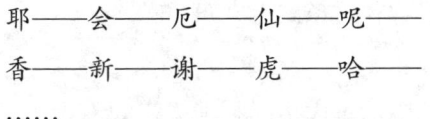

……

我在回去的路上咿呀哇地念着这首诗，我的声音在山林间飞翔着。一会儿抚过草丛，一会儿掠过树梢，一会儿拍着泥土，一会儿敲着悬崖。我的声音好像是飞着的我，我想告诉山间的一切，我们都在这首诗描绘的画中。

我一路嚼着这首诗，吹着这首诗，就像含着一颗更奇妙的泡泡糖。我反复咀嚼着，不断玩味着，只觉得古时候的那位诗人画下的这幅画，经年累月，还是鲜活得近在眼前，触手可及。古时候，哎，我又想起了古时候，那些时候到底离我所在的现在有多远？古时候的气息为什么还是那么清新地朝我扑面而来？

12. 白围巾

山脚下的路一天天变得规整而醒目起来。站在山腰上，我看到这条路通向我和爸爸赶场的地方。这条路的前端，有一些人还在不停地把老路基挖平，拓宽，后面已经平整好的路段上，不知什么时候停了几台愣头愣脑的机器，一些人在和这几台机器一起忙乎着，他们好像要让整条路都变成一条灰色的长带子。

爸爸这段时间每晚都在这条路上守夜。

"守啥子嘞？"

我记得爸爸当时在电话里大声问找他守夜的人。

"守机器啊，还有水泥，料石……一晚上五十，守不守？"

"五十啊？可不可以再加点儿，嘿嘿，天气冷啾啦，觉也睡不到。"

"独眼儿,你也会讲价嘞。再加十块,六十,守不守?"

"守嘛,守。"

"就是嘛,在家门口的这么好的挣钱机会!你看山脚下的罗国荣,罗国兴,曹麻糊,邹抿嘴……山上的费老实,谢从安,李大锤,汪倒霉……这些贫困户在工地上都挣到钱嘞。你做不来其他的,守个夜总可以啊。"

"嗯啦,嗯啦。"

……

这一阵,机器轰隆隆的声音打破了迎风山的清静,它们像连绵不绝的雷声震得我的视线都扑扑扑地抖。有一天中午,我发现一只松鼠也静静地盯着山脚那几台愣头愣脑的机器。它们把正准备冬眠的它吵着了吧?我看见松鼠眼前两条细细的视线也被那隆隆的声音震得颤巍巍的。

晚上守了夜,爸爸白天都在屋子里补瞌睡。他的鼾声和那些机器的轰鸣声不甘示弱地争着高低。如果安下心来听它们的较量,会觉得各霸一方的它们其实在表面的对抗中,携手共奏着这场声势不小的动静。爸爸这边刚浑厚地拉开过门,山脚那边随即响起雄壮激越的回应。忽而爸爸的鼾声浅吟低唱,山脚的轰鸣亦深沉婉转。

"这是迎风山上的奏鸣曲吗?"

不知什么时候站在我家院子的一个大个子叔叔对他身边一男一女两个年轻人说着。这两个年轻人,男的戴着银色帽子,女的系着白色围巾,好像觉得我们这儿很冷似的。

"独眼儿——独眼儿——呃！快起来喔，你看，今天是啥子人来啰——"

黄支书对着我们的黑屋子大声喊着。

爸爸揉了揉半睁的那只眼睛站到他们面前。

"独眼儿，今天来的是省里的同志喔！"

"喔，喔……"

听说是省里的同志，爸爸忽然惊醒了似的，一时不知自己应该站在哪里才合适。听黄支书的语气，看爸爸的神情，我揣摩着"省"应该比"县"大得多，而这之前，我认为"县"就是很大的一个世界了。

"独眼儿，省里的同志是来督导我们全县的扶贫工作，他们进村入户，就是想具体了解我们的扶贫工作做得好不好，到不到位，你们嘞，摸着自己的良心，实事求是，他们问到啥子就说啥子。"

"嗯啦，嗯啦……"

"陈贵群，你是这家的户主吗？"

大个子叔叔块头大，声音却温温和和的，我的耳朵好像一下浸在了一盆不冷不热的水里。我的耳朵听着他和爸爸的一问一答，眼睛却不由自主地瞅着那个"白围巾"。我早就发现了，她也正透过镜片瞅着我。

"叶珂琬，彭澎，"大个子叔叔对"白围巾"和"银帽子"说，"我们还是先把陈贵群家的实际情况仔细看一看。"

一个碗？盆盆？这两个年轻人的名字怎么会叫一个碗和

盆盆？

　　他们又像以前来我家的所有人一样，把我家里里外外、前前后后看了个遍。我和弟弟，妈妈住的那个房间，他们照样没能或者没敢伸脚进去。我不知道，我们这间房子为什么会让所有站在它门口的外人都望而却步。是因为这间屋子黑乎乎？遍地都是污浊的脏衣服，烂东西？还是因为这间屋子就是他们眼前一个深渊似的梦魇？

　　看着大个子叔叔他们停留在这间屋子门口的背影，我默默垂下了头。这一瞬，透过他们的背影，我才猛然真切地看到十年来自己的生存境况。那是谁也不愿去接近的蒙昧和混沌，而进出其间的我们，这么多年来全都浑然不觉。

　　"叶珂琬，还是我来问，你来记哈。"

　　大个子叔叔对"白围巾"说，"白围巾"点了点头。

　　"彭澎，你还是负责拍照哈。"

　　正举着手机的"银帽子"回了大个子叔叔一声：

　　"嗯，我已经照了不少。"

　　"白围巾"从她拿着的塑料袋里取出纸笔，大个子叔叔和爸爸一问一答的同时，她就在纸上一边记一边勾勾画画。

　　"陈贵群，我们今天来到香台县万顺乡苕花村，主要是代表省脱贫攻坚督导检查第二十九组对你们村精准扶贫工作的开展情况进行一个问卷调查。请你支持和配合一下，可以吗？"

　　"嗯啦。"

"我们了解到,你家今年还属于未脱贫户,村里对你家的规划是明年或者后年脱贫,你认为可以吗?"

"嗯啦,嗯啦。"

"好的,我们再了解一下你家的具体情况。你家就是这四口人吧?"

"嗯啦。"

"你家今年的人均收入有多少?"

"莫啥子收入啊。我这个样,做不得啥子事。她那个样,更是啥都做不来。"

爸爸说了,指了指畏畏缩缩站在一旁的妈妈。他们的目光都向妈妈看去,我的目光也一起看过去,我很久没有这样认真地看过妈妈一眼了。此刻的她,背更佝偻,两只空荡荡的裤管向前曲着,她的全身除了目光是直愣愣的,其他任何一处都弯曲着,蓬乱着。我们全都看着她,包括抱着红板凳的弟弟,这会儿也扭过头看着她。她的眼睛却没有分出一点点余光看向我们任何一个人,她的目光直直地,穿到与我们都不相干的一个间隙里,越穿越远,好像已经把她带到了一个很远的地方。

"我们一项一项来看哈,今年你家有没有工资性收入?比如务工挣到了多少钱?"

"挣不到钱,我帮别人守场子,一般就是管吃管喝,拿不到钱。"

"独眼儿,莫说假话喔!"黄支书在一旁提醒着爸爸,"就说现在，村上修路，你守工地，每天晚上也要挣六十块嘛。"

"守啷要一个月嘞，钱还莫拿到手。"

"这个钱莫非还少得到一分啊？村上结账都是一个月一个月地结，满一个月就会给你们结一次账。独眼儿，这个钱是要算上的喔。"

"喔，喔。"

爸爸点着头，大个子叔叔又问道："其他的还有没有工资性收入？"

"莫得嘞，莫得嘞。"

"生产经营性收入呢？你家搞没有搞种植，养殖，加工，有没有经商……"

"莫得，莫得，这些我屋莫法做。"

这次黄支书帮爸爸证明道：

"这是实话，这些活路他屋的人全都做不起。"

大个子叔叔看到屋檐下的摩托车，问爸爸：

"这个摩托呢？挣得到一点运费不？"

"挣不到，莫得哪个敢坐我的摩托。"

呵呵呵，大家都表示理解地笑了笑。

"转移性收入呢？"大个子叔叔又问道："比如政策性，保障性的收入？"

"这个他屋是有的。"

黄支书帮爸爸答道："低保，农保，粮食直补，残补……他屋都是有的，他那辆摩托，就是前几年退耕还林补的几千块钱买的。"

"转移性收入一年拿得到多少？"

"低保只拿到一个，她还莫得，她是我捡来的，户口还莫有理伸展、弄醒活嘞。"

"喔，他说的就是，"黄支书担心大个子叔叔他们听不懂爸爸说的话，特意把爸爸的话说得明白一点，"独眼儿说的是，娃儿妈的户口还没有整好。"

"哦，黄支书，陈贵群家是应该再解决一个低保，他家的情况大家应该都看得到。"

大个子叔叔认真对黄支书说道。

"正在争取，马上就办下来了。他家吃到两个低保，又要好过些。"

"谢谢喔，谢谢！"

每次家里来了人，爸爸说得最多的两个字就是"谢谢"，在爸爸无数次的重复示范下，现在我好像都能把谢谢的"谢"和八九十的"十"分得清楚一些了。我一个人在的时候，常悄悄练习着说：

"喔席会嘞（我十岁了）"

"滑朽席些哇（八九十枝花）"

"赫赫（谢谢）"

"赫赫嘞（谢谢你）"

……

迎风山的虫儿鸟儿不知道我在说什么，但我知道自己在说什么。我发现我也能像爸爸一样点着头，弯着腰，满脸含着笑地说"谢谢"了。只不过每次爸爸又对那些来我家的人点头弯腰说"谢谢"的时候，我还是愿意装作什么都不会说的哑巴样，这些时候，我觉得，当一个哑巴其实也没有什么不好。

如果像妈妈那样，目光穿到旁人都不及的时空的间隙里，未免太孤远了；如果像弟弟那样，沉浸在抱在自己怀里的塑料板凳所给予他的那一片红中，未免太痴迷了。我就这样，看着听着眼前发生的一切，继续做我的哑巴，这似乎也是他们所习惯的。

"叶珂琬，我们还有些问题要问陈贵群。这些问题在表六里面，问题主要涉及'两不愁''三保障''三有''五个一'……"

"等等，我找一下表六，""白围巾"在她的塑料袋里翻找着，"好，找到了。"

"陈贵群，今年全年，你家吃的够不够？穿的够不够？"

"吃的还是够，村上，乡上，县上，都要送。"

"你家自己种没种粮食？"

"莫法种啊。"

"肉呢？一个星期吃得了几次？"

"这个不好说，一个月两三次，三四次吧。"

"穿的呢？"

"这个也够，也有人送。"

"我们省上对不愁穿的要求是,四季有换洗衣服和鞋袜,每人每季至少有两到三套,冬天有棉衣。我看你家的衣服缺是不缺,就是没得收拾和整理,干净的脏的混淆不分,还满地到处乱扔。这样不行,你看我们要达到的四个好,其中有'两个好'就是要'养成好习惯,形成好风气',这方面,你家自己对自己应该有个要求哦。"

"你们看到的,她那个样,做得来啥子嘛。能把饭煮得半生不熟的给两个娃儿吃,都是造化嘞。有的人来我屋,都不晓得这两个娃儿是咋个长大的。人家怕还以为这两个娃儿是喝风长大的嘞。"

爸爸说着,远远地又恨了妈妈一眼。

"她做不来,你做啊,娃娃大了,也要教他们做,他们这辈子不能再像他们妈妈那样过下去。"

"有啥子法哟,也没有哪个愿他们这样,他们都是天生的,我一天在外头还要多少找点事来做哒嘛。"

"嘿!"

正举起手机拍照的"银帽子"突然在草丛里发现了一只野兔子似的,指着我身上的衣服大声说:

"你们看,这个娃儿穿的还是 Tommy Hilfiger 的童装!他们铁丝上挂着的还有 Calvin Klein Jeans,看来,送这些衣服给他们的还是有钱人呢!"

我埋头看了看自己身上的衣服,不觉得这一身和我平常穿的那些有什么值得大惊小怪之处。我一下想起,这串铁丝上的衣服全是和秃顶伯伯一起来我家的那个红嘴女人送我们的，她还对爸爸说，这些衣服全是好好的，只是他们儿子穿不得了。

"哪个认得这些牌子哦！"黄支书说，"莫说他屋的人，我们都认不得，穿到热和就行。"

"是啊，"大个子叔叔接着说，"穿新穿旧，都要穿个干干净净才是。陈贵群，你说对不对？希望工作组或者检查组下次再来你家，你家的卫生情况能有个好转。屋子里的东西，要的不要的，干净的脏的，要区分开。地面要打扫出来，不能什么不要的东西都往地上扔。我刚才站在门口，还看见一只老鼠在上面爬。一定要养成好的卫生习惯，这样才能减少疾病，减少疾病，才能真正地拔掉穷根，明白吗？"

"嗯啦。"

爸爸莫奈何地点了点头。

"目前看来，你家'两不愁'是不愁了，我们再来看'三保障'。首先是义务教育有保障，你家这两个娃儿，我们从资料上看到，今年一个十岁，一个八岁，正是学龄儿童。"

"他屋这两个，区教办、县教育局的同志都专门来看过，他们莫法接受义务教育，确实是他们自身的问题。你们看嘛，两个都老火，都是他屋妈的遗传，智力上有问题，听话、说话也成问题。喔，莫要挨他们太近，大的这个以前还咬过人嘞。"

黄支书又给他们介绍着我和弟弟的情况，不同的是，这次他的介绍多了一个内容——"大的以前还咬过人"。我咬过人吗？我努力回想着，以前，多久以前的以前？我竭力让自己的回忆朝以前奔跑，终于，我想起我好像真的咬过人。

我咬的那个人是个小女孩。

如果我没记错的话，她是汪倒霉家的外孙女。那天，汪倒霉带着她来我家找爸爸借摩托车，汪倒霉在和爸爸说话，那个小女孩见我不开腔，掏出一颗糖果给我，我愣了愣，接过来马上塞到嘴里，她见我糖纸都没有剥，就伸手从我口中去取那颗糖，我以为小女孩要抢回那颗糖，就一口咬了她伸过来的手……对的，真有这么一回事，我为此又遭了爸爸一顿打，并留下咬人的传说。只是这个传说，我自己都忘了，黄支书还记得？

"县上的特殊教育学校不能住校，只能走读，还要求家长接送，也就是说，他们在县城要有房子住，你们看，他屋咋个得行嘛，所以嘞，这两个娃儿一直没有读到书。"

"组长，那陈贵群家义务教育这一栏怎么填？我在这一栏的表格上做个记号哈。"

"白围巾"一下抬起头问向大个子叔叔。洁白的围巾一捧雪似的，衬着她的明眸皓齿。

13. 红与蓝

"对，我们回去就是要把这些特殊的情况梳理出来，给督导组报告。陈贵群，我们接着往下说，再看看你家的基本医疗有没有保障。你家参加了新型农村合作医疗没有？建档立卡没有？"

"新农合啊？参加嘞，参加嘞。"

"新农合，这个全村都参加嘞。"

黄支书在一旁补充道。

爸爸的回答都很简略，大个子叔叔问的好多问题，黄支书都要适时帮补一下。黄支书帮补的时候，嘿嘿嘿，爸爸就立在旁边附和着笑。

"第三个，是住房安全有保障。你家这房子面积倒是不小，还有个院坝，这样的一块地，放在城里，要让好多人羡慕。"

"呃，可惜这些土地在农村又不值钱。"

"你家房子，有七八十年了吧？我们察看了，老土墙勉强将就，但是有些地方也不行了。门窗破烂，可能从来没有维修过，灶房还漏雨，柴棚架上的瓦都要掉光了，你家纳入危房改造没有？"

"莫有。"

"是莫有，"黄支书忍不住又接过话来，"他家之所以莫有纳入危房改造，是计划对他家进行易地搬迁，集中安置。前一阵，乡上和县上的同志都来看嘞，说他家住得这样偏僻，左邻右舍莫得一户不说，这山腰嘴上，又临崖又朝阴，地势不好，如果有个山体滑坡，他屋第一危险，所以建议他屋易地搬迁。我们也和他沟通商量嘞，是不是，独眼儿？这些话，你要对督导组的同志讲啊。"

"嗯啦,嗯啦。"

"能易地搬迁,是最好的,"大个子叔叔又环顾了一遍四周,接着问:"'三有'应该都有了吧?"

"有嘞,有嘞。"

"电是全村都通嘞,水,他家取的是地下水,这匹山其他没得啥子好的,就是水还清亮得好。这儿的水,打起来可以直接往肚皮里灌,比起商店里那些装在瓶子里卖的矿泉水好到哪儿去嘞。"

"水好不好,不能只是凭眼睛看到清亮就说好,要送去检测,对水质要有鉴定。新房子建成后,通自来水吗?"

"通,那肯定是要通嘞。"

"现在这儿通广播电视没有?"

"通,通嘞。"

"通是通嘞,只是他家看的听的啥子东西都莫得,电视机不说,收音机都莫得一个。"

"我看你有个手机,信号怎么样?"

"信号好,满的。"

"去年,不,应该是前年县移动公司到万顺乡上搞网络覆盖时,乡上就争取到给全乡所有贫困户每户发一部手机。他这个也是当时发的,是吧,独眼儿?这种手机屏幕虽然小,上不起网,是他们说的啥子老年机,但是很实用,声音又大,信号又强,大家拿在手里,至少有个通信工具。而且,他们话费都不用缴,这些移动公司全免嘞,拿到这个手机,大家确实还是很受益。是不是喔，独眼儿？"

"嗯啦，嗯啦，谢谢喔！"

"贫困户脱贫，贫困村退出，其中关于有广播电视这一项的考核指标是很硬的，要求贫困户户户有电视，贫困村村村通广播，达标率要百分之百。"

"现在，电是有的，网也是有的，只是他屋暂时还莫得电视机，我们村上，莫有电视机的还有好几户，也不多嘞，到时候，易地搬迁，住进新房子，都要给他们配，县上的规划我都看到嘞。所以啊，独眼儿，你应该再睁开一只眼，看看马上就要来的好日子！"

"嘿嘿嘿，真的啊？"

"那还有假话啊？要说假话，我不晓得悄悄给你说，要当着省督导组的同志给你说？既然是当着督导组给你说嘞，那肯定莫得假喔。"

"喔，喔，谢谢喔，谢谢！"

爸爸又是一阵点头弯腰。听他们说来，我家以后也会有电视了。想起那个有猫和老鼠在里面互相捉弄的方头方脑的家伙，我的心忽然突突突突地蹦着。脑子里又浮出我在瘫子家和他一起看《猫和老鼠》时笑得前俯后仰的情景，我又听到我们哈哈哈哈的笑声，只是不知道，妈妈和弟弟如果也看到电视里的《猫和老鼠》，他们会笑吗？

"谢谢你！"

这次，大个子叔叔反过来对爸爸说谢谢了。为什么要谢爸爸呢？我一时摸不着头脑，大个子叔叔接着说：

"谢谢你配合我们完成了这份调查。"

"你能认字吗？"

正在柴棚边整理袋子和一大沓表格的"白围巾"突然问爸爸。

"能，能。"

"你能签字吗？"

"能。"

爸爸又郑重地点了点头。

"那请你看一下，这一套表格我是按照你家的实际和刚才的调查来填的，如果你没有什么意见，请在户主这一栏签上你的名字。来，用这只黑色的签字笔。签好名后，这儿有印泥，请在你的名字上盖上你的手印。"

"白围巾"说着，从塑料袋里拿出一个小圆盒，"银帽子"帮着"白围巾"把小圆盒打开。"白围巾"又从袋子里随手抽出一本小册子样的东西，垫在表格下，让爸爸签字、盖手印。

我很想走过去看看爸爸写的是什么，却迈不开腿。我不知道我走过去会招来什么样的结果。黄支书不是给他们说我会咬人吗？我真怕自己这一走过去，把大家吓得东跑西蹿。也许，憨子加哑巴的我，就和他们保持这样一小段距离，不仅对他们、对我自己也是安妥的。

我就那样原地不动地站在院子里，头昂向一边。这模样，不用照镜子，我都知道自己像极了那天秃顶伯伯带来的钉子一样钉在我家院子里的那个男孩。

"谢谢！"

爸爸大概是签完字，也盖完手印了。"白围巾"也对他说了个谢谢。今天真是奇怪了，我听见他们好几次对爸爸说谢谢。

"白围巾"看了看爸爸写的字，笑着对爸爸说：

"你写的字，还很工整呢。这两个孩子，他们叫什么名字？也写上去吧。"

"写得不好喔，让你们见笑嘞。"

爸爸嘿嘿笑着，怪难为情似的。

"人家独眼儿是读完小学的。是吧，独眼儿？"

黄支书打趣着爸爸。

"嗯啦，嗯啦。"

爸爸认真地答道。

"写上吧，""白围巾"再次说道，"把你家这两个娃娃的名字都写上。"

"嗯啦。"

爸爸又有了一次写字的机会，我斜着眼瞟见他在"白围巾"他们帮忙为他垫着的刚才签字的表格上又认真地写起来。

"陈又木。老大叫陈又木？"

"白围巾"问。

"嗯啦。"

"陈又林。这是老二？"

"嗯啦。"

爸爸一笔一画终于写完了，我昂在一边的头忽然垂了下来。

"陈又木"，我叫陈又木吗？我都快忘了我的名字。这个家，平常跟我说话的人都没有，更没有谁叫我的名字。爸爸实在要喊我一声，都是叫我"大砍脑壳""大狗日的""大挨刀""大憨""大瘟丧""大短命"……"陈又木"这三个字对我来说已经陌生得像遥远世界里的奇花异草。

我的头越垂越低，垂到不能再垂的时候，我恍然明白妈妈和弟弟为什么常常各自在神游、沉潜。他们是在那遥远的世界寻找他们的名字吗？寻找他们名字花冠下芬芳四溢的另一个自己吗？他们为何先我一步？我不是常常觉得自己比他们都灵醒得多吗？为什么我和我的名字现在都还身首异处？

"走吧，叶珂琬，彭澎，"大个子叔叔喊着"白围巾"和"银帽子"，"我们去下一户，黄支书，还是你带路哈。"

"走吧，独眼儿这一户还好，屋头莫得狗，其他几户都有狗，要小心点，我走前面，喊他们把狗套着。"

"白围巾"忙着收拾放在柴棚架上的一摊表格，她正要扣上手中的塑料袋，忽地想起什么。她伸手往袋子里掏了掏，摸出一支蓝色的笔。

"来，这个送给你。"

"白围巾"走到我面前，伸手把笔递向我。

这是给我的？一支笔？一支蓝色的笔？我抬头望着一下走到我身边的"白围巾"，心里紧张得几近惶恐地问自己：这是真的吗？我几乎不敢相信眼前的事实。我可是从来没有奢望过要得到笔这样的东西。笔这样的东西对于我来说，就像电视里的猫和老鼠，它们虽然在我眼前眉飞色舞地蹦跶着，让我无比开心，但我清楚地知道，这样的猫和老鼠在现实中是不存在的。现实中的猫永远要像婴孩啼哭一样叫唤，现实中的老鼠，永远要在我们的脏衣服堆里穿来穿去。曾在我眼前蹦跶过的笔，怎么会真真实实属于我？

"拿着吧。"

"白围巾"把笔递得离我更近了。我轻轻伸出手，慢慢张开。我之所以这么轻这么慢，实在是怕我急起来快起来，吓着她。我为自己咬过人的曾经感到羞愧和无奈，我多么怕再次吓着别人。

而她是那么勇敢，面对有一副会咬人的牙齿的我，她居然在把手伸向我的同时保持着镇静和微微的笑。

我终于在原地接过了那支笔。接到笔，我马上又垂下了头，我把笔攥得紧紧的。没错，这是给我的，我在心里告诉自己，这支笔已经是我的了。没错，没错。我自己安抚着自己，完全忘记了对"白围巾"说声谢谢。

"谢谢"这两个字，我不是已经练习过很多次吗？我不是自认为把"谢"和"十"都可以分清楚了吗？偏偏这会儿正该说出它的时候，我又忘了开口。

我再次抬起头的时候,"白围巾"已经转身从我身边离开了。我的目光追随着她的背影,这时,我才注意到她围着的那条白围巾毛茸茸的,像一枝雪白而蓬松的芦苇花。这枝雪白而蓬松的芦苇花几乎把她的半个后脑勺都捂在了里面。

"白围巾"经过弟弟身边时,弟弟也抬头望了她一眼。弟弟暂时从他自己的王国里抽身回到了眼前的院坝,他也知道此刻又该有一场告别?他的大眼睛愈加黑白分明了,污渍秽迹让他二指宽的脸颊显得更为寒凉。他的目光一定碰触到了"白围巾","白围巾"在他面前停了下来,她又打开怀中的塑料袋,伸手往里面掏着什么。

"这个给你。"

"白围巾"递给弟弟一支红色的笔。弟弟伸手接住了。

"再见,陈又林。"

"白围巾"边扣袋子边对弟弟说。

"还有你,陈又木,再见!"

"白围巾"回头也叫着我的名字,对我大声说了个再见,就小跑着跟上大个子叔叔他们出了门。

"白围巾"的身影从院子里消失了,但她喊着我和弟弟名字的声音的影子却留在了院子里。

"陈又木……"

"陈又林……"

几乎从来没有任何一个人像她这样用我们的名字喊过我们,我的耳朵和脑子似乎都还有些不适应。

他们都走了，我这颗钉子终于可以活动了。我走到弟弟跟前，瞟了眼他手中的那支笔，他的笔是红色的。还有红色的笔吗？我见过黑色和蓝色的笔，这两种颜色的笔，瘫子都有，但我从来没见过红色的笔，红色的笔写出的字也是红色的吗？带着这个疑问，我一把抢过弟弟手中的笔。正沉浸于一树花香的弟弟突然从树上掉下似的大哭起来，边哭边向我扑过来要抢回他的笔。

"挨刀的，又角逆①！有啥子稀奇嘞，搞唑一半天，老子瞌睡都莫有补成，一分钱莫给，还啥子省上来的，枉自！打发两根笔杆杆，你两个短命的还有脸争，再争，再争看老子一把撇断嘞了事，砍唑树疙兜免得老鸹叫！"

爸爸这一吼立马镇住了我和弟弟。

我赶忙抽出蓝色的那支还给他，没想到弟弟不依不饶地就要他那支红色的。他又哭哭嚷嚷地，我只好收回蓝色的笔，把红色那支还给了他。

14. 水泥

爸爸转身往屋子走去，准备继续补瞌睡。

"苍茫的天涯是我的爱，绵绵的青山脚下花正开。什么

---

① 角逆：四川方言，打架、吵架。

样的节奏最呀最摇摆，什么样的歌声才是最开怀……"

他的手机又无所顾忌地唱起来。

"独眼儿！你咋个搞起嘞！刚才小武书记在工地上清点水泥，说昨天下午都有二十六包，现在咋个只有十八包？是不是晚上遭贼娃子偷啦，你守夜是咋个守的喔？还不加紧来看，到底咋回事！找不到水泥，是要喊你赔的喔！"

不知是谁，在电话里大声嚷着。

"啥子唉？"爸爸更大声地嚷着，"不可能喔，我马上来看！咋个会丢那么多水泥！"

爸爸收起手机赶忙又去发动他的摩托车。

"真是撞到个鬼嘞，钱没有挣到一分，还想喊我赔，赔你个脑壳！"

"不——不——不——"

爸爸气冲冲地出了门。我和弟弟面面相觑，好像刚才我们的争闹引出了这场祸事。我站在院门口往山脚望去，一半灰蒙蒙一半素面朝天的道路上，一群人在旁边围作一团，都要中午了，不见那些机器开动，也不见谁像往日一样拿着锄头、铁铲挖挖刨刨，到底怎么回事？爸爸守夜真的丢了水泥？他们真的要他赔吗？我感觉到自己的双眉越拧越紧，紧得要打成死结的一刹那，天空对着我的头顶哗地沉下来，我慌忙沿着土路往山脚跑去。

"我又清点了一遍，确实是少了八包。"

小武的额头上浸出一层密密的汗，一眼看上去，他就像一棵还挂着露水的庄稼。

"那我不晓得，反正我昨晚一晚到亮来来回回都在这条路上走。"

爸爸斜靠在他的摩托上，脸上的恐慌没有了，委屈没有了，只有满面的漠然。

"你在守夜，你总得对这件事负责啊！"刘村儿吼着，"不要给我要赖皮！"

"我看，我们关键是要找到这八包水泥的去向。陈大哥，你说你昨晚一晚到亮都在路上来来回回地走，走的是不是只是这半段土路？铺了水泥的那半段还在保养，你肯定没有在上面走，对吧？"

小武擦了擦额头，问爸爸。

"你们说才铺了水泥的路面不能踩啊，我当然不敢踩。反正我都是按你们说的在办，好说歹说，都是你们在说，现在出问题嘞，你们全都推给我，屎盆子一把扣在我脑壳上，凭啥子？到底是哪个在要赖？"

"问题就出在这儿了。"

小武接着爸爸的话说：

"很有可能是，陈大哥走到土路那端时，小偷沿着边沟从铺了水泥的这端偷走了水泥。"

小武话音一落，大家似乎觉得有些道理。

"独眼儿，看来贼娃子比你狡猾喔！"

"现在一包水泥好贵嘛，搬几包回去，相当于赶个猪儿回屋！"

"一晚上六十块钱不好挣啊，独眼儿，还是回屋钻到铺盖窝窝头热和舒服！"

"哎哟，这八包水泥要是喊独眼儿赔，也太划不着嘞，守啷这么久的夜，一分钱莫挣到，还要倒赔，独眼儿，你硬是倒嘞八辈子的霉喔。"

……

大家七嘴八舌地说着，一股无形的火越扇越旺。

"查！挨家挨户地给我查！我不相信找不到这八包水泥！"刘村儿硬邦邦甩下这句话。

"刘村儿，小武书记，我看你们找守夜的人还是找个灵光点的嘛。陈独眼儿，不是我损他，莫说他在这条路上一晚到亮地走来走去，就算他在这条路上一晚到亮地爬来爬去，他也只有一只眼睛！这么长的一条路，他一只眼睛咋看得过来嘛？我今天把话撂在这儿，你们看到嘛，这样下去，这条路上肯定还要丢东西，今天丢水泥，明天丢工具，后天说不定就把那几台机器给你们开跑嘞！换成我来守夜算啷啦，我再背时也有两只眼睛，脑门上这个瘤子，到晚上，贼娃子还以为是我长的第三只眼睛，把我当二郎神，看哪个还敢来偷东西！"

嘿嘿嘿嘿，一群人都被钟瘤子逗笑了，只有爸爸的脸垮得更厉害。

"你！你会算计！口中夺食！"

爸爸吼向钟瘤子，钟瘤子嘿嘿嘿嘿笑得更惬意了。

不知什么时候，黄支书也赶来了。他掏出烟点上，猛抽了两口，干着嗓子喊道：

"莫说这么多！各人都去干活，该干什么干起走！还盯到我们看，看啥子？我们没得脑壳啊？我们下来马上就要想办法，一是要尽快把这个月的工钱给你们几爷子兑现，二是要找到这八包水泥，我不相信，哪屋的人还可能把这八包水泥煮来吃啤啦！"

"来嘛来嘛，把活路弄起走！"

大家陆续散开，不一会儿，锄头铁镐铁铲都叮叮咣咣地挥的挥，舞的舞，那几台愣头愣脑的机器也轰轰轰地像几头大牲口似的叫起来了。

爸爸扭过他的摩托车，"不——不——不——"往山上一腾一腾而去。大家都各自忙活，只有我闲着无事。好在我站在路边的一小片宽敞处，也没有妨碍着、招惹着谁。我在原地蹲下来，我的肚子饿得扁扁的，蹲下折着自己、皱着自己似乎好受些。

"刘村儿，挨家挨户去查那八包水泥，我觉得不妥，这样做是不合法的。"

黄支书、刘村儿、小武从我背后走过，他们边走边说话。

"我说要查就要查啊？吓下那几爷子！"

"十多年前，隔壁的罗沟村因为弄丢一袋化肥，冤枉一个瘸子，那个背时瘸子当天就在屋头上吊啤啦。这种事，现在要是再发生，哪个担得起？短斤少两，本来也不是个啥子大事，莫弄凶唦啦。"

"嗯啦，修一条路，丢几包水泥，我们也是丢得起的。再说，到底是哪个龟儿偷嘞，我心中也晓得个八九不离十。"

"那怎么办啊？"

"咋个办？凉拌起，拖起。农村里的事就是这样婆烦得很。很多情况，你不清楚，就莫要去管，你去管，他们也不见得听你。你只消把你自己该做的捡大头做好就行嘞，眼下就是要把路顺顺畅畅修出来。其他工作，我做不好，还有黄支书，他说话，还莫得哪个不听。"

"对嘞，叫虎子，把工地上的账单和大伙的工钱算清楚，一个月嘞，该给大家伙兑现的要兑现。"

"那晚上的工地还要陈大哥守吗？"

"这个陈独眼儿，就是一粑扶不上墙的稀牛屎！给他找了个这么好的活路，不出任何本钱，不使力不费劲，耽搁掉的瞌睡白天还补得回来，一个月三十天，一晚上六十块，一个月下来，就是一千八啊，每个月他要是能挣这么多，他屋早就脱贫唦啦。就是这么好的活路，他也弄不醒活。你们看，今天说风凉话的人都有嘞，到时候说不定又要骂我们一碗水端不平不说，还要告我们从中得唦陈独眼儿啥子好处，这么向着他！"

"钟瘤子想守，让他来守就是嘞。他屋也老火，手心手背都是肉，两个都要照顾到。"

"只是守夜的工钱总共只有六十,就让他们两个平分,一个三十,一个人一个月也可以挣将近一千块,也是提到灯笼找不到的好活路。"

……

他们三个从我背后越走越远,往下我再听不清楚他们说的是什么。我就蹲在地上看向那些干活的人,这才多久,这条路在他们手上已变出另一番模样。铺上水泥的那一段路,还没有人走,看上去,平平整整的路面就像湖面上结的冰。我想象着走上去脚底的感受,会很凉吗?会一脚踩破吗?

我走过去,伸手触了触水泥路的边沿,硬邦邦的。我又用劲戳了戳,这下更明显地感觉到它的铁实。原来,这就是他们说的"硬化路"!

我还在琢磨新修的水泥路与我平常走的土路有什么不同,不远处又有一帮人嚷起来。怎么回事?今天这条路好像是一根长满刺的荆条,不是这儿要戳人,就是那儿要戳人。

15. 石头

一个背驼得厉害的爷爷正对着那台长着长长臂膀的机器骂骂咧咧,机器停了,上面跳出一个满面胡子的叔叔来。

"你咋个在开喔?石头包块都滚到我地头来嘞,莫生眼睛还是眼睛瞎嘞?菜都给我压死啤啦!"

"大爷,我刚才一下没弄好,掉些石头在你地头,也不是故意的，你咋个张嘴就骂人？"

"我骂人嘞？我还要捶人嘞！修条路，把我屋的菜弄死那么多！前一阵，我的猫儿钻到你们机器下，毛都给它扯掉一半！修啥子路喔，以前的路好好的走不得啊？修条路你们倒是在里面有搞头喔，有的人怕是捞肥嘞，油都把你们眼窟窟蒙花啤啦不是？"

"段驼背，算嘞，人家师傅又不是故意的。"

这个驼背爷爷就是段驼背？

"不是故意？滚那么多石头包块，你去给我捡起来啊？我老得快入土的人嘞，背也背不动，扛也扛不起，不可能就让那些石头包块摆在这儿算啤啦！它们一分钟在我田地头摆起，我就一分钟横在他机器面前！老子今天就睡在他机器轮脚，看哪个怕哪个！"

"你这老头儿咋兴倚老卖老？你是不是得红眼病嘞？"

"哪个倚老卖老？哪个得红眼病嘞？你把话给老子抖清楚！要不然老子今天真的倚老卖老，又咋个？你还敢啃老子一口！"

段驼背气吁吁上前几步，更大声地指着胡子叔叔吼道，"你用石头把我的菜压死，我不晓得用石头把你的机器砸个稀巴烂！"

段驼背说着，捡起地上的小石头就朝胡子叔叔的机器砸去。啪啪啪啪，石头冰雹一样砸在机器上，胡子叔叔火了，跳起脚要过去揍段驼背，周围的人都把他拦着挡着。

"算嘞，段驼背是老人，今年都七十多嘞，你惹不起！"

"哪儿有这样的老人！我看他越老越不是个东西！"

胡子叔叔蹦着还要凑上前去。

"胡子，莫去惹！"

"忍到！年轻人要忍得住！你要是忍不住，他一身的病都栽给你！"

"等驼背使使气，他那几颗石头子儿也砸不烂你的大机器。"

胡子叔叔果然只好在原地跳着蹦着，不敢上去动段驼背半根毫毛。段驼背越扔越起劲，最开始还是一只手一只手地捡起石头扔，后来是两只手两只手地抓起石头就扔。大大小小的石头飞往机器，又呼呼呼地弹向四方。

"啊——"

一颗从机器上弹起的石头正正射向我的脑门，我尖叫一声，像一只被弹弓打中的飞鸟，啪地从天空摔落到他们面前。我的眼睛里一片金光灿烂，太阳火辣辣烘烤着我，血很快模糊了我的脸。

"哎呀！段驼背，你把陈独眼儿屋的大憨的脑壳打破个洞嘞！那娃儿本来就憨，这下更憨咻啦！段驼背，现在你安逸嘞！"

"快，快抓把土给大憨糊上，先把血止到！"

"不行！"

"要不得，这些土办法，要感染嘞。"

黄支书他们三人转了一圈，正好又回到这段工地。

"怎么流这么多血，我来看看。"

小武取下他的双肩包，急慌慌从里面翻找出一包纸、两个小药瓶和其他几样东西。

"小武书记，你背的是个百宝箱啊。"

"小武书记，你的东西还齐全喔。"

"我是养成习惯了，才到村里来的时候，上山下地，又招虫子叮又招狗咬，干脆把一些常备药带上，临时也可以应个急。"

"嗯啦，现在不是正用上嘞。"

小武把拿出的东西放在地上的双肩包上，他扶着我的身子，看了看我还在浸血的脑门。

"不要紧，应该没什么大事。"

不知他是在安慰段驼背还是安慰我。

小武先用软软的纸把我脸上的血迹擦了，又拿起一个小药瓶朝我脑门喷，一场小雨向我额头洒来。

"不要怕，这是碘伏，消毒杀菌的。"

随后又用几大根白火柴一样的东西在我脑门上轻轻擦了擦，最后叫我仰着头，他把另一个更小的瓶子里的灰粉粉抖了些在我的伤口处。

"这个不是泥巴灰吗？"

旁边的人问他。

"这是云南白药，止血的。"

说来也怪，我额头上的血很快凝住，没有再往外浸，大家都看稀奇般看着我，有的人欣喜，有的人一下泄了气似的失望起来。

"还是药的效果快。"

"哎，段驼背，还以为你今天摊上好事嘞，可惜好戏只开嘞一个头。呃！"

"好事，坏事，我怕啥子事！老子半截身子都入土的人，还有啥子好怕的事！"

段驼背的口气又硬起来。

"才转过身，你们几爷子就要闹翻天，都是四五十岁、七八十岁的人嘞，我看你们淘神①、角逆来，跟两三岁的细娃儿也差不到好多！到底又咋回事嘛？"

黄支书把烟屁股摔在地上，用脚一跐②。

周围人眉飞色舞把石头滚下田的前前后后大致说了。

"那还不简单，石头滚下去，捡起来就是嘞。胡子捡大的，驼背捡小的。再有看稀奇的，跟到下去一起捡！"

黄支书一说，原本僵持不下的段驼背和胡子叔叔都没什么好再扯来扯去的。站在旁边，我一下也觉得刚才还气鼓气胀的事情真的就这么简单。胡子叔叔捡大的石头，他没啥好说的，大的重是重，没多少块，搬完了事。段驼背呢，捡小的也不吃亏，小的虽然多，但是不费力，况且他刚才捡来砸

---

① 淘神：四川方言，淘气。
② 跐：四川方言，用脚踩着搓。

机器都捡了一堆了。守在旁边的，也有人跳到地里去，帮着胡子搬大石头，还有人拿着铲子帮段驼背铲小石头。

"对嘞嘛，几下整完，各人又去干活，今天要给你们发工钱啰。"

"今天就发工钱嘞？"

大家的脸一下放着光，就像爸爸的摩托车打开了灯。

"今天当真就要发嘞啊！"

盼望已久的日子一下来临，大家好像又嫌它来得太快了些。听到要发钱，我的脸上也发着光，我知道爸爸也会领到钱了。"不——不——"还负着伤的我，这会儿甚至想跟爸爸的摩托车一样，在迎风山上一腾一腾地奔起来。

大家干活更卖劲了，还在田地里的段驼背脸色愈发跟泥土一样黯涩。

"莫去惹他。"

"他领不到钱。"

几个人小声说着：

"段驼背真是老啩啦，不能再到工地上挣钱。再有，他屋不是贫困户，这次派工也派不到他屋的其他人，所以他见哪个都丧着个苦瓜脸。"

小武在收拾拿出来的东西，他就要拉上背包拉链时，我又看到了他的双节棍，看到这根打狗棒，我一下咧开嘴角笑了。

"笑什么笑？有什么好笑的？"小武对我做了个鬼脸，"脑壳上的伤疤不疼了？接到！海苔饼干。"他又朝我甩了个什么过来。

秃顶伯伯上次带到我家来的一大包食品中，也有饼干，只是和小武给我的这种海苔饼干的味道不一样。秃顶伯伯送来的饼干是甜酥甜酥的，海苔饼干的味道有些咸。

"不要乱跑乱动，免得震到你的伤口。我要回村委会，你干脆跟我一起去，让卫生室的人再帮你看看，需不需要再处理一下。"

小武背上双肩包，身子往前一耸，勒了勒两根背带。

"走吧。"

他招呼着我，我跟在他身后，嚓嚓嚓嚓嚼着饼干。村委会离这段路不远，我和爸爸赶场的时候都要经过它，只是那时，我并不知道这个有几座砖房子的院坝就是村委会。

我跟着小武走上院坝的一小排阶梯，到了一间房门口，小武对着里面那个穿着白褂子的年轻女人说：

"何医生，这个娃儿的脑门，被一颗小石头砸破了皮，起了个包，我给他敷了点云南白药，你看还要怎么处理一下不？"

"哪屋的娃儿喔，咋个没去上学？到哪儿调皮捣蛋去嘞？"

"陈大哥家的。"

"哪个陈大哥？"

"就是那个只有一只眼睛的陈大哥。"

"陈独眼喔，你是他屋的？"

何医生有些惊讶地望着我，我还在嚓嚓嚓嚓地吃饼干。

"这个是老几?"

"老大。"

小武帮我答着。

"你叫什么名字?我要登记一下。"

何医生又问向我。我嚼着饼干的嘴巴停了下来,我想告诉她我叫陈又木,但是这三个字我一个都还不会说。我只好看着她,继续又嚼着嘴巴里的饼干。

"他不会说话。"

小武有些遗憾地对何医生小声说道,似乎怕我和别人听见。

"听说这两个娃儿不仅哑,而且憨,跟他们妈一样?"

何医生反而问得更大声,只怕我和别人听不到似的。

"这个是老大,要好点,他自己虽然不会说,但是别人说的,他大概晓得一些。"

"难怪没上学喔。来,坐在这儿,我看看。"

何医生这才指了指她桌子旁的一根板凳,拉我坐下面对她。

"没得啥子事,不老火,针都不消缝,敞着还好得快些。你看他还晓得吃东西,证明也莫有伤到他啥子。包也不消包,细娃儿,好得快,结啴疤,几天就好嘞。"

"那就行。呃,我想起了,这个娃儿好像叫,叫陈什么木。我去隔壁查一下,贫困户档案里有他们的名字。"

小武说着转身出了门,我只好又跟着他到了另一间屋子。

这间屋和刚才那间卫生室完全不一样。刚才那间屋子里有一柜的药瓶瓶和一张窄窄小小的床,这间屋子的两张桌子和一排柜子都堆满了方方的塑料盒子和厚厚的纸袋子。小武站在柜子前,对着立起的塑料盒一排排看去,从其中的一层抽出一个。

"这是你家的档案。"

他打开这个塑料盒子,拿起里面的小册子和纸片翻了起来。

"哈,你叫'陈又木'。晓得不?你叫陈又木。你爸爸叫'陈贵群',你妈妈叫,叫'陈贵群妻',呃,你妈妈没有名字?哦,你爸爸说过,你妈妈自己都不知道她自己的名字。嗯,你弟弟,你弟弟叫'陈又林'。你要记住,你叫陈又木。别人喊'陈又木'的时候,你就要点头或者嗯一声。"

小武看着捏着空饼干袋子的我,试着叫了声:

"陈又木。"

"嗯——"

我朝他点了点头。

"嘿,这就对了嘛。你还听得明白我说的话,我和你说话比和其他乡亲说话还省事。"

小武一边高兴地收盒子,一边对我说:

"去,到卫生室隔壁的那个房子去,那个房子是村上的文化室,里面有电视,你还可以在那儿看电视耍。"

桌子上的一个东西嘀嘀嘀嘀地响了。小武抓起上面一根藤蔓牵着的丝瓜般的东西，对着它像打手机一样说起来。我把吃空了的饼干袋放在桌子上，退出去找那间有电视的房子了。

卫生室和小武在的那间房子并排着隔了一个过道，我刚才跟着小武来时都没注意。这会儿，我独自穿过过道，又到了卫生室，门留着一个缝，不知何医生还在不在里面。我径直走到卫生室隔壁，这间敞着门的屋子就是有电视的文化室吗？我在门口停下，扶着门框朝里面望了望。里面没有人，也不见瘫子家中那种方头方脑的家伙，只见一块薄薄扁扁的方板子挂在一面墙的中间，黑黑的，什么动静也没有。

这是电视吗？里面怎么没有猫和老鼠，也没有人和其他会动的东西？我站在这块方板板面前，盯着它看了又看，只觉得亮锃锃的它更像一面黑镜子。在这面黑镜子里，我又看到了我自己。

我的头发长长了，毛糙糙的，显得更加篷乱，我的脸更小了，嘴巴和牙瓣更大了，晃眼一瞟，我觉得我越来越像一个人。我把背佝着些，这样，我几乎完全就是那个人了。站在这块黑镜子面前，我的心情突然沮丧到了极点。我多么不想像她，更不想成为她——在这个世界上，她连自己的名字都不知道，她还知道什么！

我厌倦了这块可以照出人影的黑镜子，也厌倦了这块黑镜子照出的我自己。黑镜子旁边的两个架子很快又把我吸引了去。这两个架子不算高，每个架子从上到下有好几层，最高那层，我举起手也能够着。架子的每一层都插着些大大小小、薄薄厚厚的册子。花花绿绿的底色上，显着各种各样的字，这么多的字一下站在我面前，让我一时有些恍惚。它们好像都睁着眼睛在看我，在这么多眼睛面前，我突然觉得自己孤独无助，唉，要是瘫子在我身边就好了。

我在这些字中，寻找着自己能认识的，就像在满山花儿中，寻找我熟悉的蒲公英和狗尾巴草。终于，我看到一个"大"字，这个字我认识，瘫子给我说过，一个人长大了，肩膀上可以挑根扁担了，就是大人的"大"。

找到"大"字。我似乎有了一点信心和底气，我又接着在眼前这片字的群体中继续寻找我似曾相识的面孔。"口"！我又找到了一个认识的，瘫子说大大方方一个口。"中"！口中穿一竖是中间的中……

我正找得起劲，小武过来了。

"陈又木，你在干什么？那些是书，农村书屋的书，你看不懂的。哦，电视都忘了给你开，来，我把它打开，给你看少儿频道。"

原来，那块黑镜子就是这间屋子里的电视。这一天，我也不知道盯着它看了多久。也就在这一天，我才知道，电视里不只是有动画片，还有无数个世界。天空有天空的世界，海洋有海洋的世界，天空和海洋有合为一体的世界。幻想有幻想的世界，真实有真实的世界，幻想和真实有相互交融的世界。黑镜子好像一个魔幻的窗口，不断让我的眼睛和内心遭逢种种接踵而至的缤纷与奇妙。它乐此不疲地为我更迭一幅又一幅我想都想象不到的景象，这些景象往往连贯成一个个故事，故事里的男女老少甚至日月风雨、花鸟虫鱼……全然不避生疏地在我眼前欢欣着、忧愁着、讲述着，它们完全把我当作了一个对它们满怀兴趣并且真正能够理解它们的聪明的人。

在这个奇幻的窗口前，我也不知站了多久，直到这间房子真正的窗户外已麻麻黑，我才想起该回家了。我走出去的时候，电视里的人还在唱歌。我恋恋不舍地回了几次头，最后一眼，我在电视反射出的光的映照下，看见这间房子的门板上贴着三个字，它们是"文化室"吗？我想起小武带我来的时候说过这间屋子是村上的文化室。

16. 灯光

卫生室早关了门，过道对面小武查找我名字的那间屋子也关了门。小武呢？他把我忘了？还好，我看到过道尽头最后那间很大的屋子还透着明亮的灯光。我轻轻走过去，挨着半掩的门，往里一望——

天啦，这间屋子里怎么会有这么多人，他们坐在围成一圈的桌子旁，每人面前都摆着一摞摞纸。他们一边埋头整理着，一边相互小声地说着什么。呃？那不是大个子叔叔吗？他怎么会在这儿？接着我又发现了黄支书、刘村儿、小武，还有"白围巾"！"银帽子"！

不过，除了他们几个，其他的全都是我从来没见过的陌生人。他们都是从省里来的吗？

看着围坐成一圈的他们，我的手不由自主地往衣服包里摸了摸。还在，"白围巾"送我的笔还在。但是，他们这些省里来的人怎么现在还在这儿呢？他们这样满满地坐一屋，是要干什么？

"嗯，同志们，今天很抱歉，我们返回县城的小客车出了点问题，正在抢修，预计还有一个多小时能修好。现在七点过一刻，利用这个时间，我们就把原计划今晚回到县城才开的碰头会，放在村上开。这个会放在村上开也好，我们正好邀请黄支书、刘主任、小武书记和才从县里学习回来的村委会副主任岳主任一起参加。今天我们29督导组的各位同志对万顺乡苕花村贫困户的抽样调查走访，有什么还没有掌握清楚的情况，借此机会，可以再向几位村干部请教。黄支书、刘主任、小武书记、岳主任，辛苦你们了，我们知道你们在第一线工作很不容易，今天这么晚，耽误你们休息了，不好意思哈！"

说话的是斜对着我的一个瘦瘦的女人，她那么瘦，声音却很响亮，我看见她一说话，大家都安静下来了。

"莫得啥子喔，莫得啥子。"

黄支书清清嗓子说："我们晚上开会也是家常便饭。白加黑，五加二，都是常态了。只是今天实在对不住靳书记、魏主席和在座的各位，今天你们分五个小组跑了一整天，现在都还莫有歇下来。村上条件有限，还请大家多谅解！"

"关上门，就是一家人。大家都不说这些，为了抓紧时间，我看我们还是直奔主题。这样，在我们五个小组的十五个同志分别交流汇报今天的走访情况之前，我们首先请苕花村的村干部针对苕花村脱贫攻坚的总体情况给大家做个简要介绍。看你们几位负责人，哪个来？"

瘦瘦的女人微笑着看向黄支书、刘村儿、小武和小武旁边那个可能是岳主任的人。

"要脱稿讲哈。我们到县上，县上的领导汇报扶贫工作，我们都要求他们'脱贫攻坚脱稿讲'。能不能脱稿讲，我们就知道这个领导平常是不是真的把脱贫攻坚的工作抓在了手上，放在了心上。"

"岳主任，你来。"

"小武书记，你是省上下来的，文化高，你来说。"

"不，不，不……"

小武像我最开始学话时，连说了几个"不"。

"那这样，还是我来。我这张老脸，反正皮子厚。"

黄支书看他们几个都在推辞，干脆主动说道：

"各位领导，你们看到的，在我们苕花村脱贫攻坚的工作中，小武书记、刘村儿、岳主任主要抓产业扶贫，抓项目落实，抓增效增收。另外，电脑呀网络啊，上传资料、建立数据库、报送信息基本上都靠小武书记，现在他又发挥专业特长，带领大家修村上的硬化路，他们几个都属于实干型，做得多说得少。我嘞，平常最多也就是卖点嘴巴劲，现在我就代表我们莒花村的村支两委做这个汇报。既然靳书记要求脱稿讲，我也就不照到材料念，全凭口头说，说得不全的地方，请小武书记和岳主任补充。说得不对的地方，请各位领导批评指正。

"莒花村距万顺乡3.6公里，辖区面积6.85平方公里，地形以深丘山地为主，平均海拔970多米，全村以传统种植和外出务工为主要经济来源。莒花村共8个村民小组，全村有427户1316人，2014年被精准识别为建档立卡贫困村，共有建档立卡贫困户183户579人，2014年实现脱贫63户197人，2015年实现脱贫55户173人，2016年计划实现脱贫41户138人，2017年计划实现脱贫24户71人，力争在2018年前，贫困户一个不少全部退出，实现贫困村彻底'脱贫摘帽'。

"2014年以来，莒花村脱贫攻坚工作在各级党委、政府的坚强领导下，组成了一支由县、省多家单位为成员的驻村工作组，工作组与村支'两委'结合莒花村实际，动员全体村民以基础设施建设为重点、以农业增效增收为核心，全面打响了脱贫攻坚战……"

"不错，不错。黄支书，我看你把你们准备的材料都要一字不漏地背得下来了哈。"

"嘿，有啥子法？上面各种检查哪个多，经常翻来覆去地讲，也就把嘴皮子磨顺滑哕啦。"

"黄支书，你也不用谦虚，听得出你们村支两委对苕花村的脱贫工作是心中有数的，对当前和下一步的目标任务也是明确的。苕花村的脱贫攻坚一步一个脚印，正在稳打稳扎地推进。接下来，我们五个小组的十五位同志，就挨个交流你们进村入户的走访情况和真实感受，还是像前两天一样，谈你们的所见所闻，谈各自的所感所悟。既要说成绩，也要说问题，还要说说对策或建议。请大家畅所欲言，嗯，我们今天发言的顺序倒起来，怎么样？从第五小组说起，孟组长，你先开个头……"

"那好吧，"一个中年男人接着说，"我说得不全的，请我们小组的其他成员补充。我们第五小组今天是留在村上，负责查阅苕花村脱贫攻坚的规划计划制订、基础档案、政策措施落实和项目实施管理的有关资料，访谈基层工作人员，了解全村'六个精准''五个一批'的推进，乡村基础建设和集体经济的开展情况。通过调查和对比，我们发现苕花村这几项工作的成效比较好，他们靶向定位、精准'建档立卡'的工作搞得特别扎实。入户摸底调查、申请评议、公告公示、信息录入、资料归档等工作都规范有序。按照'驻村联农户、户户有干部'的要求，村干部、驻村干部与帮扶对象开展了定期、定点、定户、定人的'四定'精准帮扶，建立健全了扶贫对象动态机制，他们又通过项目规划、资金扶持、产业发展，确保扶贫到户政策的落实，为实施分类扶贫，制订帮扶计划和措施，确定扶贫内容、方法、途径和落实各项惠农政策提供了依据……"

"我补充一下我们五小组了解到的苕花村的基础建设情况。目前已经完成的有安全饮水工程，电力工程和一些通讯项目，包括移动基站建设和宽带建设。同时实施了电力农网改造，确保了村民用电安全。目前正在进行的是道路通畅工程，也就是硬化村内路和联户路。村上第一书记和其他村干部能坚持战斗在一线，及时解决施工用地、质量监督、劳务用工、建材保障和安全管理等具体问题，保证了工程顺利推进。"

"我说说苕花村的产业发展情况。这个村因地制宜选择了适合自己的产业，没有盲目跟风，不像其他村大家都去种花椒，大家都去养鸡，到时候花椒和鸡的销售又成问题。他们瞅准了自己的特色产业，一是皂角，一是雷竹。这次来，我才了解到，皂角全身都是宝，是一种多用途、高效益的经济树种。苕花村的土壤、气候特别适宜皂角生长，只是村民之前对皂角没有这样的认识，任凭它自生自灭。后来国家农委的一个工作组来这儿调研时给他们指出了这条致富路，现在苕花村发展皂角产业主要就是收获皂角刺，用来提取抗癌成分。一亩皂角可产刺200斤左右，一亩收益7000多元，丰产期达得到10000元左右，可以带动一百多户农户增收。村上的工作人员还给我们介绍说，他们村一个失明多年的贫困户，不能外出打工，这么多年挣不到钱，现在有了这个皂角产业,他每天就坐在家里面剪皂角刺,一天可以剪五六斤,比那些眼睛好的人还剪得快,一斤挣十元,一天可以挣五六十元。

"雷竹是苕花村下一步准备推进的一个产业。说雷竹也许大家不知道是什么,其实就是我们吃火锅经常配备的一种食用笋子,它的需求量大,市场前景很好,苕花村下一步就想打造一个总面积500亩的雷竹产业园。雷竹三产可达丰产期,主要收获竹笋,平均亩产雷竹笋3000斤左右,一亩收益8000元左右,可以带动一百多户农户增收。另外,村上的种植专业合作社和家庭农场还在发展魔芋、核桃、枇杷、柑橘等经果林,这样又能带动一批农户脱贫致富。我们的总体感觉就是,苕花村发展产业不跟风,抓自己的特色,走自己的路,这一点很重要……"

第五小组大概说完了。

"很好,五小组交流得很好,"瘦瘦的女人又说话了,她看着大个子叔叔,"我们继续。邱组长,你们第四小组还是请你先带个头?"

大个子叔叔姓邱?他挺了挺背脊,声音依然温和地说:

"这个村民风很淳朴,干群关系比较和谐。从我们入户调查的情况来看,没有发现贫困户错评、漏评、错退的现象。我们了解到这个村以培训促进就业,开展就业精准扶贫技能和劳务培训,让村民很受益,特别是有的贫困户家庭成员被安置到扶贫公益性岗位就业,这个措施立竿见影,一下就改变了贫困户家庭的经济状况。但是在核算贫困户家庭收入时，村上把有的项目投入比如小额信贷和产业扶持基金、预期收入都算成当年实际收入，还是存在算账脱贫的现象。针对这一点，我建议对贫困户的家庭收入，哪些核算哪些不核算，村干部和帮扶人一定要弄清楚计入家庭人均收入的有九类，不计入家庭人均收入的有十七类，明白了这个，对贫困户的收入核算才能准确。"

瘦瘦的女人一边用笔记录着，一边说：

"好！既有点赞，又有建议。第四小组的其他成员，请接着说。"

轮到"白围巾"说话了。她用手压了压下巴前的围巾，好让自己的声音不受阻碍：

"下面，我想从我们小组走访到的其中三个贫困户家庭的细小之处，说说自己来到苔花村的真实感受。

"一是在刘进福家。刘进福就是村里人喊的刘万一，他前些年外出打工，在工地从脚手架上摔下，医生说如果活下来只有万分之一的可能不是植物人。结果他真的活下来，也真的不是植物人，成了那万分之一。我们到他家时，他正扶着一根固定好的横着的竹竿在练习走动。让我震惊的是他双手扶着的那根竹竿，这根竹竿的表面，也就是他的双手来来回回反复把持的地方，已经磨得像不锈钢钢管一样发亮。看着这根亮锃锃的竹竿，我一下看到了刘进福对厄运不屈服的那股无形而顽强的劲头。他最终能下地走动，与他从未放弃过的希望和坚持不懈的努力分不开。在这根发亮的竹竿上，我看到了一种力量。

"对不起，我说的是非常微小的细节，都不是什么重要的数据和概念，可不可以？"

"可以啊，很好，你能从细微处有所发现，这些更生动具体，继续哈。"

瘦瘦的女人鼓励着"白围巾"。"白围巾"继续说道：

"我觉得刘进福的妻子也很了不起。她对自己差点成为植物人的老公，给予了竭尽所能的支撑。其实，我们看到他们一家时，他们家很平常。老婆在忙里忙外，老公还是在扶着竹竿练习走动。他们夫妻二人各自安宁地做着各自的事，彼此甚至都顾不上看向对方一眼。念初中的孩子放学回来，自己就在两根一高一矮的板凳上做起作业来……就是这样的稀松平常和安宁，更强烈地震撼着我的内心。我们每个人所渴望的亲情中的不离不弃，我在他们家看到了。这是贫困户家庭内部，亲人与亲人之间的相互帮扶。

"第二是在钟越强钟瘤子家。钟越强嘴巴毒，说话狠。我们督导组来到他家他也没给个好脸色。大家知道一个人嘴巴毒，是因为心里苦，我同样特别留意了他家的情况。钟越强的老父亲和老母亲都疾病缠身，两个老人最放心不下的是他们的孙子，钟正轩。这个孩子在镇上读高中，我们这次去并没有看到他。学校远，钟正轩每天都是早出晚归。他爷爷说他们拖累了这个孩子，孩子每天中午在学校只有五毛钱吃午饭，只够买一个馒头。但就是每天中午只够买一个馒头吃的五毛钱，这个孩子也省下来了，在奶奶七十岁的时候，他给奶奶买了一条十元钱的项链。十元钱对很多人来说，不算什么，对一根项链来说，也是低到尘埃里的价格。但是听见爷爷说这番话的时候，我马上在心里做着一道简单的算术题，这道题一做出来，我的心突然被深深地触痛了。十元钱啊，意味着这个孩子有二十天没有吃午饭。二十天啊，一个念高三的孩子！离开他们家的时候，我反复掂量着这根用绝不低廉的代价换来的十元钱的项链。我又想起爷爷说到这条项链时，穿得很厚的奶奶指了指自己的脖子，意思是告诉我们，孙子买给她的项链她一直戴着。我们谁也没有看到这条项链，但是我想这条项链，如果从奶奶的颈窝掏出，该是多么暖和！

"这条项链，让我在这个贫寒的家庭看到了他们祖孙几代人对美好生活的渴求和向往。第三是陈贵群家。"

"陈贵群家？"

"白围巾"是在说我家吗？我的耳朵几乎都要竖起来了。

"陈贵群一家四口，他，他妻子和两个孩子四个人都有不同程度的残障。他这一家，毫不隐晦和夸张地说，是我们这次督导的所有贫困村中最困难的一户。陈贵群只有一只眼睛，做不得什么事，村上人都叫他陈独眼儿。他的妻子是他从垃圾堆旁边捡回来的，又哑又憨。受遗传的影响和偏僻、闭塞、缺少早期智力开发和医疗救助等客观事实的限制，他们的两个儿子也又哑又憨。因为自身残障和家庭能力的限制，两个孩子没能接受义务教育。

"我们小组仔细查看了他家的住房，老旧、破朽，还有几处在漏雨，好在村上已经把他家列入易地搬迁、集中安置的范畴，估计他家很快就会迎来一个巨大的改观。但是今天趁这个机会，省上的领导和村上的主要负责人都在这儿，我想特别提请大家多关注他家的两个孩子：陈又木和陈又林。我专门请陈贵群写下了这两个孩子的姓名，虽然他们自身有一定残障，但对于一个十岁、一个八岁，正处于学龄阶段的他们来说，接受教育也是他们最基本的权利。对于这种特殊情况可不可以专门提请县上或省上有关部门特别重视一下，联系一家能接纳他们的特殊学校，给予他们受教育的机会。两个孩子毕竟还小，今后的路还很长，如果让他们错失教育良机，长大后这两个孩子可能又是他们妈妈的复制品，他们家的贫困问题，就从根本上得不到解决……"

我听到"白围巾"提到了"陈又木""陈又林"，她让爸爸写下我们的名字，原来，她是想让我和弟弟去上学。特殊学校？站在门边，我的眼睛睁得大大的，恨不得把这间屋子的每一粒灯光都装到我的眼睛里去。我的心扑扑扑地跳着，一声比一声响。不知是因为害怕还是担忧，这一刻，双眼茫然的我好像对明天充满了从未有过的畏惧。

屋子里的人谁也没有注意到站在门口的我，更没有人听到我扑扑扑的心跳。他们在继续说着话。

"我们三组走访的那几户,有个十五岁的土家族盲童也留在家里,没能上学……"

"我们二组去到的一户,有个大家叫瘫子的小伙子,那个小伙子真是可惜了,医生打针把他打瘫后,这么十来年他家想尽各种办法也没能让他站起来,他今年二十了,如果现在能争取到针对这些特殊孩子的特殊教育,他也享受不到了……"

他们又在说瘫子?为什么瘫子享受不到?虽然我还不能完全理解"享受"这个词的意思,但我隐隐感到"享受"应该是一件有福分的事。

17. 掌声

"这次督导,看来大家对每一户贫困家庭都调查了解得很细致,感触也很深。刚才小叶的发言,不仅发现了贫困户在外力作用下的改观,还发现了他们自身为摆脱困境所做的努力。不管是你们反映的问题,还是你们各自不同的感悟,我都做了笔记,明天回到县上,有些情况完全可以和县领导交流沟通。有些问题,回到成都,我们还会认真向省上汇报和反馈。总之,凡是能够对贫困户起到一点帮助作用的事,从督导组这个角度,我们都会尽力去做……

下面,大家继续畅所欲言。小叶,你谈得很好啊。呃,你是《金沙文学》的编辑?"

"是的，靳书记。"

"不错啊不错，真的很不错！你是带着文人的情怀在访贫问苦哈。通过这次调查走访，你对扶贫工作还有哪些好的建议？我们也想听一听。"

"前面大家提到的建议针对不同方面，有很强的操作性。我下面要补充的，或许还不够成熟。但我还是想把它们提出来，请大家共同商讨。

"我这个建议是关于文化室的建设。这次调查走访，每到一个村，我都会专门走进村上的文化室去看一看，这些文化室确实全部按要求配备了一定数量的图书。我又看了看这些书籍的构成，有一部分是实用性较强的农业技能方面的书，有少量科普类的书，一两本心理学方面的书，除此之外就是心灵鸡汤类和市场畅销小说，而儿童绘本类图书和会对一个人一生产生深远影响的优秀名著，少之又少。这么两周下来，我在自己去到的文化室只发现了《简·爱》《苏菲的世界》《西游记》这几本名著。我问过一位村干部，他说所有书都是外面送来的，送书的部门可能担心老乡看不懂或者啃不动那些名著，再有一些人是把要推销的书打包送到这儿。我当时听到村干部的话就在想，我们建乡村文化室本身是件非常有意义的事，但是我们在考核验收的时候，往往注意的只是文化室的面积和书本的数量是否达标，而忽略了摆放在文化室的书籍，究竟为乡亲们提供了多少真正有益的精神食粮。

"从图书的配备来说,我个人的建议是,不要因为担心贫困村的乡亲看不懂那些优秀著作,而让这笔宝贵的精神财富与他们失之交臂。文学本来就不是立竿见影的,它常常是以潜移默化的方式存在于我们的生命过程,为我们打开心灵的门窗,给予我们看不见摸不着的精神力量。

"我记得自己十一二岁的时候,我家所在的那个小单位也有一间公家的文化活动室,里面有一台电视,还有篮球、乒乓球、羽毛球、象棋、跳棋……还有一小柜子图书,其中有很多小画册和彩色绘本,这些书自然是小孩子最喜欢的。我现在记忆犹新的是一本厚厚的彩色绘本《尼尔斯骑鹅旅行记》,我经常和几个小伙伴一起翻看它,我们跟着那只会飞的鹅随着大雁一起开始了漫长的旅行,那时物质同样贫乏的我们因为作者精妙的描绘而领略到北欧美丽的自然风光,同时也和主人翁尼尔斯一样经历了许许多多的磨砺,现在回想起一帮孩子捧读这本书的场景都是温馨的一幕。后来,我才知道那时我们一起饶有兴味翻读的这本书是世界文学史上第一部,也是唯一一部获得诺贝尔文学奖的童话,书的作者塞尔玛·拉格洛夫从小患有腿疾,但是身残志坚的她精心完成的这部鸿篇巨制却能带着我们去飞翔。

"再后来,我发现我哥哥把一本厚厚的书借回家去看,这本书的封面都不在了,我很好奇他为什么会对这样一本既没有书壳也没有一幅插图的书感兴趣,我也把这本书悄悄拿来读。我一天翻几页,一天翻几页,最后竟然把这本书翻完了,翻完后也不知道这本书叫什么，只是觉得心里塞了很多东西进去。这些东西，我当时也不知道它们是什么，只是隐隐觉得它们好像是光亮的，柔韧的，昂扬的。

"后来，在大学图书馆无意间再读到这本似曾相识的书，我才知道它的名字叫《约翰·克利斯朵夫》，作者是罗曼·罗兰。

"今天，我在这儿和大家说起这些，我只想表达一个观点：一部优秀的文学作品的精髓会渗透我们的一生，我们与它的偶遇本来就是这个世界上最奇妙而富丽的一刻。作为人类的一分子，包括我们贫困村的每一个人，都有权利继承、分享人类精神遗产中的那些瑰宝。

"目前，我们的乡亲只是暂时处在物质生活相当贫困的阶段，但是他们的精神生活不应该也因此而贫瘠。其实，不论对于贫困户还是暴发户，对于所有的普罗大众，建设我们的心灵世界与建设外部世界都同样重要。现在，我们的乡村既然有文化室这样一个空间的存在，这个空间就应该为当地村民与那些能够照亮他们内心世界的优秀著作的不期而遇提供一种可能。这样，我们的文化室才真正具有文化的意义。"

"说得好，小叶！此处应该有掌声啊！"

大个子叔叔忍不住提议道。屋子里随即响起一片哗哗哗的声音，他们每一个人的两只手都互相击打着。偷偷站在门口的我，是不是也该拍响自己的双手？屋子里似乎有一股涌动着的激流，身处其中的人都显得格外专注、兴奋而红润。站在门边，我好像也身处其中，身处其中的我似乎也和他们一样,更加专注、兴奋而红润。但我的双手始终没能像他们一样哗哗哗地拍响,我的右手揣在衣服包里,默默地,把"白围巾"送我的那只笔攥得更紧了。

"我来插几句。"

"银帽子"说了一声。

"我们这次零距离走进贫困村,确实真切地看到了贫困村在各级政府的领导下,凭借多方帮助和自己的努力,发生着今非昔比的变化。但是,我注意到许多伪劣商品、三无产品正充斥着农村的集市。潜伏在表面的繁荣之下,它们的危害和隐患都不可小觑。有的劣质东西完全可能对农村老百姓造成不可逆转的伤害。比如那些没有质检的、毒害物质严重超标的食品、衣物。刚才叶珂琬呼吁文化室应该给村民提供真正有益的精神食粮,而不应该让一些泡沫类的书籍占据政府为贫困村创建的精神家园。我认为提得很好!在此,我也呼吁有关部门能有效管控那些不法商家,遏制伪劣商品涌入农村。我们的老百姓自我防范和鉴别优劣的能力还不足,不能让那些东西仅仅凭借低廉的价格就乘虚而入,它们带来的危害也许不会马上就凸显出来,但是老百姓的健康一旦受到摧残,它们又在为新一轮的贫困埋下祸根。农村是养育我们每个人的家园,所有对它的戕害都是对我们自己的戕害。我记得一位在基层锻炼了的干部说过:看一个城市的河流,可以看到这个城市的良心;看一个国家的农村,可以看到这个国家的乡愁!"

这次没有人提议，屋子里的掌声再次响起。

"我再补充一点。"

又有一个声音接着说道：

"刚才叶珂琬讲到她小时候一个小单位的文化活动室都配有一些体育用品，篮球、乒乓球、羽毛球……那应该是十多年前的事吧，十多年前，一个小单位的活动室都能考虑到人的全面发展，十多年后，我们再搞这种公共性质的文化场所建设，也应该包括一些体育元素在内。这些简单的体育用品投入的费用不会太多，但是它们不仅能让贫困户增强体质，锻炼他们的恒心和毅力，还能提振他们的精神面貌，增添他们战胜困难的勇气。好，我就补充这一点！"

"很好，继续，三组的杨琪琪，你接着说？"

"今天刚到苔花村的时候，走进村委会办公室，我看到墙上写着'朝受命，夕饮冰。昼无为，夜难寐'。一下体会到这里的扶贫干部有很强的使命感和紧迫感，后来通过实际调查，了解到他们确实在以只争朝夕的干劲改变着苔花村的贫困面貌。

"面对一个个贫困户，我发现他们在多方力量的帮扶下正在不断增强获得感，对于没有劳动能力的贫困户来说，的的确确是雪中送炭。但是我在这儿想说的是，对于有劳动能力的贫困户，大家在对他们进行物资上的付出、给予的同时，是不是应该再多考虑和讲究一下方式方法，以避免他们在伸出手的同时丢掉自身的尊严。因为无论施与被施，大家在人格上是平等的。

"我想起一部日本小说《佐贺的超级阿嬷》，二次世界大战后，小主人公昭广的爸爸去世了，妈妈无法照顾他，只好把八岁的他寄养在乡下外婆家，哪知外婆家更艰难穷困。那些日子，乡下也有很多人帮扶他们，其中有些举动给人的印象和感慨特别深。比如，卖豆腐的大叔每天都把破掉的豆腐半价卖给昭广家，有一天，没有残破的豆腐，大叔故意把一块好豆腐戳了一个小洞，半价卖给了昭广。我觉得这种帮扶里面折射着一种人性深处的关怀，也许值得我们借鉴和思考。"

"杨琪琪，说得很好，大家都说得好！小叶，你是抛玉引玉啊！看来大家此行不仅是带着眼睛和耳朵来的，更重要的是，大家还捧着一颗心来！继续，小叶，继续说说你的建议，大家有补充的欢迎随时补充。"

瘦瘦的女人也显得有些激动，她一直在纸上用笔匆匆记着什么。

"好的。我下面提到的这个建议不知是否切合实际，或许它也不是我们一时半会儿能解决的，但我仍然想把它提出来，供有关方面参考。

"贫困村要摘帽，'五有'其中'一个有'是要求有通信网络。通过这次实地调查，我们这次督导所抽查的两个县的十五个贫困村都实现了网络全覆盖。今天我们到的苕花村，每个贫困户家里还配送了一个手机，贫困户基本的通讯问题已全部解决,彻底结束了以往'通讯靠吼'的时代,应该说这也是苕花村精准扶贫工作中的一个亮点。

"我们身处信息高度发达的时代,这个时代最显著的特征正逐步为脱贫攻坚所用。我们上周去的朗云县,大家看到他们县贫困村的电商搞得很有起色,一些农副产品通过网络营销直接增加了贫困户的收入。香台县这方面也在跟上,他们的生态猪、生态鸡都在网上打开了销路。

"我这里想说的是网络平台对于扶贫除了发展电商之外,还有很大的利用空间。比如说网络教育,幼儿、小学、初中、高中、大学……人文、社科、技能……各阶段各门类各板块的教育还没有形成系统,其优势也还没有在扶贫活动中得以运用。

"今天,我们打开电脑,随时都有一些广告和不良信息猝不及防地跳出,它们就像伪劣商品轻易掏向村民的钱包一样,在轻易地掏走未成年人和自控力不强的成年人的精力,这个问题无论在城乡都客观存在。

"我们来分析一下,那些广告和不良信息之所以无孔不入,不过是为了谋利。但是,如果为了谋更长远更宏大的社会效益,我们的网络教育完全应该有勇气在网络平台来参与这样一场终将会决出胜负的竞争。

"有这么一个故事。一块闲置的田地长满了杂草,田地上的老农拔了这边的杂草,那边的杂草又长出来,怎么拔也拔不尽,老农为此无比苦恼。一天,一个智者对他说:你如果不希望杂草霸占你的田地,就不应该让田地荒芜,你试着种上粮食和蔬菜吧。老农依照智者的话去做,结果,他的田地不仅有了收成,杂草也没了立足之地。

"受这个故事的启发,我认为网络教育扶贫真的大有文章可做。其实不只是针对扶贫,针对所有网民,国家都可以认真来做这样一件覆盖面宽广而社会效应巨大的公益事业。

"当然,现在的网络也有很多好的资源可以共享,比如只消有一台电脑,我们坐在迎风山脚,同样能打开世界各国各大名校的教学视频,如果有兴趣的话,我们完全可以看到耶鲁、哈佛、牛津、清华、北大……的课堂,大家可以足不出户地感受到那些学府的氛围,山村孩子的眼界一下就会开阔起来。但我们贫困村的村民对于诸如此类的资源,还没有主动去接触和共享的意识。而这些网络课堂更多也只是象征性的,一旦具体到某个学科的长线学习甚至某个知识点的落实,比如英语学习、作文训练、音乐鉴赏……网络上的这些课程大多是以收费的形式存在。

"试想如果哪一天,我们国家倾力研发的全公益、更加优质而成体系的教育教学资源也能主动在网络上推送、更新,我们的教育就超越了院校的围墙,也跨过了城乡、贫富的悬殊,真正的教育公平将通过无形的网络让人们触手可及。

"这与文化室的建设是一个道理,和并非有了文化室,村民就能接受到真正的精神文化一样,也不是仅仅通了网络,网民就能共享到优质的网络教学资源。我认为建文化室、覆盖网络,这些是我们扶贫先扶智的重要一步,但这只是第一步,第二步我们还应为这些平台充实优良的内容,第三步还要让它们切实发挥作用……"

掌声又哗哗哗地响起。

"小叶啊,你是一个有思想、有情怀的年轻人!你有你自己独到的想法,这个非常难能可贵。继续,大家有其他的想法和建议,都敞开来说哈。柳云山,你是社科联的,你来说几句?"

"嗯。"又一个小伙子说话了:

"脱贫攻坚是一项艰巨的任务,每项工作确实只有落到实处才能有效推动。这次跟随督导组进村入户,面对每一个贫困家庭,这几天,我也在思考一个问题。我发现,过去我们对农村的那一套认知,沿用到今已不适用。现在农民的命运从传统意义上发生了改变,连丰收的意义和概念也不一样了。因为现在的农村、农产品已经进入到市场的大循环,与过去自给自足的农村现实不一样。这当中有一个经济学的问题,期货市场在对全球商品进行预先定价,资本跟供给多少有关,'蒜你狠''姜你军'的劲头下,农村为什么还是贫困?甚至产量提高,为什么他们还是对末端生产感到绝望?农民不种地是有原因的,天生的懒汉只是少数。此农村非彼农村,全球化不是一句假话。工业化时代到来,城市获得对商品的定价权,乡村失去对农产品的定价权,也就失去了对自己劳动的定价权。所以我们今天面对农村,如果还是基于以往的老的经验是行不通也走不远的。今天的农业生产依托的是全球化的定价系统，规模化，集约化，土地流转……这种生产格局下，农民仅仅依靠勤劳不一定致得了富，还得有头脑，有勇气，会使用新技术。

"20世纪，梁漱溟、费孝通和四川的晏阳初先生都致力于乡村建设。而今，改变中国最弱势地区的现状和最贫困人口的命运，是一个壮举，也是一个巨大的变革，从宏观上我认为需要放在全球化的背景下去考量……"

"今天，"瘦瘦的女人放下手中的笔，"这个在茗花村上开的碰头会很让我感动，我觉得这次督导，能与你们这样一群充满朝气和锐气的年轻人同行，我自己都与青春的活力与激情久违了。大家来自不同的省级机关和部门，我们虽然是临时组建的团队，但是各小组各成员群策群力，从不同角度、不同层面对我们的扶贫工作提出了非常有价值的观点和建议……"

房间里的人还在轮着说话，掌声不时飞出门窗。

"吽——吽——吽——"

砖房外的场坝里，一阵老牛打哼似的声音一声比一声更莽撞地震动着山村的黑夜。我回头望去，才发现场坝里有好几个人在倒腾一辆大车子。徐虎也在其中，他一会儿朝车头挥着手，一会儿又朝车尾跑过去……

场坝外的天已经黑尽。我不能再守在这间房子的门口了，借着这片光亮，我得赶紧朝家走。我往大房子里面再次望了一眼，就踮着脚离开了。

坝子里的灯光一步步和我拉开距离，我越往前行，它们越是依稀得像那间大房子残留在我脑海里的声音。这些声音即便在我转过山弯仅有月光相随时，依然在我心底轻轻跳跃。

月光下，手里紧紧握着一支笔的我沿着山路而上，我看到朦胧的山间有一点耀眼的光，这点光正是我家的位置。夜已经沉浸在无限的安宁之中，我家的灯还亮着，我梦一程幻一程地向它走去。它似乎牵引着我，不断收缩着拴在我身上的一根长长的线。这时候，四周仍旧泌出的一片一片的黑，在我揉着眼睛的那一刻，竟然像春日里一拨又一拨明艳的山花团团簇拥着我、托举着我，我的目光越过这片明艳，那静静端坐在山中的家，第一次在我眼中显得熠熠生辉。

月亮俯瞰着整座迎风山，她的目光和均匀的呼吸洒在我回家的路上。夜是这样潮润而安宁，我的脚步随着月光在山间飞逸。

第三章

18. 小册子

太阳爬上山坡的时候，爸爸还在呼呼地补瞌睡。弟弟和妈妈早已吃过了饭，我啃着从灶台上找到的冷馒头，这些馒头肯定是爸爸从场镇上买回来的。妈妈除了会煮米饭和菜汤，不会做其他食物，她甚至不知道把冷馒头用热水汽一汽。我啃着这个冷面疙瘩，往山脚看去，修路的人又在骨碌碌地忙乎着，那根灰色的带子越铺越长，马上就要触到村尾了。

他们一定走了吧，我这才想起昨晚在村委会坐了一屋子的那些省里的人。他们好像一群鸟儿，呼啦啦在我头顶的天空盘旋一圈，又呼啦啦飞走了。蓝莹莹的天刚留下涟漪似的波痕，转瞬一切又了无痕迹。

弟弟坐着他的小红板凳，趴在翻板桌上。这张板凳自从我把它带回来之后，它就完完全全属于弟弟了。很长一段时间，弟弟总是把它抱在怀里，现在它终于像根板凳一样垫在弟弟屁股下。虽然弟弟背对着我,但我已经猜到他在干什么了。

我一边嚼着冷馒头,一边走到他面前,果然,弟弟正捏着他的红笔,在一张废烟盒纸上涂涂画画。烟盒纸已被他扯开、展平,在白色那面胡乱画得个红乎乎,晃眼一瞧,好像是红色的星空,又像是层层叠叠红色的山峦。

这会儿,他把另一个烟盒壳里的锡箔纸取出,展平,又在白色那面胡乱画起来。他头埋得很低,手上使的力轻重不一,时而把笔尖连续在纸上抹,时而提起笔尖在纸上鸡啄米似的啄。他心里好像有一个稍纵即逝的梦,他必须赶紧用红笔把它留住。梦留住了,他心里又升腾起一片正在弥漫的烟雾,他又必须用红笔把这些烟雾的身影拦下。烟雾拦下了,他心底又游出一群鱼儿,他又必须用红笔把这些鱼儿都捉住……他是那样忙碌而全神贯注,对旁边的我浑然不觉。

昨天抢了他的笔又悻悻还给他,我心里还窝着一股气,只是这会儿不敢再抢,爸爸正补瞌睡,把他吵醒了,没准又是一顿骂。

就在我准备任随弟弟尽情玩耍那只红笔时,我发现他垫在锡箔纸下有一本薄薄的小册子。这本小册子怎么这样眼熟?它不是昨天爸爸签字时,"白围巾"拿出它来给爸爸垫着写字用的吗?没错,它应该是"白围巾"落下的。

趁弟弟涂画得起劲,我一下从他正按着的锡箔纸下抽出那本小册子。弟弟猛地抬头望着我,眼里满是惊悚,还好他很快发现红笔仍在他手中,锡箔纸也仍在他面前,才没有大叫。

他眼里的惊悚随着他的眼皮一眨，就被他的眼睛一口吃掉了。他埋下头，又按着锡箔纸鬼画桃符，只是没有小册子垫在底下，他画得比先前小心多了，唯怕把锡箔纸戳穿。

我拿着这本小册子看了又看，只见封面上有一行字。我数了一下，一共有七个字。我认识第五个，"人"。看着这个"人"字，我一下想起它就是肩膀上没有挑扁担的"大"。我把这七个字又盯着看了一遍，在第一个和第七个字中，我都发现了一个"口"。这七个字下面有一行很小的字，其中倒数第二个字，我一下又认出来了，那是巧克力的"克"。瘫子说过，单单这个"克"字里面就有六个字。

我又把"克"字里面的这六个字想了一遍：十，口，儿，古，兄，克。这六个字都想到了，我突然有一丝小小的欣喜，看来瘫子教我的东西我没忘。虽然平常没有想起它们，但它们已经放在我脑子的柜子里了，想到时，一打开柜子，它们都一个不少地在那儿待着。

我打开小册子随手翻起来，书壳后面有一张很小的图，是一个人的头像。这个人的眼睛又大又愣，有点像弟弟的眼睛。他的嘴巴被一圈黑乎乎的胡子包围着，就像刚啃了烧煳了的红苕或玉米。

我接着往后翻，其中一页只有两行，是一种蝌蚪般奇怪的字，这一页后面的两页，字很少，但是有我认识的一、二、三……直到十。我又往后翻，试图找到我能认识的字，在密密麻麻的字中，我真还找到了："古""中""回"……这几个熟悉的面孔。小册子像字的树林，我翻来覆去能认出的不外乎刚才那几个。这么一本小小的册子，居然装了那么多的字，我不禁揉了揉鼻头，它到底写的些什么，对我来说简直就是一个巨大的谜。

我又去了瘫子家。这一次我几乎是全程小跑着去的，我手里拿着的两样东西似乎在给我的双脚助力。拿在外面的是"白围巾"落在我家的小册子，揣在衣兜里的是"白围巾"送我的那支笔。我又马儿般嘚嘚嘚嘚地向前奔，身后的风像一记记轻盈的鞭子抽着我的屁股，嘚嘚嘚嘚，我跑得更欢了。

瘫子家和我家之间的路，在轻快的蹄声中，变短了很多。奇怪的是，这天瘫子的手里也握着一本册子，只不过他那本更厚更大。我还没张口，他就先问起我来。

"你拿的是什么书？我看看。"

我赶忙把小册子递给他，他在接过去的同时，放下了原来握在他手中的那本。

"《给青年诗人的信》。"

他照着小册子封面上的七个字念了起来，随即拧起眉头：

"这是哪儿来的啊？"

为了让他马上知道是怎么一回事，我伸手指了指山脚。

"小武的？"

我摇摇头。

"说话，把想说的都说出来。你放心，你说的话我都听得懂。"

"不——赫——。"

"不是,那会是谁的?"

"哈——朽——嘞——"

"他走了。他是谁?"

"朽——嘞——"

"走了。喔,我想起来了,是不是昨天省上督导组的人的书?是他们落下的吧?"

"赫——"

"是啊?"

瘫子拿着这本小册子,把书壳再次认真看了看,然后又一个字一个字地念起来:

"莱内·马利亚·里尔克,著。"

他抬头望着我,为我解释道:

"也就是说,这本书是莱内·马利亚·里尔克这个人写的,这是个外国人。下面这两行是英语,但是我只会认单个的字母,不会认它们连起来的单词。嗯,再下面这几个字是'冯至,译',可能是说这本书是叫冯至的那个中国人翻译的。最后一行字是'上海译文出版社'。"

瘫子念完外面的字,见我意犹未尽,打开书,照着书壳背后那张头像下的字又念起来:

"莱内·马利亚·里尔克(1875—1926),奥地利作家,重要的德语诗人,著有诗集《杜伊诺哀歌》《致奥乐弗斯的十四行》和小说《马尔特·劳利兹·布里格随笔》。"

瘫子盯着这张图片看了又看。

"哦，这个人就是他了。嘿嘿，他有一圈黑胡子。呃？1875 到 1926，这应该是他出生和去世的时间吧，来，我们来算算，看他活了多少岁。你先看，1875 和 1926，这两个数哪个大？"

我以前比较两个数的大小，都是看哪个长就哪个大，现在这两个数一样长，总不会一样大吧？

我摇头说：

"不——嬉——笑——"

"你是不是发现他们都是四位数？你看，从右边开始，这是个位，十位，百位，千位。比较这种位数相同的两个数的大小，我们要从最左边的最高位看起。你看，千位上他们都是几？"

瘫子指了指这两个数的千位，"是几？"

"耶——"

"对，他们千位上都是1，说明他们在千位上是一样大。千位上比不出大小，我们就看百位，百位上它们分别是几？"

顺着瘫子手指到的地方，我说道"滑"和"朽"。

"8和9哪个大？"

"朽——"

"9？对了，他们俩在百位上已经比出大小，不用再往后看，我们就知道1926比1875大。用大的这个1926减去小的那个1975，就可以看出他活了多少岁。个位上，六减五得一。

十位上,二减七不够减,要向它前面的一位借一作十……"

瘫子后面讲的,我完全听不懂。但他好像知道这后面讲不了多久,还是坚持讲完了。到最后,他总算说出1926减1875得多少了。

"五十一呀!哎,他才活了五十一岁,还没有我爸爸活得久,我爸爸今年都五十二了。喔,这本书应该是他写给别人的信,这个别人呢,应该就是个青年诗人。好吧,我们再往后看,这一页又是两行英语,嗯,这一页是'目录'。'目录'就是说这本书里有什么内容。你看,这儿写的是'引言''第一封信''第二封信''第三封信'……哇?一共有十封信啊。后面还有'附录','附录'是什么,我也不嬉笑了。"

瘫子学着我说"不嬉笑",逗得我嘿嘿嘿嘿地笑。他拿着这本书翻了翻,边翻边说:

"最前面是引言,后面是那十封信,再后面还有诗……这些诗,是外国诗,和前一阵我教你的诗不一样,呃?背后的书壳上还有几段话,想听吗?我念给你听。"

"嗯!"

我郑重地点了点头,太阳的光芒这会儿全都集中在了这本书上,一股轻风也凑过身子来想瞄上几眼。这是我真正触摸到的第一本书,它对我而言是那样突兀、陌生甚至诡异,像一盒奇怪的糖果,装在一个我不能打开的匣子里,而现在,瘫子正用他很慢很慢的声音为我启开它——

我们必须认定艰难；凡是生存者都认定，自然界中一切都是按照自己的方式生长、防御，表现出来自己，无论如何都要生存，抵抗一切反对的力量。

寂寞在生长；它的生长是痛苦的，像是男孩的发育，是悲哀的，像是春的开始。你不要为此而迷惑。我们最需要却只是：寂寞，广大的内心的寂寞。"走向内心"，长期不遇一人——这我们必须能够做到。

爱，很好；因为爱是艰难的。以人去爱人：这也许是给予我们的最艰难、最重大的事，是最后的实验与考试，是最高的工作，别的工作都不过是为此而做的准备。
……

这真是一个飞旋的时刻，一个把最简单的话也不能说清楚的孩子随着一个只有半截身子、足不能出户的小伙儿的缓慢朗读，俩人一起进入到了另一个时空。这个时空与他们的当下相距得何其遥远，似乎悬浮在与他们朝夕相处的天地之外，这个时空又与他们相距得何其近切，这本书的诞生好像也是为了把它无声的话语就在此时此刻，轻轻道与这两个终于与它不期而遇的素昧平生的人。

瘫子又把这三段话读了一遍。

"我们必须认定艰难……"

"寂寞在生长……"

"爱,很好,因为爱是艰难的……"

他再次抬头望着我,有些不敢相信地说:
"你看,这些话好像也是给我们说的。"
他的双目因突然而至的潮润显得更加灵澈,我在他的眸子里寻找着,我又看到了小小的亮亮的我自己,但这还不够,我还想从那小小的亮亮的我自己的身上,看到我的眼睛,看到我眼睛中同样突然而至的潮润,和因这份潮润带给我双目的灵澈。

这一刻,我想起了昨天晚上"白围巾"讲到的那两场相遇。一场是她和她的小伙伴与那只会飞的鹅的相遇,一场是她与那本没有书壳的书的相遇。我不禁惊叹这些相遇的美妙和偶然,今天也降临在了我和瘫子身上。

当然,我不懂它们。那些话对我来说,依旧显得突兀、陌生甚至诡异,但我感觉得到那短短的几行字是实诚、耐心而有力的。就像眼前有一朵花,我说不出它的名字,也不知道它究竟生长在土里、水里还是空气里,甚至不知道它为什么盛开,为什么会出现在我眼前,但是我确乎看到了它娇艳的容颜、闻到了它奇异的芬芳。这一刻,我莫名其妙地觉得自己很是体面,那些实诚、耐心而有力的话与我如此坦然相照,好像我本身也值得与它对视和凝望。我的内心微微震颤着,这一切,我没法向瘫子表达。

瘫子的心底一定也因书壳背后的这几段话激起了波澜。他有些迫不及待地打开小册子。

"快来,我们一起看看书里面到底写了些什么。从头看,这是引言。"

瘫子又缓慢地为我朗读起来:

1902年的深秋——我在维也纳新城陆军学校的校园内,坐在古老的栗树下读着一本书。我读时是这样专心,几乎没有注意到,那位在我们学校中唯一不是军官的教授、博学而慈祥的校内牧师荷拉捷克是怎样走近我的身边。他从我的手里取去那本书,看看封面,摇摇头。"莱内·马利亚·里尔克的诗?"他深思着问。随后他翻了几页,读了几行,望着远方出神。最后才点头说道:"勒内·里尔克从陆军学生变成一个诗人了。"

于是我知道一些关于这个瘦弱苍白的儿童的事,十五年前他的父母希望他将来做军官,把他送到圣坡尔腾的陆军初级学校读书。那时荷拉捷克在那里当牧师,他还能清清楚楚想得起这个陆军学生。他说他是一个平静、严肃、天资很高的少年,喜欢寂寞,忍受着宿舍生活的压抑,四年后跟别的学生一齐升入梅里史·外司克尔心地方的陆军高级中学。可是他的体格担受不起，于是他的父母把他从学校里召回，教他在故乡布拉格继续读书。此后他的生活是怎样发展，荷拉捷克就不知道了。

按照这一切很容易了解，这时我立即决定把我的诗的试作寄给莱内·马利亚·里尔克，请他批评。我还没有满二十岁，就逼近一种职业的门槛，我正觉得这职业与我的意趣相违，我希望，如果向旁人去寻求理解，就不如向这位《自庆》的作者去寻求了。我无意中在寄诗时还附加一封信，信上自述是这样坦白，我在这以前和以后从不曾向第二个人作过。

几个星期过去，回信来了。信上印着巴黎的戳记，握在手里很沉重；从头至尾写着与信封上同样清晰美丽而固定的字体。于是我同莱内·马利亚·里尔克开始了不断的通讯，继续到一九〇八年才渐渐稀疏，因为生活把我赶入了正是诗人的温暖、和蔼而多情的关怀所为我防护的境地。

这些事并无关紧要。重要的是下边的这十封信，为了理解里尔克所生活所创造的世界是重要的，为了今日和明天许多生长者和完成者也是重要的。一个伟大的人、旷百世而一遇的人说话的地方，小人物必须沉默。

弗兰斯·克萨危尔·卡卜斯。1929年6月。柏林。

瘫子把引言念完的时候，他自己和我几乎都屏气凝神，不敢出声了。风从书面滑过，也变得悄然。

我和瘫子相互望了一眼，一场隆重的心灵之晤似乎正在为我们拉开帷幕，在这个伟大的人、旷百世而一遇的人说话的地方，我俩都像迎风山上的草木一样，葱翠而静安。

　　"这是他写给别人的信，"瘫子突然从刚才的奇幻中回过神来，"不过，引言中说这十封信，'为了今日和明天许多生长者和完成者也是重要'，应该，我们也可以读。我们每天读一封，十天就可以读完。怎么样，有兴趣吗？"

　　他说完，试探着问我。而我这一刻也从刚才的奇幻中忽地落到了现实的地面。我咧开嘴一笑，埋下头，完全是一副无所谓的样子。

　　"呃，这后面还有这个叫里尔克的人写的诗。我们先来看看他写的诗，我找一首不长的。这一首《爱的歌曲》，哈哈，是写爱的。"

　　瘫子也咧开嘴笑了，我们俩都有点不怀好意地傻愣愣相互盯着，就像这首《爱的歌曲》是别人心底很隐秘的东西，被我们一眼就偷窥到了。

　　瘫子又为我念着——

我怎么能制止我的灵魂，让它
不向你的灵魂接触？我怎能让它
越过你向着其他的事物？
啊，我多么愿意把它安放
在阴暗的任何一个遗忘处，

在一个生疏的寂静的地方，
那里不再波动，如果你的深心波动。

这一次，瘫子念得稍微有些快，最开始他还掖不住脸上的笑，看上去有那么一丝不严肃，然而他越念越慢，当他念到"可是"这两个字时，他脸上浮着的笑和不严肃都不翼而飞。

可是一切啊，凡是触动你的和我的，
好像拉琴弓把我们拉在一起，
从两根弦里发出一个声响。
我们被拉在什么样的乐器上？
什么样的琴手把我们握在手里？
啊，甜美的歌曲。

念到最后，瘫子垂下了头。他好像隐约听到了那甜美的歌曲，只不过诗中的两个问句：我们被拉在什么样的乐器上？什么样的琴手把我们握在手里？这两个没有答语的问句让他陷入了沉默和忧戚。

瘫子垂下他英俊的头颅时，一股甜蜜的忧伤也蚕丝般细密而紧致地围裹着我，我感到自己也被浸淫着他的情绪浸淫着。我突然想问瘫子：

什么是爱？
什么是灵魂？

什么是乐器？
什么是拉琴弓？
什么是琴手……

"我以为我不喜欢外国诗。"
他忽地抬起头望着我，好像我是可以了解他内心的人。
"你看，"他举起我来时他放下的那本书，"我看的都是我以前的语文老师沙老师送我的《唐诗三百首》，这本书我看了十年了。十年前的那天，沙老师来我家为我上了最后一堂课，我现在都还记得那天她教我的是杜甫的《望岳》——

岱宗夫如何？齐鲁青未了。
造化钟神秀，阴阳割昏晓。
荡胸生曾云，决眦入归鸟。
会当凌绝顶，一览众山小。

沙老师告诉我，虽然我暂时站不起来，但是不能因此丢了敢于攀登顶峰、俯视一切困难的勇气。上完课后，沙老师就把这本《唐诗三百首》送给了我。她说她已经接到县教育局的调令，她就要离开万顺乡中心校到县城去教书了。她说这本书有注释、译文、插图还有点评，我完全可以自学。她临走的时候又给我布置了一道作业，让我熟背这三百首唐诗。她说哪一天她再见到我，她会检查我的完成情况……十年了，我早就完成了她给我布置的作业,但是她却再没有回来给我检查过……"

说到这儿,瘫子眼里不知什么时候蓄起了欲落不落的泪,泪水养着他的眸子,不舍夺眶而出。

"我以为我只喜欢唐诗,我本来想以后慢慢把这三百首唐诗也教给你。我不知道一百多年前的奥地利有个叫里尔克的人,我不知道他给青年人写信,我不知道他也写诗,我没想到他这首和唐诗完全不一样的诗也会触动我……我以为我只喜欢唐诗……怎么给你说呢?我以为它们都与我们无关,但事实上它们好像都与我们有关……"

瘫子第一次在我面前絮絮叨叨,甚至有些语无伦次,说到最后,他才意识到他可能是在对牛弹琴。瘫子不再说话,只任那不会滚落的泪珠在眼里凝着。当了我的面,他把这两本书叠在一起,一本又厚又旧,一本又薄又新,像一块沧桑的泥土托着一片轻盈的羽毛,上下叠着的它们似乎可以一起沉入随手可拾的现世,又可以一起飞往不可预知的未来。

19. 失眠者

"儿子!"

一个背着大编织袋的男人刚走进院坝,大黑就激动地立起身子,汪汪汪,唯恐被冷落地叫嚷着。男人走过去摸了摸它的头,它才把前爪放在地上,翘着尾巴摇个不停。它还想往男人身上蹭,这个背着大背包的男人已经目不斜视地朝瘫子看来。

"爸。"

"憨包儿,还莫得狗叫得快!"

男人嗔怪着,走过来。

"嘿嘿。"瘫子不好意思地笑了。

"你屋妈呢?在喂猪还是喂鸡?"

"喂猪。"

"这个娃儿是哪屋的?"

"他是陈又木,对面山嘴上陈家的。"

"喔,陈独眼屋头的。"

"妹娃呢?咋没有回来?"

"莫提她,那个小瘟丧,喊她回来她就是不回来,看你屋妈一会儿咋个来诀①她。"

瘫子爸说着朝屋里走去。

"文素芬——"

他在屋子里可能没有找到瘫子妈,放下背包又朝屋外的猪圈喊起来。

"哄,哄,哄……"

猪儿们争先恐后地应着。

"回来啦?"

---

① 诀:四川方言,骂。

瘫子妈提着一个粘满糠渣的潲水桶钻出猪圈,她捋了捋额前滑下的一缕头发,因为劳作而扬起红晕的脸庞掠过一丝羞赧。

"儿憨你也憨啊,还没有猪娃子应得快。"

瘫子爸又嗔怪着,他接过瘫子妈手上的潲水桶,俩人一前一后朝灶房走去。

"妹娃嘞?"

"不回来啊。我把票都给她买好嘞,她硬是要我去退咻啦。"

"又不回来!"

瘫子妈脸上扬起的红晕一下如烛光被风吹灭了。

"三个月没有回来嘞!这个女娃子,待在城头把家都忘咻啦!我不相信你拉她回她还不回,总是你降不住她!"

他们进了灶房,我和瘫子都收回跟着他们的目光。瘫子把手搭在面前的两本书上,偏了偏脑袋:"当真,我妹娃好久没有回来了。"

我没见过瘫子的妹娃,无缘无故地,我总觉得她和"白围巾"应该有点相像。也许,她也戴着一副眼镜?她也围着一条毛茸茸的白芦苇一样的围巾?

"咣当——"

灶房里传来什么东西摔在地上的声音。接着,瘫子妈和瘫子爸都在比谁声音大似的吵起来。

"快去帮我看看,我爸咋个才回来,我妈就和他争起来了！"

瘫子转身看着灶房，眼里又"唰"地灌满了焦灼。

我领命跑过去，站在他家灶房的门板外，只见瘫子妈把一个锑瓢砸在灶台下，这会儿正与瘫子爸怒目相对。瘫子爸端着一个锑盆，可能原是想洗帕热水脸，这会儿被瘫子妈把热水洒了一地，惹得他也没有一个好声气。

"女大不中留，越留越成仇！"

"你啥子意思？妹娃才好大！刚满十八岁就不中留嘞？"

"你问她自己，到底一天在搞些啥子！"

"你又不把她带回来，我当然只有问你嘞。我问你，她现在到底还在不在那个酒店当迎宾？"

"不晓得，她说的那个圆臻酒店我找都找不到。"

"她还是不是和几个女娃子一起租房子住？"

"不晓得，她又不让我去看。"

"她是不是在城头处对象嘞？"

"不晓得啊，我电话上问她，她啥子也不说。"

"不晓得！不晓得！你们在一起，你咋会啥子都不晓得？"

"你以为在城头就在一起啊？我一天忙到黑，和她根本就照不到面。"

"你一天管不到她，莫把这个女娃子放野咞啦！我这一久晚上想她老是想来觉都睡不着。你看嘛，她哥这个样，靠我们靠得到一辈子啊？我们总要走在他们前面，我们走嘞，哪个来管他哥？以后这个哥还不是得靠这个妹娃。问题是，妹娃要让我们放心啊！你看她出去有好几个月嘞，到底在搞啥子也不清楚，家也不回，电话上也说不到两句话。现在，城头那么复杂，丁春贵家的幺女丁铃铃，被她堂姐骗到什么会所，半年不到平白无故就死在里面嘞。柯老弯家的二妹子，前几天回来，我在乡上看到她都认不出来，瘦来只剩一副骨架，都说她到城头惹起病，又染上毒啤啦。看到她，我腔都不敢吭，人家柯二妹以前也是好标致的人才！远的不说，这两个妹娃都是村子里看着长大的，想起来心头都发凉！本想郑欣跟你在一起，你们两爷子互相有个照应，结果你呢，一问三不知！"

"我喊她嘞，她不回啊！那这样，我马上给她打电话说，你病重嘞要死啤啦，看她回不回！"

瘫子爸也鬼火冲，他气丧丧摸出手机，嘀嘀嘀撤着。

"你要装就装像，莫被妹娃识破嘞，那女子，灵精怪骨得很！"

瘫子妈这会儿反倒镇静了一些。

"你拨通嘞，按成免提，我看她咋个说。"

电话通了。

"欣妹？"

"爸，到家了？妈和哥呢？"

"看嘛，喊你一起回来，你不一起回来，你妈都躺在床上起不来嘞！"

"啊？前一阵都好好的啊！咋个了，我妈她，她咋回事啊！"

电话那端的欣妹，声音一下急起来，尖尖地，像根针一样穿出手机。

"你自己跟你屋妈说嘛！"

"到底咋了？你们不要吓我哦。妈，你没事吧？"

"欣妹——"

瘫子妈一接上欣妹的话，声音一下就温软起来。她让瘫子爸要装就装像，结果她自己反而装不像。

"妈，你是不是骗我的？我就晓得你会来这一套。"

"欣妹，那你咋不和你爸一起回来？你要给妈说清楚，妈想你嘞。"

瘫子妈说着，眼里噙起的泪一下扑落到她的衣襟上。

电话那头的欣妹似乎看到了她妈落泪的样子，声音也不再娇横地耐心起来。

"妈，我不是给你们说了，下个月我就回来吗？"

"你现在到底在做啥子，妈不晓得，妈心焦。"

"我还会做啥子？我又没有大学文化，只有个高中文凭。之前，给你说过我在一家酒店当迎宾，但是这家酒店后来生意不好，迎宾也撤了。我就到一家广告文印室学打字学修图，因为才去是学徒，挣不到钱，我就不好意思给你们说。不过我很快学会了打字和修图，现在我一天可以打一万多字，修图也搞得又快又好，老板这个月就要给我开工资了。我白天做这些，算一份工，晚上我还要再打一份工。"

"晚上还要打工？晚上打啥子工喔？"

"你不要心焦嘛,我自己晓得的。"

"不行,妈就是要晓得你一天到晚都在搞些啥子。"

"电话里说不清楚,下个月我回来就给你说嘛。"

立在一旁的瘫子爸突然接过话来:

"欣妹,给你屋妈说清楚,不然她又要寻死觅活的,还要怪我没把你管好。"

"哎呀,我晓得你们两个在装啥子鬼了。妈,你不要说我爸,我爸给别人做木工活,那是个细致活路,每天早出晚归的,是我没有把他照顾到。"

"你晚上到底在做啥,总要给妈交个底啊。妈不想你那么辛苦地去挣钱。你爸比我们村上的好多人都能干,他挣的钱自然要多些,妈在屋里又养这养那,山上地里还有些收成,现在村上又给我们一些补助,我们屋要过是过得去的。你一个女娃子,学点打字这些是可以,你凭劳动挣钱,妈觉得心里踏实,只是……莫去羡慕那些挣钱挣得多的人,那些挣钱挣得多的人,自己丢掉的东西也多……"

"你在说啥子啊,妈,你肯定又胡思乱想了!看来我还是直接给你说清楚,免得你越想越复杂。"

"嗯啦,欣妹,你说嘛,妈听到嘞。"

"妈,我晚上在我们文印室隔壁的中医足疗馆学足疗。"

"啥子来?足疗?啥子是足疗喔?"

"足疗就是足部反射区自然疗法,足部按摩可以通过反射区促使大脑传导信号,刺激神经和经络……"

"你说的就是按摩嘛？你咋个会想起去学这个喔！你莫不是还想去按摩房当……"

瘫子妈一下又激动起来，她恶狠狠地看向瘫子爸：

"我说嘛，你看这个女娃子一天在搞些啥子鬼名堂！"

转而她又对着手机吼道：

"不准去学这些下三烂的东西！我们家再穷也用不着你去挣那几个龌龊钱！不要以为我不晓得那些按摩房有些啥子鬼名堂！赶紧给老子滚回来！你晓得不，我们村丁春贵家的幺女丁铃铃，被她堂姐骗到一个什么会所，半年不到就平白无故死在里面啪啦！你这个没得脑壳的憨女子，看到悬崖还要去跳！快给老子滚回来！难怪这一段时间老子每晚上觉都睡不着……"

瘫子妈说着，眼泪又大把大把地飞溅而出。呜呜呜，她横着手臂不停地擦着止不住的眼泪：

"你这个砍脑壳的，妈还指望你好好的，将来照顾下你哥，结果，你这么不争气……"

"妈，你在说啥子！"

电话那边的声音更尖厉地嚷了起来。

"我话都没有说完！你还听不听喔！你要喊人家讲，你又不好好听！拿到半截就开跑！妈，还有爸，你们听到，听清楚，听我把话说完嘛！第一，我不是丁铃铃，我做的事和她做的事完全是两回事！第二，我为什么要去学中医足疗，我不是为了挣钱，为了挣钱我还可以晚上继续在文印室打字修图，我去学足疗完全是为了我哥……

"妈，我给你们说句老实话嘛，你们给哥吃的那些药根本没有用，你们没有发现我哥的脚越来越萎缩了吗？他的腿和脚是缺少锻炼和刺激！我在文印室学打字的时候，看到隔壁的中医足疗馆每天都有几个坐轮椅的人来做足疗，我问过他们，他们说这是物理疗法，可以防止神经麻木、肌肉萎缩和功能退化，对身体只有好，没有害。后来，我又向馆里的一个老师傅请教过，人家是省中医学院的退休老教授，他说他们推行的足疗是在传统中医理论的基础上，根据什么人体经络学说、全息理论和现代反射区体系，长期探索形成的一种自然疗法……我当时就在想，我一定要把它们学会，我要把它们用在我哥身上，我想以后我自己给哥哥做足疗……而且，这种中医足疗还对失眠、神经衰弱有疗效……我学好了，也可以用在妈身上……现在你们晓得了吧，我一天在做些啥子！我有脑壳，我不会干傻事的！"

欣妹一口气说了这么多，她父母终于越听越明白了。

"那你咋不跟你爸一起回来？"

"那个老教授听说我有一个瘫痪在家的哥哥，他看我态度又诚恳，是免费收我为徒，我哪好意思再请假，我要是不抓紧学，他下个月回南京老家去了，我想学都学不成。

"再说，我还想省点路费，给我哥买个生日礼物，他马上就满二十岁了，这个礼物要花掉我现在存起的所有钱还差一截呢，好了，不说了，我说的这些，你们不准给我哥走漏风声喔！还有，我不让你们操心，你们也不要让我操心嘛，不要有事没事地吓我的小心脏……"

"莫花冤枉钱，欣妹，你晓得你哥成天就只能待在院坝里，他用不着什么东西的。"

"我晓得，妈，你不用操心嘛。"

"你刚才说以后你给你哥做足疗，他就可以不吃药嘞？"

"是啊，哥的药早就不该吃了。与其花那么些钱给他吃药，不如把钱攒起来给买个好点的轮椅，至少，还可以推着他出去到处看一看……哥才二十岁，他这一辈子，不能总守在我们那个小院坝。"

"欣妹，你这样说来，妈觉得也有道理。只是你哥这辈子要是都站不起来，妈真的不甘心。哎，看来，你莫有在外头乱晃乱逛，你也想着你哥的，妈就放心嘞。但是你自己在城里要小心点，凡事多长个脑壳，晓得不，现在外面好复杂，有啥子要和你爸时不时打个电话，你们隔得近，要相互照应……"

"晓得，晓得，你不要又婆婆妈妈的嘛。"

"喔，对嘞，你说你学的那个足疗还可治失眠？下个月回来，也给妈弄一下，妈这一阵总是睡不好。"

"好啊，我们这个足疗馆在全市都是最有名的，还上过电视。这儿的好多客人就是专门来做足疗治失眠，我们的疗法确实可以改善睡眠。妈，我给你说，来我们馆里的，有当官的、做生意的、有白领、大学生，这段时间，还有一个官太太。她每次来，都要我师傅亲自给她做。"

"师傅给她做的时候,我就在旁边学习。师傅说失眠主要是心头有结。有一天师傅问她是从好久开始失眠的,这个官太太说她是去了一趟乡下,回来就失眠了。师傅觉得很奇怪,就问她去的哪个乡下,你猜官太太说她去的是哪个乡下?"

"我咋个晓得?"

"她说她去的是万顺乡苕花村。"

"我们村啊?"

"是啊,我也觉得很惊奇。就下细听她后来说的话。她说那天她是和老公、儿子一起到苕花村去看她老公结对帮扶的贫困户,当时我一下在想会不会是我们家哦,结果她说她们去的那一户姓陈,有四口人。户主瞎了一只眼,老婆和娃儿都又憨又哑……"

听到这儿,我全身一紧,这不是我家吗?我马上在脑子里追问这个官太太会是谁。我一下想起有一天下午,秃顶伯伯带着他老婆、儿子上我家……这个官太太应该就是秃顶伯伯的老婆了。她去了我家怎么就睡不着觉了?我一下更是觉得奇怪。

"哎,我晓得嘞,"瘫子妈也恍然想起来,"她去的那户肯定是陈独眼儿家,他屋离我们没得好远。咋嘞?她回去咋就不对嘞?"

"她说他们那天回到城里,她家就出事了……"

"出事嘞?出哴什么事嘞?"

"她没有再说。她只说从那天开始,她就失眠了。"

"哦，欣妹，那她是帮扶过我们苕花村的人嘞。你以后要是给她做足疗，莫收她的费用喔。"

"如果师傅回老家，要是她肯让我接着帮她做，我肯定不会收她费用。这些事，我晓得的。"

……

瘫子妈和欣妹终于打完了电话。

我回到瘫子身边，他从小册上抬起头问我：

"他们没事了吧？"

"嗯——"

瘫子又埋头看起那本小册子来。快晌午了，灶房里瘫子妈和瘫子爸都在忙着做午饭、给鸡鸭鹅拌食，他们家又在忙碌的安宁中升起了炊烟。但是这一天，我没等着瘫子家开饭就要走了。

"咋个不吃了饭才走？"瘫子问我。

我埋着头不知该怎样说。

"好吧，这本书留在这儿借我看看哈。"

他说着，又从他小推车的纸箱子里取出一盒牛奶给我：

"路上喝吧。嗯，等一下，再拿一盒，给你弟娃。"

回去的路上，我心事重重，步子也沉沉的。从听到电话那端欣妹说结对帮扶我家的秃顶伯伯家出事了，我就心神不宁起来。在我印象中，我家从来就没有一个亲戚。这么多年来，没有谁牵挂我们，我们也不牵挂谁。在秃顶伯伯来我家之前，我只心心念念地想过"大耳朵"。它曾经是我家的一员，但是我没有把它看好,它在我发呆的时候去到了另一个世界,再也不回来。

秃顶伯伯是我家从天而降的亲戚。自从有了他这样的亲戚,我才觉得我们家和迎风山之外的天地有了一种既缥缈又实实在在的联系。我现在都还记得脑门亮亮的他在我家堂屋那盏灯泡下,双手按在肚子上说话的模样。他的声音多么敞亮啊,这会儿那些声音又清晰地荡在我耳边。

"这么多年,你们是怎么过来的,我不清楚,但是从今天开始,我们结了对子,认了亲,这就是一种缘分啊,难得的缘分!从今天开始,你们的生活也是我的生活……"

我又想起秃顶伯伯第一次来我家那天还下着雨,他让爸爸存下他的电话号码,他们撑着伞走下山的时候,像几朵雨中的蒲公英。我又想起他拿给爸爸的纸封封,想起那一千元钱,想起爸爸在灯下数钱时,弥漫在我们一屋子的欢喜。

因为有了这门亲戚,我相信,在那遥远的山外,真有人在担忧着我们的饥寒惦念着我们的温饱。不是吗?秃顶伯伯说他会抽时间来看我们,不真的来了?这一刻,我又想起那个倔强的像钉子一样钉在我家院坝的男孩,我突然担心起会不会是他出了什么事,他那么桀骜不驯,会不会惹到了什么麻烦?我又想起了那个红嘴女人,她怎么也会像瘫子妈一样睡不着觉?

这天底下的人,怎么只有爸爸睡觉睡得最香?

20. 雨夹雪

　　天气一天比一天更冷了。

　　雨和雪这对好久不见的朋伴又在天蒙蒙亮时不期而遇。一片一片的薄瓦、半截半截的残梦都冻得瑟瑟发抖的时候，他们在山间悄无声息地互诉别愁离恨。雨在轻歌，雪在曼舞，寒冷俨然成为催发它们友谊再次萌生的土壤，它们在这片广袤的土地上尽享故交重逢的欢愉。

　　所有眼睛都忧愁地看着它们。它们倒好，乘着这些忧愁的翅膀，飞舞得更轻盈烂漫。

　　火盆里周身通透红亮的木炭和我们全家一起沉默着。沉默是温暖。我第一次发现温暖的沉默如此安谧。弟弟盯着红亮的木炭看了很久，火光映着他，他的身体也快通透如一截红亮的木炭。妈妈和爸爸都在我们身边。我们都不说话。只听见柴火偶尔扑哧地冒出一两道零星的声音。

　　妈妈捡了几个土豆放在火盆边。没多久，屋子里飘出一股沁人心脾的滋味。滋味越来越浓郁，浓郁得我们都感觉不到它们还在我们心间穿梭的时候，爸爸又打着盹儿去了梦乡。在梦乡，他也许正骑着他的摩托车，两眼明亮地赏览无尽风光。

　　妈妈顺手往火盆里添着柴，她怎么知道这样的冷天我们需要一盆木炭火？我忽然陌生地望着她，她依旧木木地往火盆里添着柴。就在她把一块树疙瘩费了些劲放进去的时候，我的背心蓦地腾起一股凛冽的寒意。家里的柴已经快没了。

我推开门走到屋旁的柴架前,确实没有多少了。这些柴,我记得还是夏天时几个自称是帮助"五保户""困难户"的志愿者为我们捡来码好的。这几个学生哥哥和学生姐姐捡柴的时候还带上了我,只是那时,我觉得他们真是多事。

雨和雪更加难舍难分了。望着天空,此刻我只想把它们蛮野地拉扯开、驱散尽。没有柴了,我们将怎样度过这个冬天甚至今天?突然而至的焦虑就这样来势汹汹地席卷着我,去捡吧,我必须为家里捡回柴火。我一头走进了茫茫雨雪中。

"靠海吃海,靠山吃山。"随着冷风一击,夏天那些哥哥姐姐对我说的话忽地蹿出耳根——

"大憨,你平常在家没事就要捡些柴火,每天捡一点,积少成多,到了冬天你家就有柴烧水、煮饭、烤火……"

他们还怕我不明白,换了几个人比比画画反反复复地对我说,当时我也明明记住了,怎么从来就没去捡过一根柴?

"雨啊,你们全部下到河里去吧。雪啊,你们全部飘到山外去吧。"我边走边祈愿着,"太阳啊,你赶快出来吧,把满山的枯枝都烘干吧。土地爷爷,你施施法力吧,把那些落在地上的枝枝丫丫都聚拢一堆吧……"

土地爷爷,土地爷爷在哪儿?我一下又想起和那些哥哥姐姐在山上捡柴时,看到的土地爷爷那小小的庙。当时一个哥哥说,土地爷爷是我们这个地方的大总管,不要看他庙小,他管的地方宽着,管的事情也多着呢。一个姐姐骂他迷信,他吓唬那个姐姐说不敬土地爷爷要肚子痛,后来他们一起在那儿嘻嘻哈哈地敬土地爷爷,我也跟着磕了三个头。结果,我们那天在土地爷爷庙前捡到了很多柴……

土地爷爷,土地爷爷,我一边在心里呼唤着,一边极力回想他那小小的庙的方位。对了,我想起他的小庙在我家背后山弯弯里的一棵又高又大的皂角树下。

我朝我家背后走去,翻上一个坡,快拐进山弯了,前面隐隐传来一阵嗡嗡嗡的声音。会是什么在叫?我以为是什么动物,就竖着耳朵听起来,越听却觉得这声音越悲切。好像有人在哭,会是谁?在这儿伤伤心心地把悲痛一声一声地从心底挖出。

进了山弯,我才看清不远的土地庙前有两个人。一个跪在地上埋着头哭,一个立在旁边满脸肃杀。这个立着的人,一身萧瑟,就像庙边纸幔稀拉着迎送雨雪的那根颤巍巍的幡。若不是他额头上的那个大包块,我还没有认出他就是钟瘤子。

"莫哭嘞,莫哭嘞……要哭就回到奶奶灵前再哭……莫哭嘞,莫哭嘞,你看我连哭的劲都莫得嘞。这儿来报啁庙,还有支客师、端公、道士、鼓匠、响器……都还莫请到。这些莫请到不说,最打紧的是,抬匠还莫着落。以前,你爷爷就是一个远近有名的抬匠,村里村外,不晓得抬啁好多红白喜丧,现在,要抬自己屋的人,他抬不动嘞。哎,全村有劳力的汉子都出去打工啁啦,剩下的全是老弱病残、孤儿寡母,现在连个'八人抬'都凑不齐……"

钟瘤子说着，也抹起了泪。

"我来抬！"

那个跪着哭的人一下冲地站起来，站起的他，比钟瘤子整整高出一个脑袋来。

"我来抬我奶奶！"

这个红鼻肿眼、满面是泪的人应该就是钟瘤子的儿子钟正轩吧。我想起那天晚上省里来的人在村上围坐在一屋时，"白围巾"专门说到过他。说他省下二十顿的午饭钱，给他奶奶买了一条十元钱的项链……

"不行啊，你是长孙，长孙要抱灵牌嘞。"

"你和妈，还有姑，姑爷和他们一家呢？"

"我是长子，长子要执引魂幡，你屋妈和你屋姑是女人，你屋姑两个娃儿也是妹娃，哪有女人做抬匠嘞？那要羞死仙人的喔！你屋姑爷是瘸子，你又不是不晓得……走嘞，快回去啰！这儿庙报完嘞，那边还要接着烧纸、敬香……炮还莫有买回来，还要燃炮，快来，再给土地爷瞌个头，求土地菩萨行行善，派差役把你屋奶奶好好接引到阴曹地府。土能生万物，地可发千祥。庙小神通大，天高日月长……"

这个高高的年轻人扑通一声又跪下：

"土能生万物，地可发千祥。庙小神通大，天高日月长。土地菩萨，求你行行善，派差役好好把我奶奶接引到阴曹地府。我奶奶生前没有享到福，是我做孙子的没有尽到孝……"

说着，钟正轩又嗡嗡嗡嗡更大声地哭起来。

"快起来嘞，莫哭嘞，"钟瘤子拖起他儿子，"莫哭嘞，莫哭嘞。你屋奶奶生前也不是完全莫有享到福。她年轻时候，嫁给你屋爷爷还是很如意的。你屋爷爷那时精壮得很，是抬匠队的领头人。那时的抬匠好风光，又有气力又周正，挣的全是硬当当的钱。大妹子些都想嫁抬匠，嫁给抬匠不说是相当于嫁给金山银山，至少也是嫁给了一座靠山。你屋奶奶自己说她年轻时候，穿是有穿的，吃是有吃的，就连我和你屋姑都打扮得冬天有冬天的衣服，夏天有夏天的鞋子……只可惜，我们家后来这座靠山得啤病，就是不得病，你屋爷爷的抬匠队也散嘞，那些周周正正、精精壮壮的老少爷们儿全都出去嘞。现在想起那些年的抬匠好齐心协力喔，没有爬不过的山，没有跨不过的坎……哎，以前你屋爷爷莫说是八人抬，十六人抬、三十二人抬……六十四人抬、七十二人抬都抬过，只是现在，我哪儿去凑齐这八人抬喔……"

钟瘤子越说，他儿子越是止不住地哭。

"莫哭嘞，你屋奶奶就是这样的命。她走之前说，她这辈子跟你屋爷爷，她不后悔……我们这屋人啊，就是病太多嘞，病把我们这一屋的人活生生拖垮啤啦。走吧，娃儿，莫哭嘞，我们的命都是上辈子就注定嘞。我们报啤庙，敬啤香，土地菩萨会派差役来接引你屋奶奶的……"

钟瘤子拉着还在呜咽的钟正轩，又向着小庙作了作揖。

"走吧。"

"有庙无僧风扫地，香多烛少月点灯。"

钟正轩抽噎着念起庙门上的字，边回头边对钟瘤子说：
"爸，我平常上学去，你们要多来给土地菩萨敬香烛……"
"嗯啦，嗯啦。"

这一对悲悲戚戚的父子走出山弯了。我来到小小的土地庙前，只见三炷轻烟袅袅的香火前，穿红着绿的土地爷爷和土地奶奶更加慈眉笑眼。

我没有香火可以敬上。学着那两父子作揖的样子，我也给土地爷爷和土地奶奶作了作揖。随即在土地庙前的空地上，弯腰捡拾着一地的枯枝。

我背着一梱柴火刚进院坝，"呼——"一声沉闷的炮响忽然在寂静的天空中爆开。我的耳朵被震得发木的刹那，我的心坎随即感到了被重物捶打的伤痛。这是一道哀凉的信号，冒昧的它不得不以惊扰的方式，让迎风山上正在寒梦中的一草一木、一沙一石都知晓，一个老人已经告别了这座山林。

"呼——"又是一声。
"呼——"再一声。

三声炮响过后，炮声的影子还在天空低迷徘徊，像一抹不舍整座迎风山的目光，久久难以收回。卸下柴火，我仰望着天，雨雪纷扬中，我想看看那双还眷念着人间的眼。

我没有见过钟正轩的奶奶，我对她的印象仅来自"白围巾"

的那番话。在这位老人闭上眼的那一刻，我想，她脖子上的项链一定还温暖着吧。

火盆里的木炭已经奄奄一息。失去红红火光的映照，妈妈和弟弟的脸都黯如燃过后的炭渣。靠在墙角，爸爸睡得更沉了。他们都听到了刚才的炮声吗？看着我手中的柴，弟弟眼里迸出一丝光亮，刚才的炮声犹如滚过他耳边的春雷。

"砍脑壳的，在搞啥子哟！"

湿柴熏起的烟雾呛醒了爸爸，他裹了裹身上新崭崭的棉大衣，从堂屋回到他的小屋子。

妈妈、弟弟和我也被湿烟子熏得眼泪汪汪，我和弟弟挥起双手左赶右赶，还是赶不走呛人的烟雾。我拉开门，一股寒风灌进来，外面的雨夹雪不知什么时候已经停了。我揉了揉眼睛，看见两个人正提着一袋米和一桶油从院门口向我们走来。

21. 柚子

是小武。好久没见他，我一下咧开嘴笑了。

"才起来啊？"

小武问过话来，也没指望我回答。他带着身边的那个人站到我家屋檐下，放下了手中的米和油。

"你屋老汉儿呢？"

他学着我们当地人的土话又问向我。我指了指爸爸睡觉的小屋，小武便朝小屋大声喊道：

"陈大哥——快起来哦，你屋亲戚又来看你们啰。"

亲戚？我家亲戚不是秃顶伯伯吗？他没有来啊。小武怎么在哄爸爸？我看了看小武和他身边的那个人，猜到他也许是想把爸爸哄骗起来吧。

爸爸果然笑眯眯地站在了他们面前。很快爸爸也觉得有些不对劲儿。

"我来给你们介绍一下，"小武指着爸爸、我、弟弟和妈妈对他面前这个头发花白的伯伯说，"杨局长，这是陈贵群一家，您现在结对帮扶的就是他们这一户。"

然后，小武又侧过身对爸爸说："陈大哥，这是县卫生局新上任的局长，杨局长。现在由他接替以前的姜局长，继续结对帮扶你家。"

"喔，喔，杨局长……"

爸爸好像还没有明白过来是怎么回事。

"那，那以前那个姜局长呢？"

"以前那个姜局长被查出有严重的违纪违规的腐败行为，已经撤职了。现在组织上安排我来接替他的工作，包括结对帮扶你们家。"

杨局长向爸爸解释着。

"喔，喔……"

爸爸还是一副没有完全醒来的样子。我和爸爸的脸上都有一丝藏不住的遗憾，杨局长似乎觉察到了。他拍了拍爸爸的肩膀说：

"放心，陈贵群，你屋的情况我已经了解得很清楚了，从今天开始，我们结对认亲，我来帮扶你家，不说最好，只说更好……"

小武带着杨局长又挨门挨窗地把我家的状况看了一遍，他们也被火盆里的湿烟子熏得一阵干咳。

"你家的情况确实很老火，咳，咳……"

杨局长抑住咳嗽说：

"但是我们大家都要有信心，要相信在党和政府还有各级组织的关心、帮助下，你家一定会有一个明显的改观。我要努力，你们自身也要努力，小武书记、支书、村委会……大家都努把力，我们要一起帮你家把贫困户的帽子摘掉！来，你把我的电话存上，我都在你家档案里查到你的电话了……"

"嗯啦，嗯啦。"

爸爸边点头边存上杨局长的号码。

"来，小武书记，请你帮我和我帮扶的这家人一起合个影。"

爸爸赶忙招呼着妈妈和弟弟，我们一家人站在杨局长左右两侧，咔咔咔，小武把我们框进了杨局长的手机里。

以前我们一家四口也跟来我家的人照过相，所以这一道程序对我们来说并不陌生。只是，我不知道我们一家四口在别人的手机里会是什么样子，我也不知道，装在别人手机里的我们，随着他们都去了哪里。

他们又继续说着和以前那些人来我家说的差不多的话。杨局长又从衣服包里掏出一个纸封封,爸爸又笑着双手接过,又说了一连串的谢谢。

噼里啪啦!噼里啪啦——一串故意打岔似的鞭炮声在天空中炸开。

"哪家在办喜事啊?"杨局长问。

"办啥子喜事喔,"爸爸说,"我们这座山上六七年都没办过喜事,肯定是哪屋死啩人嘞。"

"会是哪家呢?村上都还不知道。"

小武循着鞭炮声望向远方。

"死人的事,不好猜,猜对嘞不好,猜错嘞也不好。"

"为啥来?"小武问的也正是我想问的话。

"猜对嘞,别人会说你是盼着死啩的人去死,猜错嘞,别人会说你是在咒还没死的人去死。"

"哦,呵呵呵……"杨局长掸了掸小武身上还残留着的几颗雪粒,"小武书记啊,农村的讲究多哦,农村的工作不好做啊!"

"是啊是啊,所以我还得经常向乡亲们请教。"

"嗯,难得你这么好脾气的一个小伙子!工作上多担待一点,平常也要自己把自己照顾好。走吧,今天认到了亲戚家的门,以后也好多走动了。"

杨局长转过身又对爸爸说:

"第一次来,也不知道带点什么东西合适。我就给你家带了一桶油，一袋米。今天，我看到你家床上的被褥也该换换了，下次再给你们带棉被来。"

"谢谢，谢谢喽。"

爸爸点头的同时又哈着腰，杨局长扶了扶他的身子，伸过手准备跟爸爸握手再见。爸爸一下才想起什么，他赶紧走到屋子里，抱了两个前几天从我家灶房外的柚子树上摘回的大柚子。

"这两个柚子，杨局长你要是不嫌弃，请你带上。"

"不用了，不用了，不要客气，我是来看望你们的，怎么会收你们的东西呢。"

"拿上吧，"小武帮杨局长接过这两个柚子，"杨局长，您可能不知道，在我们这儿，送柚子更多是表示祝愿。'柚'是护佑的'佑'，保佑的'佑'，福佑的'佑'。"

"喔，还有这样的讲究？好，好好，那我拿上，但是不要多了，只要一个，领个心意就行了。"

"那这个……这个……"爸爸突然吞吞吐吐起来，"要是方便，麻烦杨局长你把这个带给姜局长的儿子吧。"

"哦，柚子，柚子，在我们这儿也有'保佑孩子'的意思。"小武又帮爸爸解释道。

"哦，柚子，还这么有寓意啊。好吧好吧，我转交给他孩子。哎，小武书记啊，你看看，你看看我们的老百姓多淳朴啊，谢谢哈，谢谢哈！"

爸爸这两个柚子，弄得杨局长一阵长吁短叹，他们就要

走出我家院坝时,小武轻声对爸爸说:

"陈大哥,如果你搞清楚是哪家在办丧事,就打电话通知我一声。"

"嗯啦,嗯啦。"

爸爸照例把他们送出院门。杨局长和小武跨出我家院门时,我又想起秃顶伯伯上次就在这儿,隔着我家这道龇牙裂缝的门板,教训他儿子。只是没想到,他们那一走,我家就换了一个亲戚。

22. 抬匠

杨局长和小武一步步往山脚走去。

"苍茫的天涯是我的爱,绵绵的青山脚下花正开。什么样的节奏最呀最摇摆,什么样的歌声才是最开怀……"

爸爸的手机又欢天喜地地闹起来。

"独眼儿啊?"

电话那头的声音一听就带着一腔悲怆。

"嗯啦。"

"你肯定还莫有跟我怄过喔。"

"有啥子气,这么久怄不过?"

"我口中夺食,分了你守夜的活路。"

"那也莫得啥,我们虽然各家只得啯一半的工钱,但是你守一夜,我守一夜,瞌睡上也莫有吃到亏。"

"我心头晓得对不住你,你屋本来就老火。"

"莫得啥子。呃,钟瘤子,你在这儿给我下矮桩,莫不是你屋……"

"是啊,我屋老娘走唠……"

"嗯啦,我晓得唠。"

"你看嘛,现在村里男人家都没剩哗几个,我屋老娘的抬匠还莫得着落……"

"喔,要是你不嫌弃我只有一只眼睛看得到,就算我一个嘛。"

"独眼儿……"

"莫说唠,二十多年前,我屋妈、老汉儿走哗时,全是你老爷子抬的,这个情,我独眼儿一辈子都记得。"

"喔,喔……"

"还差几个抬匠?"

"加你有六个唠。我们现在不敢指望太多,只想凑个'八人抬'。现在最少还得找四个,中途难免有人要换一下手,你晓得,抬到路上唠,那是不能着地的。"

"嗯,你最好再多找几个喔。"

"唉,要找得到嘛!村子里要么是孤儿寡母,要么是老弱病残,实在不行,我只到邻村去找啰……"

和钟瘤子说完话,爸爸木愣愣地站在原地。他圆嘟嘟的脸被风刮起两团越来越鲜艳的红印,他伸出手,掌心对掌心,使劲搓了几把,又啪地把两个掌心分别朝两边脸使劲搓去,搓了好一阵，他这一上午才彻底回过神来。

这会儿，他突然想起了刚才杨局长给他的纸封封。他从包里掏出它，甩了甩，抽出来一看……

"唉，还不及以前的一半！"

爸爸懊丧地从中取了一张，揣进棉大衣的外包，随后把剩下的那三张塞回纸封封，对折了，又揣进大衣里面。

"去不去钟瘤子屋，给老仙人磕个头？"

爸爸把大衣里面的衣领翻了翻，又把大衣最上面的扣子扣紧了。

"各人把各人的扣子扣齐整。"

他瞟了我一眼。

我埋头扫了扫自己的衣扣。最下面的几颗错位了，我赶紧解开，对齐了重新扣上。这件外套又大又厚实，它是深蓝色的，有两排扣子，每颗扣子都亮闪闪，穿上它就像穿着一片夜晚的星空。它应该是秃顶伯伯儿子的，现在天天穿在了我身上。它的扣子实在太多了，我数过，一排就有七颗。我埋头再次扫了扫它们，确定每一颗都扣齐整了，又扑了扑衣服上到处都黏着的柴渣，就跟着爸爸出了门。

路上，爸爸给小武打了电话。

我们都闷着头走路。

风把雨和雪都藏起来了，却把更多的冷放了出来。冷在山中奔跑着、腾跃着，翻着跟头，打着旋子，傲慢地对山间万物宣告：这是它占领了的世界，所有一切都得服服帖帖归顺于它。

　　嗖嗖冷风中，我和爸爸都缩着脖子。他带我走的是一条我从来没走过的路。这座山上，除了通往瘫子家的路我熟悉，其他的路对我来说都渺茫得不知尽头。

　　盘了几个弯，再转过一道拐，又到了风口。我只觉得自己的两个耳朵扇都被风刮了去。一阵丁零当啷的敲打声就在这时越来越清晰，咿咿啊啊的哼哼唱唱随即在这片嘈杂中浮了出来。前方一定是钟瘤子的家了。我看到一道低矮的院门前插着一根白幡，和插在土地爷爷庙前的一样，只是这根幡更高更大。随风飘舞的幡条在清泠泠的冷空中传递着一波又一波的悲凉。

　　"跟紧些。"

　　爸爸回头喊了我一声。

　　进了院坝，只见一些纸糊的花花绿绿的东西靠院墙立着，有些人三三五五围坐在两堆烧得通红的蜂窝煤前，嗑瓜子、剥花生。踩着一地的瓜子花生壳，我随爸爸对直朝粘着白纸黑字的堂屋走去。

　　那些敲敲打打、哼哼唱唱的人都在堂屋里面。对着两炷香烛中间的一盏清油灯，爸爸拉我一起跪在草垫上磕了三个头。抬起头，我才发现墙上那张老人的脸上密布着深深浅浅的皱纹，她眼中流露出的神色却像从这些千沟万壑里面浸出的一汪泉。在这片钵啼鼓唤的闹热中，越发显得波澜不惊。

　　一些素衣白帽的人在屋子里进出穿梭。

"轻些，轻些。"

钟正轩招呼着一个与他差不多大的妹娃，把一座纸糊的房子小心搬到了草垫旁边，他们把纸房子摆端正后，一起跪在草垫上，边往一个灰盆里烧纸边对着那些红亮亮的火光说话。

"奶奶，你到那边有楼房住嘞……"

"家婆，这座楼房还是两层，你住进去，也不怕风湿痛嘞……"

爸爸拉着一个忙得团团转的素衣白帽，掏出大衣包里的那张钱递了去。

"独眼儿，你肯帮忙，我都莫承想，你还来嘞……"

"你忙着，莫管我，我只问几时出殡？"

"后天早上八点。"

"晓得嘞。"

"抬匠凑齐莫有？"

"还差两个。不过这次万万莫想到的是，以前抬匠队的二把手邓国泰还能亲自出马，他的年纪也大嘞，但是他说抬匠队必须有人领头，有领头的，吼起嗓子，大家才抬得稳、抬得平。这下我屋老爷子也放心啾啦，现在他们两个老搭档正在屋背后扎龙杆……"

"喔，那好那好。差的人，还是要赶紧找。"

"嗯啦。实在找不齐，就只有'六人抬'嘞。呃，你屋两爷子，在外面烤着火，一会儿吃啾饭再走。"

"不嘞,你忙着。我来,还想给你说,这几天晚上,你守灵,我守工地,你放心就是嘞。"

钟瘤子翕动着嘴唇还想说什么,爸爸已拉着我又踩着满地的瓜子花生壳走出了他家院门。

这片丁零当啷咿咿啊啊交错盘杂的喧闹越来越远地留在了我们身后。转拐,倒弯,爬坡,下坡,再爬坡……我们顺着来的路返回,钟瘤子家又寂然隐匿在迎风山的皱折里。还没有完全散开的山雾,遮掩着山村的悲欢,像天空打出的一个又一个的哈欠,奈何风也将它挥之不去。

过了两晚上。

这天清早,一阵骤雨似的鞭炮声把还在被窝里的我猛然炸醒,我翻下床,探身往爸爸房里一看,他的床空空的,今早他肯定从工地直接去了钟瘤子家。

鞭炮声又一阵骤雨似的炸起,顺着前天爸爸带我走过的那条山道,我一路小跑,盘几个弯,终于绕到那个山拐,站在风口上,我看见一小队人正在一根白幡的引领下,抬着一笼火红走出他家院门。

抬棺嘞行好啦
嘿咻!
脚下生根,嘿咻!
前后挺妥,嘿咻!
不能摇晃,嘿咻!

脚下当心，嘿咻！
慢慢前行，嘿咻！
……
他们边走边嘿咻嘿咻地吼着。领着吼的人应该就是钟瘤子说的那个邓国泰了。

他们慢慢走过来，我看清了，抬龙杆的人当中果然有爸爸。呃，他们凑齐了八个人？我仔细一看，发现抬着龙杆的人中，我认识的还有瘫子他爸，李二锤，还有徐虎和小武，他们两个也来了？跟着一起走的还有黄支书和其他几个人，他们也许是帮他们换手的。

站在小坡上，我看见他们一路喊着吼着，平的路段脚下生风，陡的坡坎轻轻移慢慢挪，窄道上，一会儿单膝跪，一会儿双膝跪，肩和手却始终稳稳抬着，绝不让龙杆着地。

前边有泥坑啊
脚下要留神啊
草叶还带霜啊
万重不压肩啊
……

他们抬是抬，走是走，说是说，三样都毫不含糊，三样又浑然一体。只是有时变个花样，一人领着说，其他的跟着应——

这条路呀,真得修呀
全是坎呀,净是沟呀
牛羊爬坡都打滑呀
飞鸟在这也叫天呀
这条路呀,真特殊呀
这些年来,没人铺呀
春耕化肥运不进呀
秋收柑橘运不出呀
乡亲急得哇哇哭呀
叫声大爷你别怒呀
这回心里可有数呀
要是不修这条路呀
那算什么好干部呀
……

这一段好像是专门说给黄支书和小武他们听的。前面的路又崎岖不平起来,大家吼着吼着的声音又变了——

老少爷们,嘿—咻
使把力呀,嘿—咻
抬稳当呀,嘿—咻
莫慌张呀,嘿—咻

仙人今日向西行啊，嘿—咻
乡里乡亲送一程啊，嘿—咻
跨过坎来心坦荡啊，嘿—咻
心坦荡来事顺畅啊，嘿—咻
善人自有福呀，嘿—咻
好事会积德呀，嘿—咻
德高人心齐呀，嘿—咻
心齐力量大呀，嘿—咻
嘿—咻，嘿—咻
嘿—咻，嘿—咻
……

23. 二十六分之三

  这位被火红火红的棉布覆盖的老人离开迎风山之后，村里再次发生了一场口水仗。
  那天，正好我又偷偷跑到村文化室，小武匆忙帮我打开电视，他来不及给我调少儿频道，屋外的一面矮墙前聚起一帮人，大家都垮下脸你一句我一句地嚷着。
  "这是音乐频道，也可以看。"
  小武一说完，赶忙就跑了出去。
  "刘村儿嘞？刘村儿嘞？"
  "雄赳赳气昂昂的，咋个也当缩头乌龟啩啦？"

"喊他出来呃，我们要讨个说法喔！"

"茗花村又不全是憨包和傻蛋，兴这么鬼整！"

……

我不知道自己是不是天生爱热闹的人，但外面生猛的喊闹显然比电视里的吹吹弹弹更牵动我的神经。我趴在窗台上，踮着脚尖向外张望。

"刘主任到乡上开会去了，"小武走下阶沿对大家说，"大伯大娘你们有什么问题，就问我吧。大家不要急，慢慢说。"

"我只问一句。他屋堂姐刘明英的老人公，死啷两三年嘞，咋个还在刘明英屋户头上，还在享受农村养老保险？前天，我在领养老保险金的时候，看到名册里还有那个老仙人的名字骆春坪。"

"我也只问一句。他大伯刘光映屋头明明有一个妹娃，咋个还评得上'五保户'，还想享受五保户的待遇？你们看，公示栏上都还贴着嘞，你们在搞啥子鬼喔！"

"太过分嘞，你们也好意思把这些东西巴出来！"

"我也问一句。他屋二舅兰纯庆，穿的都是皮大衣，肥得要流油嘞，凭啥子还在吃低保？"

……

小武被众人团团围着，他放大声音解释道：

"是这样的，各位乡亲，刘，刘主任这几户亲戚的情况比较特殊，有些还是历史遗留，遗留的问题，但是都不存在弄虚作假。我们已经核查过，他堂姐刘明英的老人公确实前年去世了，但他个人信息和户口本不符，系统对不上，暂时还销不了户。"

"暂时，要两年嘞，还暂时！她屋白白领啩多少钱！"

"另外，我们也调查了解到，他大伯刘光映的女儿是抱养的，不是亲生的。"

"不是亲生的，还不是他屋的人！"

"十多年前，他大伯抱养这个女儿时，没有履行任何法律手续，所以，所以他现在还是被视为无法定扶养义务人，而且她这个女儿还未成年，就算是扶养义务人，也没有扶养能力。再就是，再就是他二舅兰纯庆。兰纯庆因病因残，自身没有劳动力，现在靠刘主任在广东当上老板的大舅兰纯祥的帮补，过得比以前好。他穿的皮大衣是兰纯祥淘汰后送给他的，他自身还是没有发展生产的能力……"

"小武书记，你少来糊弄我们，你说的哪个信喔？"

"他们这些当官的，都是官官相卫！"

"他们说不清楚，我们就上访，总有一个讲道理的地方！"

"小武书记，喊你一声书记，你给我记清楚嘞：你向着他，好啊！到时候上面来测评你，看我们咋个给你画勾画叉，给你一半不满意，叫你回去饭碗都出脱！到时候，你才真正晓得啥子是贫困，啥子是贫困户！"

不知是谁，跳着蹦着把话说得这么狠，小武的脸一会儿白，一会儿红，面对十多张嘴巴，他支支吾吾，倒像真的做了亏心事。

"哪个要给小武书记打不满意?先给我打起!"

一道粗重的吼声忽然从二楼上的窗户朝地面砸下,黄支书跟着徐虎从楼上笃笃笃冲下院坝,还没走到这一群人当中,就竖起眉毛数落起来:

"各位老哥子老姐姐,当真是吃桃子拣软的捏啊!

"当家三年,狗都恨。我晓得你们当中有些人对刘村儿包括对我、对岳主任是有意见的。这个没问题,任何时候通过正常渠道反映都是可以的。但各人是各人的一码子事,莫扯来混起喔!你们自己摸着自己的心口说句良心话,这些事跟小武书记到底有好大的关系?不要啥子稀泥巴都往别人身上糊!

"小武书记还要咋个对大家?多的不说,你们自家的亲生儿子也不见得天天在你面前问寒问暖吧?平常在路上,望到你们东西背不动帮着背,提不动帮着提,哪家屋头有人生啥疮害啥病,人家比你亲儿子还着急。前几天,钟瘤子屋的老娘过世,你们这几把老骨头哪个抬得动?抬不动咋办?人死啪啦要送终啊,人家小武书记是自己主动去给老仙人当的抬匠!人家凭啥子喔?你们各人摸着良心想一想!

"小武书记在我们村蹲点要一年嘞,你们看现在的他和才来的他相比是啥样子。才来的时候,人家白白净净,来了经常熬更熬夜填这样表填那样表,报这样资料报那样资料,好好的眼睛都熬肿啪啦,现在又成天带着大家面朝黄土背朝天地修路,修啪村上的路,马上计划着修到你们各家各户的路，人家的心都扎在村上嘞，你们看他一天三顿吃的啥子喔，除了水煮面就是方便面，现在又黑又瘦的，人家父母来看他，都怨这儿是穷山恶水嘞！

"你们嘞？当真应啩穷山恶水出刁民！不念好只念歹，念歹也要分个青红皂白啊！

"我就给你们明说，刘村儿这几户亲戚的事，早就有人反映，莫说村上，乡上，县上都在调查，现在掌握到的情况确实跟小武书记刚才跟大家说的一致。要问我，我也只能这样说。你们要相信，只要是问题，迟早都查得清。就说他屋堂姐刘明英的老人公，等系统对上，处理下来，她屋多领的保险金都要全部退出来！

"至于他二舅兰纯庆，你们就莫眼馋嘞。就说他穿的那件皮大衣，你们以为他想穿啊？他亲口对我说，他大哥兰纯祥跟他讲的是，现在真正有钱的人哪个还在穿皮大衣喔，穿皮大衣的都不是有钱人，真正有钱的人现在穿什么？真正有钱的人现在都穿棉布衣服嘞！你们晓得为啥子不？穿皮大衣是背着别个的命啊，管它是狐狸的还是豹子的，这些孽，他们有钱人现在不想背嘞，只是我们穷人家觉得啥子丢啩都可惜，兰纯庆才不得不把这道孽背在自己身上……"

黄支书说到这儿，大家你看看我，我看看你，眼下没谁再吱声了。

"反正我今天话都给大家放明嘞，你们还要告状的上访的，可以，按正规程序来，我们没权干涉大家。但是哪个要在背地里使坏,往小武书记身上抹黑,只问问自己良心过得去不!再有,不要动不动就拿'测评'来要挟人,我是不止一次听到有人这样威胁小武书记嘞。你们要清楚喔,测评是你们的权利,不是你们泄愤的手段。人家小武书记是来帮我们的啊!大家都有眼睛,你们看到的,现在的扶贫工作,上面千把锤,底下一根钉,上面万根线,底下一根针。不好做啊……"

大家被黄支书痛痛快快说了一通,好像个个真还通泰了一些。有些面露惭色,有些眼巴巴看着小武,想说点什么又开不了口。

小武也不再像刚才那般灰眉遏脸,这会儿他一言不发,长久地保持着一种五味杂陈的静默。人群散开后,有人喊着他到家里去吃钣。

"不了,不了。我还有点事。"

小武说着的同时想起了什么,他不知又从哪儿来了一股劲儿,一个箭步就跃上阶沿,穿进这幢楼里来。

"嘿!你还晓得在这儿看稀奇哦!"

他冲着我跑了过来。

"大憨,告诉你一个好消息!关于你的哦!还有你弟弟,还有我们村那个叫邓亮亮的盲眼孩子,你们三个,就要去成都了!想去吗?"

看着神色忽然阴转晴的小武,我茫然点了点头。

"知道去干什么吗?"

这一问,我又茫然摇了摇头。好像这个所谓的好消息不是关于我的,而是关于他的。

"还记得省督导组去你家吗?其中有个人叫叶珂琬,她把你家的特殊情况专门给督导组做了汇报,她建议督导组把贫困村残障儿童不能接受教育的问题向省上有关部门做专题反映,现在,这件事情已经有回音了!你看快不快?你很快就会有书读了!高兴吗?"

小武在我面前蹲下来,他很想在我脸上、眼睛里找到一片突然而至的兴奋和惊喜,但是说完话的他盯着我看了好一会儿,我的脸上和眼睛里都没有显现出他希望看到的东西。他又握着我的双臂摇了摇,仿佛他面前惶惶不安的我是睡着了一样,他必须把我摇醒,让我真真切切触摸到这个马上就会变成现实的梦。

我还是一脸茫然。

小武握着我双臂的手滑了下来,他的两只手掌抓起了我的两只手,这一下,他不仅没有刚才的激动,反而有些感伤地说道:

"哦,大憨,对不起,是我忘了告诉你,上学读书是每一个孩子最应该享有的权利。"

说完他又看着我,我还是没有任何反应。

"这样说吧,大憨,你们很快就会离开迎风山,离开你们的家到一个很大很大的城市去念书,那儿有很多老师和同学,老师会专门教你们学习各种知识和技能,同学的情况和你们差不多，那儿的环境会更适合你们生活和成长，在那儿你们会学到很多东西，你们的命运完全有可能从此就发生转变，不，不是有可能，是一定会，你们的命运一定会发生改变！"

小武说到这儿，又激动起来，他更重地摇着我的两个肩头，"大憨，高兴起来吧！我都为你高兴得想哭了！唉，不过，不怪你，你还从来没有进过学校，你对它没有概念，你还不知道学校是怎么一回事。我一会儿就给你爸爸打电话，他应该知道，他是读过小学的。知道吗？你们要去的学校叫'安祺'，这个学校的办学条件在全省都数一数二，为了帮助全省贫困村没有进入学校的残障儿童，他们破例新收了二十六个孩子，我们苕花村的你们三个就是这二十六分之三……哦，我马上给你爸爸打电话！"

小武很快拨通了爸爸的电话，估计爸爸最开始也被小武的兴奋劲弄得云里雾里，后来，只听小武对他解释着：

"不用担心，陈大哥，你家这两个孩子上学你不用花一分钱，学校免收他们的学费杂费，还免费提供住宿、伙食……"

电话那边，爸爸不知又提了一个什么问，小武接着说：

"陈大哥，这两个娃儿之所以要送到成都去念书，是因为香台县的特殊学校功能单一，又只能走读，所以对你家这两个孩子来说不现实。而省上的这个特殊学校不仅是综合性多功能学校，而且这个学校还是全寄宿的，有专门的生活老师照顾学生的生活。本来这所学校只招收成都户籍的孩子，这次是省督导组的专题报告得到了省上有关部门的高度重视，最后才按特殊情况办理下来的……"

小武对爸爸说这些的时候，我揣在衣兜里的手把这段时间以来，一直静静躺在兜底的那个东西捏得更紧了。

这支笔自从"白围巾"把它递给我的那一刻，我就把它装在了衣兜底。虽然我从来没有用过它，也没有在任何一个人包括在瘫子面前展示过它，但它一直陪伴着我。在我胆怯的时候，给我勇气；在我窘迫的时候，让我镇静；在我困顿的时候，教我明朗；在我忧伤的时候，引我开怀。在我眼里，它是唯一真正属于我的东西，甚至可以这样说，它就像我流亡在体外的一根骨头、一节心肠。

这一天，小武对我和爸爸说的所有话，其实都像一片又一片的河水拍打着我的耳膜、撞击着我的心壁。我的面庞之所以没有绽放出小武期望看到的欢喜，实在因为这些河水带给我的冲击和震荡都是劈头盖脸的。以至于小武和爸爸通完了电话，我还是木愣愣的。

那天回去时，我一路都握着衣兜里的笔。我的心又颤巍巍的，握着那支笔，我的心似乎才拄着一根拐杖。

回到家，我看见弟弟已经把他的红笔遗弃在翻板桌上了。透明的笔杆显示着里面的红色笔芯已全部用尽。曾经血管一样丰盈的它变成了一截空心的灯草，它在弟弟眼中魔力全无。

不知弟弟是否知道了这个消息。我没法给他讲，看着又抱着红色小板凳的他，我在想，我们真要走的那天，他会怎样。他会害怕吗？他会抗拒吗？他会哭吗？他会不会无论走到哪儿依然抱着他的红色小板凳？

第四章

24. 红

迎风山的草又绿了,花又开了,鸟儿又呼朋引伴地左啼右唤,小溪又一路追打着嬉戏而来。

我眼前的这棵树,每一片叶子都在和煦的微风中昂扬着,柔嫩的脸庞盈盈泛起耀眼的亮泽,在它们熙熙攘攘的簇拥下,一朵含苞的花蕾正好"啪"的一声绽开在春光里。

正在舒展的花瓣一枚比一枚出落得俊逸,它们都幽幽弥散着一股清朗的气息。花瓣中间,第一次在天地间展露身姿的花蕊,纤尘不染地矗立着,像一把毛茸茸的小火柴,只待春风一吹,就燃起一片烂漫的火焰。

花心的底部轻轻荡开,好似池塘的水面,微波粼粼地倒映着青山、绿树、田舍。当空的鸟儿鱼群一样从中穿梭,白云萦绕间,柴门犬吠,炊烟袅袅。一个干净的院落里,一只大黑狗守在院门边打着盹儿。不远处的石桌子旁,一个半截人又在那儿翻着书晒太阳，阳光照着他的眉毛、眼睫毛，黑晶晶的。与这个院落遥遥相望的斜对面，一户人家的屋檐下，一个身子佝偻的女人，衣裤空荡，头发蓬乱。她一抬头，那空无一物的目光不偏不倚，正好迎上我同时也看向她的目光……

　　自从来到成都"安祺"特殊学校，我常常在梦中回到迎风山。

　　迎风山上的一切被载着我、弟弟和邓亮亮的中巴、动车、地铁……越来越远地留在了身后。在"安祺"这个崭新的环境，我总恍惚觉得自己是一只跑离了山林的松鼠。夜深人静的时候，我会卷起身后那条长长的大尾巴，让毛乎乎的它蓬蓬松松覆盖在我的身上，如此，我仿佛又回到了曾经朝夕为伴的山林。

　　爸爸因为骑摩托车打手机，摔到沟里，差点弄折腿。他庆幸地感叹着：

　　"好在贫困户的医疗费可以全部报销喔！"

　　拄着拐杖、打着石膏板，爸爸不能送我和弟弟到"安祺"特殊学校。这一路，都是小武领着我们兄弟俩和亮亮母子一起来的。

　　经过入学检查和测试，我、弟弟、邓亮亮分在了三个不同的班级。我在听说班，弟弟在培智班，邓亮亮在启明班。

　　老师对带领我们的小武说：

"他们三个中，陈又木这个孩子的情况比较好。他的听力问题不大，发音目前只能发出一些气流声，但是他能说出一两个最简单的字音，这很好，这样看来，经过听力与言语康复老师的专门训练，他很有可能突破发音障碍，实现正常开口说话。他的智力也比较乐观，大致认识十以内的数字和几个简单的汉字，在老师指导下，他如果努力学习，听、说、读、写，都有可能接近正常。

　　"他弟弟陈又林的情况，相对来说就很困难。他的听、说都有程度很深的障碍，目前看来，理解能力也极为有限。他不喜欢和人交流，性格封闭，这些都是因为先天发育与后天营养不足、错过语言学习的最佳时期后又长期缺乏交流沟通等原因造成。非常遗憾的是，这些障碍对他产生的不良影响大多不可逆转，短期内，他的状况不会有什么大的改观。我们还要进一步观察他是否具有攻击性，如果他的行为有攻击性，按照有关规定，只能劝退。

　　"邓亮亮是先天失明，我们这里不是医院，无法对他进行医治。和很多双目失明的盲童一样，他这一生可能只有永远生活在黑暗中。我们能做的是，教他学习盲文，让他掌握一些基本的生存技能。但是在班上，他会比其他盲童显得更弱的是，他的语言发育非常滞后，他和陈又木一样，发音只能发出一些气流声。他又不喜欢与人交流沟通，这一点又很像陈又林。这三个孩子在小的时候，可能生存环境都非常不利于他们的生长发育，他们都错过了学习语言的最佳时期……"

尽管老师对我们三人的评价不一，但是最终还是把我们三个一个不落地收下了。小武一个劲儿地感谢老师，亮亮妈更是激动不已，她哽咽着说：

"这之前，我们去过好几所特殊学校，别人都不收我们，因为莫有开盲童班。后来我们又找到重庆的一所规模很大的特殊学校，他们有盲童班，那里离我娘家还比较近。但是，亮亮的户口不在那边，人家也不收我们。那天，亮亮就赖在别人学校里，咋个都不走啊，任随那个学校的老师好说歹说，他就是不走……亮亮一直想读书，这下好嘞，我们终于有学校可以进嘞。"

初到"安祺"，我完全被这所学校与迎风山迥然不同的模样震住了。它的院坝和房子不知比村委会的要宽多少、大多少，每一间教室也不知要比村上的文化室要奇异多少。黑板周围的挂饰，左右两边墙上的字画，教室后面的图书架、植物角，贮物柜上的布偶、塑料玩具、木吉他、地球仪……置身在这无尽的新奇之中，我不仅对它们充满陌生，还感到一丝丝不敢告人的惧怕。最开始，我只敢用目光去触摸它们，后来我试着用指尖去触摸它们，再后来，我能和它们相安无事地共处了，再再后来，我终于可以和它们像和迎风山上的流云烟霞一样融为一体。

在这无尽的新奇之中，我突然发现学校与村委会有唯一一分相同——在它们各自的院坝里，都有一根高高的长杆子，长杆子顶端都飘舞着一小片鲜红的色彩。

开学典礼上，学校一大早举行了升旗仪式。在那天，我才知道，无论村委会还是学校，飘扬在蓝天白云之间的那一片鲜红原来是一面闪耀着五颗星星的旗帜，它是我们的国旗。

后来，每周一都有这样的升旗仪式。有一天，升旗仪式结束后，孩子们陆陆续续回到各自的教室。我站在教室外的阳台上，看见操场里还有一个孩子呆呆立在原地，昂头仰望着天空中的那一片鲜红。虽然看不清这个孩子的面容，我却早已断定他就是我的弟弟，陈又林。

天空中，那迎风翻飞的红在他眼中是一团腾跃的火苗？一朵怒放的红山茶？还是一轮正在喷薄的朝阳？我不得而知。但我知道，对天空中这片红入了迷的他，又忘了集会后要及时回到教室。我正准备下楼把他送回培智部，他的班主任已走到操场，把他牵走了。

老师牵着他，就像牵着一只贪恋草场而不舍离开的小羊。只不过，这只小羊的草场不在地上，在天上。我远远看见，被老师牵走的弟弟，依然昂着头，不断回望天空中那一团腾跃的火苗、那一朵怒放的红山茶、那一轮正在喷薄的朝阳。

我们终于基本适应了"安祺"的生活，在这里，我们每个人都有自己的床铺、座位、校服、书本、文具、面盆、毛巾、水杯、牙膏、牙刷……我们再也不会捡地上的东西吃，我们也习惯了早睡早起的作息。虽然爸爸妈妈没能像其他孩子的父母来看过我们一次，但是小武每次回成都都会来"安祺"

看我们。他是这个城市的人,又是迎风山的人,每次见到他,我莫名就觉得一种安稳和踏实。

又过几周,学校举办了培智部的儿童画作品展。老师带我们听说部的孩子去参观。看着一幅幅色彩斑斓的图画,我们好像看到了那些"不够聪明"的孩子的内心世界。谁说他们不会表达呢?他们只不过不喜欢用语言而喜欢用各种各样的色彩来表达。

在画展的一角,一组全是红色的图画突然跃入我的眼帘。这一片猝不及防而毫无杂质的红,不由分说地震撼着我。我一步步朝这片红走去,我几乎不敢相信,那天我竟真真切切看到了一只在雨中飞过的鸟儿,飞行着的它似曾相识地瞥了我一眼;我看到天空中瞬间万变的云,它们毫不吝惜地朝我投下光阴中的暗影;我看到一片沙沙作响的树林,它们好像是一群唱歌的人,用高低不同的声部唱着同一首歌;我看到一只长着一双大大耳朵的羊,那不是曾为我家一员的"大耳朵"吗?我看到瞎了一只眼的爸爸,他正跨上他的摩托车准备出门;我看到伛偻着身子的妈妈,孤独地站在翻板桌和红色小板凳旁;我还看到了我,那个眼睛小小,嘴巴大大的人确实是我吗?我看到他穿了一件别人的双排扣小大衣,每排有七颗亮闪闪的扣子……

每一幅红色的画下面的标签上都标着"陈又林"三个字,没错,它们都是弟弟画的。望着这一片各式各样的红,我的心咚咚咚咚扑腾着,像一路跌宕着的山涧。站在我身边的人一定听到了我奇怪的心跳,但是他们一定没有谁比我更能看懂这一片又一片的红。

　　站在这一片又一片的红面前,我忽然相信远离迎风山的弟弟同样如我在默默思念那片穷乡僻壤,同样如我在默默怀想我们共同经历过的那些贫寒的日日夜夜。

　　半期结束的那天下午,小武和亮亮妈一起来到了学校。他们把我、弟弟和邓亮亮都带到校长办公室,校长要把我们三个孩子半学期以来在这儿学习、生活的情况和他们作个交流。

　　校长首先提到的是邓亮亮。他说:

　　"三个孩子中,邓亮亮的情绪最不稳定。在新的环境,身为盲童的他可能还没有获得足够的安全感。老师平常一再鼓励他多发言多说话,他总是不肯开口。有一次终于发出几个音,因为腔调怪异,被班上的其他盲童嘲笑了,他就更不愿意开口了。亮亮如果要在以后的学习生活上有进步,首先还是要锻炼说话的能力,他的听力其实非常灵敏,但他就是不配合言语康复老师,也不和其他人交流。"

　　说到这儿,校长神情更严肃了:

　　"接下来,他们班的孩子还要突破盲文关,只有掌握了盲文,才能跟上后面的学习。盲文是邓亮亮必须迈过的一道坎。这学期一结束,老师要对他们进行盲文测试,盲文不过关的孩子,不能随班升级。"

听到这儿,亮亮妈一脸缀满了焦愁。

"咋个办喔?我怕我屋亮亮过不了关。"

"不要这样说。"

小武对亮亮妈摆了摆手,又看了亮亮一眼。

"既然我们到了这个学校,有这么好的接受教育的机会,一定要珍惜和努力,首先自己不能放弃。"

"对,"校长接着说,"下半学期,邓亮亮需要学习并掌握的东西有很多,尽管目前对他来说,存在比较大的困难,但我们老师全都对他充满信心,因为他的智力没有问题,听力,刚才说了,也非常灵敏,他只需要勤学苦练,只是他现在还是不和老师、同学交流。我看亮亮只肯和妈妈交流,要是亮亮妈妈能经常和他沟通,我们家校合力,多找机会让他开口,能正常说话了,对他后面的学习会有很大帮助。班上的其他盲童说话都完全没有问题,有的口齿还非常伶俐,他如果开口说话,和同学们也有沟通,对他性格的培养也大有好处……"

"唉,亮亮小时候,我和他屋爸只顾得在外打工,一心想多挣点钱好带他去治眼睛,就把他留在屋头交给爷爷奶奶。爷爷奶奶带他,只管他吃饱嗷,不摔倒不绊倒就可以,亮亮两只眼睛啥都看不到,一天到晚,本来就说不到几句话,爷爷奶奶呢,也不主动和他说话,结果他眼睛没治好不说,到现在还养成了不喜欢和人说话的习惯。屋里头的人呢,他也只肯跟我说,我倒想多和他交流啊,但是我要是到这儿来陪护他，我屋的情况好具体喔，这个城里头，我们娘儿母子，哪儿能立得住一只脚？"

亮亮，爷爷奶奶……

屋里头，城里头……

亮亮妈无论说到什么，满脸都刻着一个"愁"字。

"亮亮妈，眼下让亮亮说话，对他来说确实很重要。他今年十五岁，不小了，不能再次错过语言的交流、学习。你看这样行吗？你在学校周围租间房子，早晚陪亮亮，尽可能和他多交流，白天他上学，你就在附近打份工，和他一起渡过这个关键时期。"

小武扶着亮亮的肩对亮亮妈说。

"我倒真的想这样啊，但是哪儿租得到那么合适的房子嘞？哪儿又找得到那么合适的工作喔？我们在这儿人生地不熟……"

"不着急，今天下来我就带你去租房子，先把房子租下来，再找工作，这一带，我还比较熟悉。"

后来，校长又给小武介绍了弟弟和我的情况。他说：

"陈又林很安静。有一次，他们班的一个孩子用乒乓球拍砍他的肩膀，他都不哭闹，反而把赶来的老师吓坏了。好在那个用乒乓球拍乱砍的孩子已经被家长领了回去。对于陈又林这个班的孩子，所有的教学都急不起来，老师只有慢慢培养他们的感知能力。目前，我们发现陈又林很奇怪地对红色感兴趣，他喜欢只用红色画画，他对绘画有些奇特的感觉，这次培智部办的儿童画展，他那组红色的画引起了很多人的关注。

"陈又木的情况很好，他的听说能力有很大的提升，理解沟通能力也是班上最强的，他已经是老师的小助手了。在上周的朗诵会上，他还背了一首古诗。又木，你可以再给我们背诵一遍吗？来，我很想听你再背一遍。"

校长说完，拉起我的手，让我站在大家中间。

"没问题，又木，来，你会让他们大吃一惊的。"

校长第一次牵着我的手，我的手握在他温暖掌心的那一瞬间，我忽然想起了远在迎风山上的瘫子，这首诗实际上是瘫子教会我的。只不过那时，我还不能比较清晰地发出每一个字音。

小武惊喜地望着我，他咬了咬嘴唇，似乎又不敢把这份惊喜表现得太突出，以免让我紧张。

我还是有些紧张，不过，当着他们的面，我尽量大声而清晰地背出了这首我早已谙熟于心的古诗。

一去二三里，
烟村四五家。
亭台六七座，
八九十枝花。

我一背完，小武就拍起了巴掌。

"太好了！大憨！"小武兴奋地看着我，"不不不，我不能再叫你大憨了，又木，你怎么一到这儿来就不憨了？"

这下，小武没有再克制住自己，他激动得冲了我一拳。

"陈又木在智力上本来就没有什么问题。他来这儿，我们就发现，他只是暂时不能把自己想表达的话说出来。他的学习进步非常明显，现在，我们打算单独对他进行普通小学低段语、数知识的教学，这学期结束后，我们将对他进行一个测试，如果他能顺利完成学习任务，他完全可以转入普通学校去念书……"

校长说着，又把我和亮亮拉在一起。

"你们看，陈又木和邓亮亮刚来学校的时候，他们两人的发音状况都差不多，当时他们两个都只能发出一些气流声，而且都不敢大胆开口。为什么半学期过后，陈又木学说话进步这么快？因为在他班上，其他孩子都不能正常说话，只能用手语，大家就觉得他很了不起，陈又木的自信心无形之中建立起来了，所以他越来越敢于大胆开口，说话的能力也一天比一天强。

"邓亮亮的语言环境其实比陈又木的好，亮亮班上的孩子虽然看不到，但是他们的听说、表达都不成问题。他们在给亮亮提供语言氛围的同时，不自觉地也对亮亮形成了压力。亮亮好不容易开口，就被其他盲童嘲笑，自信心受到打击，所以他学习说话的勇气和劲头都被削减了。可见自信对一个人的学习和成长有多重要。

"亮亮啊,不要被眼前暂时的困难吓住。歌唱家在最初练嗓的时候,腔调都很怪异甚至不好听,但是他们一旦迈过这道坎,他们的歌声就不是一般人能比的。你现在就是要对自己充满信心,你想,又木和你一样,他都有进步了,你也一定会有进步,而且你现在的语言环境比他好,你不仅可以和老师说,还可以和同学说,如果妈妈来了,你回家还可以和妈妈说,所以,你要好好利用自己的优势,我相信这学期结束后,你不仅能够大胆开口说话,还能学会盲文,到时候你就可以用盲文摸读更多的文章和故事……"

听到这儿,亮亮的嘴唇一动一动的。他似乎有什么想说,但是直到要离开校长办公室了,他还是没有说一个字。

"快给校长说谢谢啊!谢谢校长对你的鼓励,亮亮,快,快说啊……"

亮亮妈拉着亮亮,一个劲儿提醒他。

"不说谢谢,这是我应该做的。来,亮亮,来给我说再见。"

校长埋头看着亮亮的脸庞,他那么认真地看着亮亮,好像亮亮也能认真地看着他一样。

"线——线——"

亮亮终于含混不清地说出两个字,我们谁也不知道他说的究竟是"谢谢"还是"再见",但是这已经不要紧,要紧的是他开口说话了。

校长、亮亮妈和小武都欣慰地相视一笑。

"要有信心。一定要有信心!"

校长在把我们送出办公室的时候,还重复着这句话。

小武和亮亮妈离开学校之前,又给我们讲了讲村上的事。小武说:

"村上那条水泥路已经完全修好了。现在我们正在修联户路。但是到你们两家的路都不会修,知道为什么吗?"

亮亮摇了摇头,我开口说:

"不——知——道——"

现在的我说"不知道"基本上听得出是"不知道",而不是"不嬉笑"了。

"对,你们现在能说的都要开口说,不能说的也要大胆说,只要养成了开口的习惯,说话就越来越不成问题。说不定下次我来,你们就能跟我讲你们学校的新鲜事了。"

小武一只手搭在亮亮肩上,一只手牵着弟弟,接着说:

"不修到你们两家的路,是因为,是因为啊……"

他故意又停下来,偏偏想把我们的疑惑像一只气球似的越吹越大。

"是因为啊——"

他还是藏不住这个秘密,自己又坦白地交了底:

"是因为,你们两家都正式纳入易地搬迁、集中安置的范畴了!"

答案的底虽然揭了,我们还是没有太明白。小武似乎也觉得"易地搬迁""集中安置""范畴"这些个词语对我们来说太深奥了，干脆直接说道：

"也就是说，你们都要离开老屋去住新房子了！明白了吗？新房子已经在规划了，最多一年时间不到，你们就可以住进新房子了！"

住进新房子？

我一下想起我家那龇牙咧嘴的门板、漏雨的屋顶、又脏又乱的黑屋子……

新房子？我家哪有钱修新房子呢？我头脑里那只疑惑的气球越来越大，大到都可以把我悬在半空中。我又一次感到了惶恐，我怕悬在半空中的自己越飞越高，飞到云层里去，再也回不到地面上。

"你不相信啊？"

小武好像从我脸上看出了什么。

"我什么时候骗过你？又木，"他叫着我的名字，"看，我说你们会到这儿来念书，你们是不是都来了？现在我说你家会住进新房子，你就等着吧，这一天同样很快就会来到！"

25. 月亮

小武和亮亮妈离开学校后，那一段时间确实过得很快。一个姓庄的老师开始在这个时期教我学习拼音。

张大嘴巴ɑɑɑ

拢圆嘴巴 o o o
嘴巴扁扁 e e e
牙齿对齐 i i i
嘴巴小圆 u u u
噘嘴吹哨 ü ü ü

像个6字 b b b
脸盆泼水 p p p
两个门洞 m m m
一根拐棍 f f f
马儿走路 d d d
一把雨伞 t t t
一个门洞 n n n
一根木棍 l l l
……

有了拼音做法宝，我的字音咬得比以前更清晰了。

我学拼音的时候，弟弟他们班在学1、2、3，邓亮亮他们班在学盲文。我跑去看过他们几次，弟弟班上一直在学1、2、3，他们老是原地踏步。放学后，亮亮妈经常陪着他在教室里学盲文。亮亮呢，总是把盲文的点位记错，他妈妈站在一边有时会急得敲桌子。有一次，亮亮又记不住点位，他妈妈拿起一把木尺子就要打他的手，被走廊上路过的一位老师看见了，赶忙制止她。老师说：

"不要打盲童的手，手是他们的眼睛，他们的手必须保护好，要保持灵敏……"

亮亮妈再不敢打亮亮的手。亮亮又把盲文记错的时候，他妈妈只好捶他的背。有一天放学后，我又从听说部跑到了启明部。还没到亮亮教室，就听见他妈在大声吼：

"你长点记性嘛，摸啤无数遍嘞，还记不住！"

"你来记嘛！"

"要仔细，要集中全部注意力！"

"你来摸嘛！"

"我又不是瞎子。"

……

接着就是一阵桌子板凳摔倒的声音，我跑进教室时，亮亮妈已倒在地上，亮亮正抓着她的头发使劲乱扑乱打。

"不——要——打——"

我朝亮亮使劲吼着。他不听，我只好赶紧去叫老师。

"邓亮亮！"

老师来了一声怒吼，邓亮亮才从梦魇中醒来。

"你怎么能够打你妈妈？！"

亮亮妈被我们扶起来时，呜呜呜地痛哭着，比她高出一大截的亮亮缩在一边，眼泪也在脸上纵横驰骋。

后来，老师劝亮亮妈说：

"初学盲文，对他们来说确实很困难，主要是记点位没有什么规律，必须死记硬背，这个过程不能急于求成，是要反复记反复背，记牢了，后面就好用了。这段时间，亮亮的学习压力大，但他应该没问题，他能跟上的，你别太担心……"

老师说完，一边掏出纸巾递给他们母子，一边又把亮亮拉了过来。

"亮亮，妈妈对你这么好，专门在学校外面租了间房子陪护你，又照顾你的生活，又帮助你的学习，你现在说话比以前好多了，都可以正常对话了，学习盲文也比其他同学还快，这些都是你的进步，这些进步都离不开妈妈对你的付出。你看不到，妈妈的头发都白了好多……你这样对你妈妈太不应该了，你必须要向你妈妈道歉……"

亮亮一个劲儿地哭着，也不知他嘴里嘟嘟噜噜说了些什么。

小武很久没有来看过我们。有时我会暗暗猜想他是不是已经把我们忘了。

天气一天天热起来，我们都换上了最薄的校服。学校里的一棵棵银杏树挂满了绿色的小扇子，风一吹，全都在为路过它们的人频频送爽。我喜欢校园里的银杏树，它们的枝丫有的刚好伸到我们教室的窗前。我喜欢在秋冬看着它们的叶子一片片变黄，也喜欢在春夏看着它们的叶片从很小很小的扇形渐渐变大。银杏树是一年四季中变幻得最隆重的一种树。它似乎每年都有属于自己的节日，每一次它都要让自己盛装登场。

"六一"儿童节那天,学校举行了一场文艺汇演。

我们班的节目是"手语唐诗"。在这个节目的最后,班上两个可以说出声音的孩子要背出两首唐诗。一首是《春晓》,由宋宇宁背诵。一首是《静夜思》,由我背诵。

儿童节这天,老师给我们化了妆,还给我们穿上古代人的宽袖长袍。

"你演的是李白哦,"老师反复为我强调,"李白是很豪放的,他说话的声音肯定很洪亮,你要尽量大声地把诗句背出来,这样,每个人都知道你会说话了!"

临到我出场了。

在音乐的烘托下,我慢慢走到舞台中央,前面还有几个女同学在甩着水袖为我伴舞。我拿着话筒,正要开口,舞台上方的一束灯光恰时打在了我的脸上。就在这一刻,我心底突然萌生出一道强烈的愿望,我想让我的声音传到很远很远的迎风山,传到永远待在那座山上的瘫子的耳朵里。瘫子能背三百首唐诗,他要是知道我也能背出其中的一首了,该有多高兴。

"床——前——明——月——光——"

我憋足了气,冲口而出的这一句,加之话筒的扩音效果,果然响彻云霄。台下随即响起一阵哗哗哗哗的掌声。我接着背道:

"疑——是——地——上——霜——"

背到这里，我的脑海里不禁浮现出"大耳朵"滚下山崖的那个夜晚，"咩——"一个怯怯的声音虚虚弱弱响起，我以为是大耳朵回来了，惊喜地冲到门口，哐地推开门，门外是一地洁净的月光。

接着，我脑海里又浮现出我在村委会看电视看晚了，无意中发现"白围巾"他们在对面大房间里畅所欲言的场景。我想起"白围巾"谈到的《尼尔斯骑鹅旅行记》那只可以驮着人飞越千山万水的大白鹅，想起她说到的钟正轩省下二十顿午饭为他奶奶买的那条十元钱的项链，想起她说到的从高空摔下差点成为植物人的刘万一，扶着练习走路的那根磨得发亮的竹竿……我想起那天晚上，我独自摸黑回家，月亮俯瞰着整座迎风山，月光映着我回家的路……

想到这儿，该背诵后面的两句了，我的声音却怎么也高昂不上去，甚至一句比一句更低沉起来：

举头望明月，
低头思故乡。

背完最后一句，我才意识到自己的朗诵可能搞砸了——我的嗓音又变得小小声声起来。啪啪啪啪，台下的掌声却出乎我意料地更加热烈而持久地响起。

"太好了，又木，你朗诵得太好了！"

后来，老师一再夸赞我，她说我的朗诵因为投入了真情实感，所以有了打动人心的力量。

　　弟弟他们班表演的是《拔萝卜》。弟弟个子小，演的是小老鼠。他们的剧情和《拔萝卜》原版儿歌的内容有些不一样。老爷爷、老奶奶、小姑娘加上小狗儿、小花猫、小老鼠一起拔萝卜，还是拔不动。后来，逐个加上小鸡、小鸭、小兔、小羊、小马、小牛……大家一起喊着：

　　"一、二、三！"

　　"一、二、三！"

　　终于把萝卜拔出来了。之所以要这么多"动物"朋友来帮忙，原来他们最后一下拔出的是三个大萝卜。他们班上最胖的三个孩子演的是这三个大萝卜，他们穿着红红的袍子，戴着翠绿的头饰，把大萝卜演得活灵活现。

　　节目最后是启明部的器乐合奏。那些穿着背带裙、背带裤的盲孩子被牵引着走上台，待他们在各自的位置坐好，老师的提示音一起，他们便吹拉弹拨起来。后排有一个高高的盲孩子吹的是葫芦丝，我仔细一看，这个高高的盲孩子竟然是邓亮亮。他什么时候学会吹葫芦丝了？还和大家配合得这么默契。

　　一排穿白纱裙的盲女童用甜美而清亮的声音随他们的演奏齐声唱着：

　　　　让我们荡起双桨，
　　　　小船儿推开波浪，

水面倒映着美丽的白塔，

四周环绕着绿树红墙……

她们把波浪、白塔、绿树、红墙……唱得栩栩如生，好像这些都是她们亲眼所见，她们正用歌声把它们描述给我们听。

这一天的节目很丰富，每个班的表演都不拘一格而各有特色。我们谢幕的时候，校长走上台，动情地说：

"孩子们，你们每一个人都是一朵奇异的花蕾。虽然你们盛开得比较迟，但是你们盛开得无比艳丽！"

只可惜，这一天，小武始终没有出现在学校。除了亮亮妈，村上的人没有谁看到从迎风山走出的我们这三个孩子的"艳丽"。小武真的把我们忘了吗？夜晚，半个月亮又爬上窗棂的时候，我的眼睛还随着星星一眨一闪。

26. 银杏

一学年结束了。小武终于来到学校，跟着他一起来的，还有爸爸。一年没有见到爸爸，爸爸更胖、更爱笑了。他从见到我和弟弟的那一刻起，嘴巴就没有合拢过。

"长高嘞，"他看了我又看弟弟，看了弟弟又看我，"两个砍脑壳的，都长高嘞。"

这天，小武、爸爸、亮亮妈带着我们三个孩子一起走进校长办公室。校长还不认识爸爸,小武给他们相互作了介绍。

"又木、又林爸爸,孩子在这儿学习、生活一年了,你今天才第一次到我们学校。"

"嗯啦,嗯啦。"

"你是对我们学校的教育教学工作完全放心吧?"

"嗯啦,嗯啦。"

"你家这两个孩子多亏小武书记啊,他把他们兄弟俩送到这儿来后,平常有什么事,我们学校的老师都直接和小武书记联系,小武书记更像你家这两个孩子的家长哦。"

"嗯啦,嗯啦。"

……

校长无论说什么,爸爸都一个劲儿地嗯啦嗯啦。

"这样,我今天先从你家这两个孩子说起。先说陈又林。"

校长说到这儿,拉开他办公桌的抽屉,从中取出一个厚实的信封,递给爸爸。

爸爸一下蒙住了。小武、亮亮妈、包括我,我们全都一下蒙住了。信封里装的什么,我们似乎都心照不宣,但是,校长怎么会给爸爸钱呢?他只是我们的校长,并不是结对帮扶我们的"亲戚"啊。

爸爸还是习惯性伸出手接了过来,他脸上的笑不知什么时候戛然收住了。信封已经交到爸爸手中,爸爸兴许来不及多想了,他又躬起腰,对校长连声说着:

"谢谢喔,谢谢!"

"不要谢我,"校长扶住爸爸的身子,"这是你小儿子陈又林自己挣到的。你们看,他好厉害,才九岁,就自己挣得到钱了。"

校长这样一说,爸爸握着信封的手不禁抖抖索索起来。校长见爸爸满面疑惑,再次肯定地说:

"这真的是你小儿子陈又林自己挣到的钱!"

"小砍脑壳会挣钱?"

爸爸还是不能相信自己的耳朵。我们也觉得太不可思议了,大家不禁随着爸爸的目光一起看向弟弟,都想从痴痴愚愚的弟弟身上看出他有什么奇异之处。

"陈又林画的红色图画,被我们选送到北京参加自闭症儿童画展,后来参加拍卖,结果他那组红色图画中的其中四幅,共拍得四千六百元。现在我把这四千六百元全部交给你,请你为你儿子陈又林保管好。"

"哎呀,砍脑壳的!"

爸爸一下叫了起来,好像信封中的那些钱灼伤了他的手一样。我看见爸爸很多次伸手接过别人递给他的钱,唯有这一次,他被递来的钱,火辣辣地灼痛了。

"不要再叫他们'砍脑壳的'了,叫他们的名字。你要是叫陈又林,他就会转过头来看你一眼。"

校长胸有成竹地看着爸爸,希望他能叫一声自己儿子的名字。

爸爸觉得更玄乎,对着弟弟侧向一边的身子,他终于怯怯地叫了声：

"陈又林。"

正独自沉浸在一方天地里的弟弟果然轻轻回过头来，喊着他名字的声音就像一根亮晶晶的线，把他拉回到了我们众人所在的现实当中。这个慢镜头似的过程虽然只是一刹那，但这一刹那，弟弟真的回头了。

爸爸万万没有想到他的声音有如此神奇的魔力。他不知该怎样夸赞弟弟。

"砍脑壳的！"

他的嘴巴又冒出这句迎风山上的土话。

"嘿嘿嘿嘿……"

爸爸的窘态倒把我们逗笑了。

"再说陈又木。又木啊，"校长喊着我的名字，他再次牵起我的手，"又木，你是全校所有老师都喜欢的一个小帮手。你帮助老师和同学们做了不少事。"

说到这儿，校长看向爸爸和小武，特别告知他们：

"六一儿童节那天，我们专门给又木颁发了优秀学生的奖状。只可惜，那天你们都没能来学校。那天，这三个孩子还有精彩的表演。"

"唉，很遗憾错过了。那天，省上、县上、乡上都有领导到村上去慰问留守儿童，我顾着陪他们去了。"

小武抱歉地解释着。他双目清朗地看了看我，似乎相信我一定能谅解他。

"又木,"校长接着说,"下学期,你就要离开安祺了。你可以进入普通学校去念书了。你在安祺的学位空出来,别的更需要它的孩子就可以补进来。你到了普通学校,一开始也许同样会不适应。不要怕,不要怕人嘲笑你,特别不要怕别人说你十一岁才上二年级,你告诉他们,爱因斯坦九岁的时候也不能流利说话呢……又木爸爸,祝贺你啊,你的大儿子陈又木完全可以进入普通学校和正常孩子一起念书了。因为,他本身就是正常的,只不过他的正常比别人迟缓一步,在这之前,他的正常又被一些表象遮掩了。"

"嗯啦……"

爸爸被这天突然而至的惊喜扑来撞去,几乎分不清东西南北。此刻,他既不安又有些讨好地看着我,好像我已经由一只丑陋的毛毛虫变成了翩翩的蝴蝶,陌生得让他不能相认。

我埋下头,不知是该高兴还是不高兴。

小武这一天眼里始终闪烁着一片又一片的斑斓。

"又木,好样的!"

他又冲了我一拳。这一拳落在我身上,隐隐有些痛。

校长最后说到的是邓亮亮。

"他们三个孩子中,我担心最多的是邓亮亮。其实在他上次打妈妈之前,他的班主任、心理辅导老师都比平时更多地关注他。那段时期,他确实是平常不开腔不出气,一开腔一出气就带着一种爆发性的破坏力。好在妈妈对他的督促一直坚持着不放弃，亮亮自己也真正下了苦功夫，终于把盲文关过了。亮亮妈，你辛苦了，我们知道，为了孩子，你付出了很多。"

"亮亮是我儿子，我做什么都应该嘞。我们能够在学校外面租间小房子，我能够边打工边照顾儿子，这些都全赖小武书记。要是莫得他帮助，我们娘儿母子怕在这个城市连脚都立不住。"

说到这儿，亮亮妈一下敞开了好多话：

"小武书记每次回成都，都要来看我们。不是买牛奶、鸡蛋，就是买大米、面条……他每次来看我们，都不会空手。我和他都姓吕，他喊我姐姐前，姐姐后，喊得我心头热嘞，我也没把他当外人，看他为我们买这样买那样，我心疼他花那么多的钱。我晓道他还莫有成家，用钱的时候多着，就给他说，我们在这儿能待下去就不错嘞，莫再花销啥子，我想让他自己攒点钱，以后办大事好用。结果这次他来，看到我和儿子这么冷的天只盖了一床薄被子，又掏钱给我们买了两床棉被。

"亮亮虽然看不到小武书记的样子，但是他走路、上楼梯的声音亮亮一下都听得出来。亮亮也把他当自己的亲舅舅嘞，要是一两个星期没听到他的声音，他就让我给小武书记打电话……"

校长看着亮亮妈，亮亮妈看着小武，小武看着亮亮，他们的目光一路传递过去，最后都集中在了亮亮身上。

"亮亮乖，亮亮的进步很大。他现在把盲文掌握了，说话也完全清晰了，比陈又木还说得流畅，真的太乖了。"

小武夸着亮亮，当真就像夸自己的亲侄儿一样。

"亮亮后来的变化的确完全出乎我们意料，"校长接着说，"这个孩子在课堂上学习语文、数学虽然比较吃力，但是他对音乐很敏感。有一天课间休息，我去启明部，老远就听见有人在用葫芦丝吹圣桑的《天鹅》，我边走边想这是哪个学生在吹，还吹得不错呢。结果走到他们教室一看，原来就是亮亮在吹。更让我惊奇的是，那天我的手机响了，亮亮居然听出我的手机铃声是莫扎特的《土耳其进行曲》，他说这是莫扎特《A大调钢琴奏鸣曲》中的第三个乐章，还给我说贝多芬也有一个《土耳其进行曲》。我当时就很吃惊，我在想他怎么会知道这么多？后来我一问，才知道亮亮每天回家后，在妈妈的手机上听了很多经典的世界名曲。我又问他，还喜欢哪些名曲？结果他的回答真的把我吓了一大跳。

"你们知道他说的什么吗？

"他说他最喜欢的是斯梅塔纳的《沃尔塔瓦河》。一听他说出'斯梅塔纳'和'沃尔塔瓦河'这两个词，我都是不敢相信自己的耳朵。要知道，斯梅塔纳可是全世界都了不得的作曲家，《沃尔塔瓦河》是他的传世名作啊。这部交响诗震撼过无数人的心灵，我在读大学时参加学校的交响乐团演奏过。我没有料到，那条浩浩荡荡的沃尔塔瓦河，也淌进了亮亮的内心。

"让我更惊喜的是，亮亮还不只是简单地知道这部交响诗的名称和作者。他还能给我讲他从音乐中听到的东西：乐曲一开始，有两股清泉从山涧流出。长笛奏出的是寒流，单簧管奏出的是暖流，它们怎么汇合在一起，怎么向前流淌，怎么汇成奔腾不止的沃尔塔瓦河。他还能听到'波尔卡''水仙女'，听到河水撞击石头的吼声……

"他还知道斯梅塔纳在创作这部交响诗的时候，也和贝多芬一样耳聋失聪，甚至比贝多芬还要厉害。说起作曲家个人的不幸，亮亮又给我讲到了西班牙的罗德里戈。他说罗德里戈三岁失明，也是一个盲孩子。他说他很喜欢罗德里戈的《阿兰胡埃斯协奏曲》，他给我讲，这首协奏曲，第一次把吉他这种民间乐器引入到交响乐中……而他现在不仅会吹葫芦丝，也在学着弹木吉他了……

"听到亮亮说这些，真心讲，当时我真的完全震惊了，我不知道亮亮是从哪儿获得的这些关于经典音乐的知识。要知道，他喜欢的《沃尔塔瓦河》《阿兰胡埃斯协奏曲》……严格地说是古典音乐啊。后来，我找到亮亮的班主任，班主任说亮亮后半学期整个人变化非常大，他不再像以前那样紧张、不安、焦躁，他越来越放松、平静、自如，他也要和老师、同学说话了，也爱笑了，整个人就是一种打开的状态。

"我想，亮亮这一系列变化，肯定与他对经典音乐的接触密不可分。今天，我也正想问问亮亮的妈妈是怎样想起用经典音乐来开启他的心智。能够想到并做到这一点很不容易啊，很多人都会觉得经典离我们很远，离这些孩子就更远了。"

"亮亮妈，"校长又叫了一声亮亮妈妈，"你用经典音乐对亮亮的熏陶很值得我们在今后的教学工作中借鉴。"

面对校长恳切的目光，亮亮妈不禁拘谨起来。她有些结巴地说：

"这个，这个还是得感谢小武书记嘞。我也不晓得他是咋个想到的。有一天，他在微信上给我发来一个公众号，然后就打电话给我说，他在网上给亮亮买了经典音乐的赏析课，让我每天晚上都要放给亮亮听。后来我一看，他给亮亮买的是那个，那个《一百首世界经典名曲》，现在亮亮已经听啭二十多首嘞。"

"哦，小武书记，你是怎么想到的啊，我们做教育的，都没有想到去找这么好的教学资源。"

"我也没刻意去想过，只是一个很偶然的念头，就尝试了一下，"小武脸上泛着欣喜，他又看着亮亮说，"那天，应该就是亮亮打妈那天，先是老师给我打电话说亮亮的行为存在攻击性，很危险，必须要杜绝他这种行为再次发生，怕他伤到其他盲童。后来，我就给亮亮妈打电话，又问了问到底怎么回事。亮亮妈说这个娃儿学什么都不愿意吃苦，遇到困难就退。学盲文、语文、数学都这样，唯独学吹葫芦丝最带劲儿，亮亮妈当时给我说亮亮都会吹《成都》了，就是赵雷写成都的那首歌。亮亮会吹《成都》？当时，就是这一点启发了我。我想用葫芦丝吹《成都》也不是一件容易的事啊，亮亮能把它吹好，证明他做自己喜欢做的事，是不怕困难的。而且，这一点还说明音乐是他最愿意接收的一种信息。

"既然这样，我就琢磨着对亮亮心智的开启是不是应该从音乐入手？看音乐能不能安抚他，让他的内心变得平和一些。那几天，我都在考虑到底用哪种方式让亮亮接触音乐最合适，我想到的首先还是经典音乐。嗯，之所有考虑经典音乐，因为我还是相信经典的力量。我想来想去，买CD不太可能，正版都太贵，我买不起，就算买起了，还要配一套设备才能播放，反倒会增加亮亮家的负担。后来我突然想起省委督导组来苔花村，我们一起开碰头会时，一位美女编辑的建议。当时也是说到教育，她说在今天这个信息时代，一定要好好利用网络。我便在网上一查，结果网上还真的有关于经典音乐普及和赏析的课程。虽然都是收费的，但价格我还能承受。

"我先试听了几堂，课程内容虽然都以古典音乐为主题，但主讲老师在引导欣赏时是逐段分解，用通俗的语言来解读这些世界名曲，同时还涉及了大量的音乐知识和信息，我就觉得这个课程很不错，认真听下来，不仅可以接触到那些震撼人心的音乐作品，还能了解音乐家和他们的人生，而且每堂音乐课都可以反反复复地听……我想，这个简直太适合亮亮了，就下了一个订单。我给亮亮买的是一百首世界经典名曲的赏析课，花费不到两百元，现在看来，真的是物超所值。"

"小武书记，你真是太有心了。你给亮亮买的这套经典音乐课程的公众号，可不可以推送给我？我也来了解一下。要是真的不错，下学期我们也可以尝试着让更多的孩子去接触。"

　　"可以啊，我记得意大利的作曲家威尔第说过：'音乐是属于群众的，这是人人有份的。'"

　　小武说着，赶忙掏出手机翻找起来。校长边拿出他自己的手机，边感慨：

　　"我们国家在公益教学这一方面的投入确实还非常有限，现在这么发达的网络，我们还没有把网络信息技术与教育教学深度融合。如果特殊教育也能安上网络的翅膀，肯定会对我们的特教工作产生巨大的推动作用……"

　　校长还在和小武、亮亮妈交流，亮亮和我又不失时机地玩起一种用两只手碰碰触触、同时用声音嘘嘘呼呼的小游戏。亮亮的触觉和听觉确实灵敏，他总是赢我，每次赢了，他都笑得又羞涩又开怀。这一刻，与那个把妈妈按在地上打的他多么截然不同。

　　离开校长办公室的时候，太阳正暖暖地照耀着我们的学校。昨夜下过一场小雨，今天的天空就像经过清水洗尘一样，有了淡淡的蓝意。这个季节，天空中很少见到一大团一大团棉花糖似的云朵，它们都均匀地融化在了我们头顶的上空。放眼望去，天地间雾茫茫。这样的雾茫茫笼罩着整个城市，让人看不到城市的边缘和尽头，让我辨不清自己的心境究竟是明朗还是沉郁。

真的就要离开安祺了吗？这一刻，我突然对它恋恋不舍起来。我已经熟悉这所学校的每一个面孔、每一种声音、每一片区域。培智部、听说部、启明部……都是我经常穿梭的地方。平常盲童们决不会走出启明部，培智部的孩子也不可能窜到其他地带，整个学校除了老师，只有我一个学生可以往来其间。我不仅是老师的小助手，还是盲孩子的眼睛，聋孩子的耳朵，哑孩子的嘴巴。他们习惯了我的相助，我也习惯了他们的需要。离开安祺，我好像要离开的不是他们，而是这一年来与他们已经融为一体的我自己。

我也不舍这所学校的每一棵银杏树。

我多么喜欢从银杏树下走过的那些时刻。在我眼里，它们不只是树，还是知春报秋的钟表。它的每一片叶子都是时间嘀嗒嘀嗒走路的声音。当它绿凝枝头的时候是盛夏，当它全身灿烂辉煌得几近通透时，正是它众金摇落之际。而它片甲片羽不留的脉络独呈寒霜时，新的生机又积蓄在它从未停止过伸向更幽深处的根须。

迎风山上有很多树，没有一棵是银杏树。

走在校园里，我随手拾起路边的一片银杏叶。握着它的小柄，我把它在鼻子前轻轻扇着，就像它能散发出一股幽香似的。就在上个月，我们班的同学还用飘落的银杏叶，堆了四个大大的数字"2017"，现在2017刚刚开头，我却要离开了。

27. 波光

"又木,下午你们就要回到县上,再到村上了。你知道这一年,村上的变化有好大吗?"

小武打断了我的愁绪。

"嗯,"我想了想说,"路修好了。"

"当然。村上的路早就改建好了。现在村上的联户路也全部实现了硬化。"

"硬化?什么是硬化?"

"就是把路面平整好呀,铺上水泥。这下大家出门就方便了,下雨天也再不怕深一脚浅一脚地踩进大坑小凼。呃,我上次给你说过,没修你家的联户路,是因为你家要易地搬迁,集中安置。你知道吗?现在安置区的新房子也全都修好了。"

"新房子都修好了啊?"

"是啊,你问你爸爸吧,你们家的新房子钥匙都交给他了,亮亮家的新房子钥匙也交给他爸爸了。"

"嗯啦,嗯啦。"

我还没有问爸爸,爸爸迫不及待地说:

"你们回去,都可以住新家嘞。"

"真的啊!"

"那还有假!"

小武又摸出手机,有些得意地问:

"想不想看看你们的新家?"

"想!想!"我一下又激动得快跳了起来。

小武摁了摁手机,转而马上揣回衣服包里。

"还是你自己回去眼见为实吧。"

"我先看看,是什么样子嘛。"

我跳在小武面前,缠着他要看他手机里的图片。

"给你留点想象的空间。"

"不嘛,不嘛,我现在就想看。"

"现在看了,你回去就没有惊喜了。这样,我告诉你,你们家还有好多邻居哦。"

"邻居?"

"你们现在不再像以前孤零零的了,你们家所在的这个集中安置区一共有三十八户人。还配套了学校、卫生所、小超市……钟瘤子家,知道吗?他和你家就是邻居,附近还有刘万一家、费老实家、汪倒霉家、邹抿嘴家……原来住在山窝窝里的几乎都搬出来了,亮亮家是第四村小组的,他们家也在这个安置区。"

"瘫子家呢?"我突然问道。

"你还知道瘫子家啊?他家没有易地搬迁,因为他家的住房条件比较好,他们自己也不愿意搬,我们就把联户路给他家铺好了。对了,瘫子这半年也在成都,你知道吗?"

"瘫子在成都?不知道,他怎么会在成都?"

"他妹妹郑欣,在瘫子二十岁生日的时候送了一台电脑给他，还教他学会了使用电脑。后来，瘫子就在徐虎的帮助下，在网上做生态农产品销售，把他妈喂的鸡鸭鹅，收的鸡蛋鸭蛋鹅蛋还有柑橘红苕都放在网上卖，他能干哦，一个月要卖一两千块钱，他妈现在喂的鸡鸭鹅都比以前多多了。后来，我听郑欣说，瘫子又通过网络联系上了他十多年前的小学语文老师沙老师，沙老师家就在成都，她老公是一个研究院的核心成员，是个很厉害的专家，对瘫痪啊残疾啊很有办法，沙老师就让瘫子父母把他送到她老公的研究院了。今天我正打算看了你们之后就去看他，你要不要和我一起去？"

"要啊！我有一年多没见瘫子了。"

"那跟你爸爸说一声，你就跟我走吧。说个时间，看了瘫子我再把你送到东客站，和他们会合。"

爸爸说下午是三点半的动车回香台县。我们便约定三点在东客站见。就这样，爸爸带着弟弟、亮亮妈带着亮亮分别回宿舍和出租屋收拾东西，我就跟着小武出了校门。

在安祺待了整整一年，我这是第三次出校门。第一次是老师带部分同学去参观杜甫草堂，第二次是老师带部分同学去参观熊猫基地，这两次都有我，因为我出去不仅不用老师看护，还可以帮老师看护其他同学。但是，成都太大了，每次出校门，我的目光都像坠在了浩瀚的太空里。

小武带着我乘地铁、转地铁、坐城市快线……我们出了校门，很快就飞了起来一样。当我们从一座天桥走向地面时，一个烟波浩渺的巨大湖泊豁然呈现在眼前。高耸入云的楼厦映照在湖面，几只水鸟忽而掠过。淡蓝的湖，淡蓝的天，湖面和天空静默无语地凝视着对方。水天氤氲间，刚与柔相互成为彼此的身影。微风轻起，波光粼粼，它们的目光好似都揉成了一把把晶莹的碎粒。

"这是兴隆湖。"

小武见我看得出了神，伸手往前一指：

"瘫子就在湖边那幢圆弧形的楼房里。"

真的就要见到瘫子了吗？

我做梦也没想到，我们会在这样的地方相见。瘫子会认出我来吗？我的头发理得清清爽爽，脸也洗得干干净净，我不再像以前是个泥猴子脏狗儿。我规规整整穿着的是安祺的校服，脚上蹬的不再是他妹妹穿不得的那双粉红色的女童鞋，对，我还长高了，说话也完全清楚了，每天刷了的牙齿也白白净净……

瘫子一定想不到我会到这儿来看他吧，他的目光要是一下触到了我，会不会不敢相认？一年的时间已经把我变成了一个崭新的陈又木。

他呢？又在接受新的治疗？治疗痛苦吗？他还在吃那些花花绿绿的药吗？他还记得我吗？……

我的脑子忽然拥挤起来，无数个设想和问题，全搭上我思维的地铁，沉重得再不能疾驰如飞。

"郑欣，我已经到研究院的大门了，你们在哪儿？你能出来接我吗？"

小武在给瘫子的妹妹打电话。

挂了电话,小武就带着我径直朝那幢圆弧形的大楼走去。我边走边望着附近的高楼大厦,它们的外形都不是很规则,有的东弯西扭,有的凸来凹去,这些楼的身体好像都很柔软,风使劲一吹,还会顺着风势变形似的。

我们正要迈上圆弧大楼外的阶梯,锃亮的玻璃门内跑出一个穿着浅蓝色连衣裙的姑娘,这个姑娘应该就是瘫子的妹妹郑欣吧,她站在锃亮的玻璃门口,就像一小片交相辉映的蓝天和湖水。她对着我们,确切地说是对着小武扬了扬手。扬起手臂,她颀长的身体更显得轻盈。小武领着我三步并两步跨过阶梯,一口气冲到了她面前。这下,我才发现梳着一把马尾的她,秀丽的面庞和瘫子英俊的面庞简直太相像了。只不过,她的脸颊更光洁而红润,在这张光洁而红润的脸颊上,我看到了瘫子黑镜子般亮泽的双眸。

"这个娃儿是哪个啊?"

"噢,他叫陈又木,村上陈贵群陈大哥家的儿子。他在成都读书,认识你哥哥,我就把他带来了。"

"喔,他家不是两个儿子吗?"郑欣看着我,"你是老几啊?我们同村的哦,喊我姐姐。"

说完之后,郑欣的脸忽然红了一层。她一下意识到自己犯了错误似的,抱歉地看向小武:

"我忘了他们好像不会说话。"

"这是老大,他在成都早就学会说话了。又木,来,喊她一声姐姐给她听。"

"姐姐。"

我大大地喊了她一声,自己的脸也红了一层。

"喔,真会说话了?嘻嘻,走吧。"

这片蓝天和湖水一转身,我们就跟着她飘进了大楼。

穿过大厅,乘电梯到 19 楼,郑欣领我们朝一个铺了绿格地毯的过道走去,又经过几道玻璃门。大楼很静,我们到了这儿才听见里面有人在轻声说话。

"到了。"

郑欣推开一扇半掩的房门,对面落地窗边站着好几个人。我一下看到了瘫子的爸爸和妈妈。瘫子呢?怎么不见他?

"小武书记,"瘫子父母招呼着小武,"这是孙教授,这是孙教授的夫人沙老师。"

"哦,谢谢你们!"

小武赶忙上前握住身穿白大褂的孙教授的手,又给沙老师深深鞠了一个躬。

"沙老师,您是郑华的大恩师啊!"

这位戴着银边眼镜的温婉女人就是瘫子十多年前的语文老师?她扶了扶小武,示意他不要拘礼。

这是我老师的老师啊,我不由得有些怯缩地望着她。只见她在一举手一投足间都蕴含着甚至抑制着一股暗涌的情绪和力量。

沙老师看到了我。我十分腼腆地叫了声:
"老师好。"
"这是陈又木,他也是苕花村的孩子。"
小武对沙老师说着。
"好。很高兴你们能来。"
沙老师轻轻应道,怕吵醒了谁似的。
一个穿白大褂的年轻人从房间的另一扇门走出来,对孙教授说道:"可以了。"
"那,"孙教授看了看大家,"我们一起进去吧!"
想必瘫子就在那扇门里面,他们都随孙教授相继走了进去。我跟在最后,心扑通扑通地弹跳得要蹦出脑瓜盖了。
我刚走进房间,啪啪啪啪,里面就响起了一片激越的掌声。瘫子在哪儿?我还在寻找他。
这个宽敞明亮的房间里不见轮椅也不见病床,绿格地毯上只有一小圈人造跑道、一个小缓坡和几级阶梯。旁边,又站了几个白大褂,他们围护着一个双手拄着拐杖、下肢套着什么金属器械的人,这个人个子高高的,顶了一头黑亮的浓发。虽然只看到他面部的侧影,但是那轮廓分明的鼻梁、双唇却为我似曾相识。
"太好了,你配合得非常到位!"
孙教授抑制不住兴奋地赞赏道,那个高高的人一下转过脸来,天啦!这个站立起的一脸晶莹的细汗与沉潜的微笑交织在一起的人就是瘫子!

瘫子居然站起来了？

　　我不敢相信自己的眼睛，这是真的吗？

　　他这么高，高得我要仰望他。他真的是瘫子吗？他那短短小小的腿呢？他怎么像半个机器人？一年不见，曾经半截人的他怎么一下变成了一棵直冲云霄的大树、一幢拔地而起的楼宇？他的变幻奇诡得让我茫然无措。

　　我瞬间跌进了惊讶的深渊。

　　我的眼睛瞪得老大，大得可以包含住整个兴隆湖。眼前这个一半是人一半是机器的他真的是那个在迎风山的院坝里待了十年的瘫子吗？他真的是那个仰望着我教我说话、数数、认字、背"一去二三里，烟村四五家"的瘫子吗？这个我无比熟悉的人怎么陌生得就像我从来没见过？

　　"郑华，来，试着往前面走几步。"

　　孙教授鼓励着瘫子，像鼓励着一个蹒跚学步的幼儿。瘫子摁了摁握在手的拐杖上的按钮，一只"大腿"带动"膝盖"，"膝盖"带动"小腿"，"小腿"带动"踝"，"踝"带动"脚板"，他的这只"脚板"慢慢提起来，"膝盖"又牵引着"脚板"缓缓朝前迈，待这只"脚板"轻轻着了地，另一只"脚板"又慢慢提起来……

　　"郑华可以走路了！"

　　一片更激动的掌声又啪啪响起。此时此刻，不仅是我，在场的每个人的双眼都包含着粼粼波光。

　　一步，两步……

眼前这个全新的人正向大家走来。他咬着下唇,一一看向身边的人,似乎在用他稳稳的步伐向众人致以最诚挚的敬意。孙教授,沙老师,白大褂,他爸爸,他妈妈,郑欣,小武,还有些我不认识的人,一一都在他眼里晶莹闪烁。

三步,四步,五步,六步……他看到了站在最外围的我。

"又木,你怎么会在这儿?"

他又摁了一下拐杖上的按钮,脚步徐徐停下。待双脚立稳,他惊奇地看着我,张开的嘴巴露着下唇上的齿印,就像我在他眼中也奇诡陌生得不可思议。

所有人的目光都集中在了我们两人身上。我望着这个从前只能抬头仰望我,而今却俯首凝视着我的人,一句话也说不出来。

我不是完全会说话了吗?我不是可以清清楚楚说明白每一个字了吗?可是这一刻,我的嘴巴、舌头,又被什么死死钳住了。

"又木。"

他又叫了我一声。

"哇——"

我再也抑制不住从心底奔至眼眶的泪水,随着这一道突然爆发的哭声,我整个人就像坏了的水龙头一样,只能任哗哗哗哗的水流从体内毫无阻挡地冲泄而出。我的哭声像落差万丈的瀑布的跌落声一样,从高在云端的峭壁粉身碎骨地摔在地面上,远远近近,都是我飞溅的泪花。

"又木，怎么了？怎么哭成这样？"

小武把我拉在他跟前，一只手抚摸着我的头，一只手在自己身上翻找着可以帮我擦眼泪的东西。

"又木，来。"

郑欣递了一包面巾纸给过来，小武抽出一张，一边给我擦眼泪一边对众人解释：

"他可能是太激动了。"

小武把我的眼泪擦了又擦，他躬着腰问我：

"嘿，又木，你是不是以为见到钢铁侠了啊？"

"娃儿，"瘫子妈走过来，一把把我拉进她怀里，"这个娃儿，再苦再难再老火，从来莫有这样哭过。我晓得他是太高兴嘞。是不是，娃儿？你看到郑华站起来嘞，能走路嘞，你都高兴得哭啷啦……"

瘫子妈说着也哽咽了。我把头埋在她怀里，哭得更酣畅淋漓。泪水一遍遍挡住我的视线，我好像不敢把眼前那个熟悉得无比陌生，又陌生得无比熟悉的人再多看一眼。

28. 郑华

"是该激动、高兴啊！"相比最初的冷静和镇定，孙教授这会儿忽然神采飞扬。

"我们的外骨骼机器人又有了新的突破！郑华现在穿戴测试的这个版本的外骨骼机器人，比我们之前研发的所有版本更先进。所谓'先进',就是更通'人性'。这款柔性驱动的外骨骼机器人最大的'魔力'在于将人类的'智力'和智能机电系统的'体力'更精准地结合,更有效地根据人的行为意图来控制机器人系统,实现助行功能。

"我们根据郑华上身和手臂的长度,测算出正常情况下,他的身高应该在一米七七到一米七九。穿上这款专门为他量身定制的外骨骼机器人,他的身高是一米七八。你们看,站起来的他是多标致、多帅气的一个小伙子!

"郑华和我们的科研人员配合得很好,人体与外骨骼机器人相互磨合、彼此感应,需要严格而反复的训练,郑华是所有测试人员里面最给力的。他根据自己穿戴、运用的临床测试的实际情况,给我们提出了一些非常有参考价值的意见和建议,我们对下一步外骨骼机器人科技研究产业化推广和转化充满信心。我们相信:技术服务社会,科技能让更多的残疾人站立起来,他们的站立,不仅是身体的站立,更是心理上的站立、精神上的站立!"

孙教授说到这儿,语气更有些慷慨激昂。

"经过六年的基础研发和核心技术攻关,我们的科研团队完成了从原型样机到工程样机的七十二次更新,队员们都说是孙悟空七十二变啊。目前,在智能人机互换技术和自适应步态规划技术方面,我们也有最新的成果。可以自豪地说,继美国、日本、以色列之后,我国在外骨骼机器人的研究领域已经跻身世界先进行列……"

"郑华，你已经和高科技融为一体了。"

小武上前，又和瘫子击了一下掌，身高、体格相差无几的他们把手拉在一起，第一次显示出一种相当的分量和力度。

"我都不知道该怎么感谢孙教授和他的科研团队，还有沙老师。"瘫子把双唇更紧地抿在了一起，似乎把很多话都截留在了嘴边。

"郑华，"沙老师走过来，用纸巾擦了擦他脸上晶莹的汗粒，温存地说道，"你最应该感谢的人是你自己。"

沙老师扶了扶自己的眼镜框，看向大家：

"你们也许不知道，郑华从小就有一股韧劲儿。十多年前，我是他的语文老师，我教过他三年，他纯善、聪慧，是我最喜欢的学生。一次医疗事故，让他的人生发生了巨大转折，他再也不能站起来，再也不能到学校来上课。老天就像要存心把这么可爱的一个孩子摁倒在地上，面对残酷的现实，我内心也很难受，我想千万不能让郑华在心理上也瘫倒在地。从那时起，我就每周坚持上门去给他补课，我还给郑华说，我会把小学的课程全部给他教完。但是更让我内心难受的是，没多久我就接到县教育局的调令，要到县城去教书而没法再给他补课了。当时为了自己的家庭和生活，我没能履行自己的承诺，我和郑华这一别就是十多年。这十多年，我们彼此没有任何音讯。去年，他和徐虎，徐虎是他的同班同学，也是我当年的学生，他们通过网络忽然找到了我，后来我才得知郑华的大致状况。正好那一阵，我有个到香台县出差的机会，我就给徐虎打电话,徐虎就把我带到了郑华家。

"那次见面最让我感慨的是,郑华拿出当年我临走时送给他的《唐诗三百首》,他说,沙老师,你走的时候给我布置的作业是要自学并熟背这本《唐诗三百首》。你还说有一天,你会回来检查我的作业。这十年,我已经完成了这道作业,今天,你就来检查一下我的这道作业吧……

"说真的,十年来,我已经忘了这件事。郑华这一说,我才想起自己当年确实给他留了这么一道作业,我的初衷是让他不要放弃学习,因为那时,郑华才上小学三年级,还没满九岁,如果那时就放弃学习,他这一生很可能就与很多很多东西无缘了。

"那天,我接过郑华递给我的《唐诗三百首》,这本书已经被他翻得很旧了,封面都起毛了,但依然是完好的。我随手一翻,翻到李白的《行路难》,我说,郑华,你就把《行路难·其一》背给老师并讲给老师听吧。

金樽清酒斗十千,玉盘珍羞直万钱。
停杯投箸不能食,拔剑四顾心茫然。
……

"他背得真好啊,但他讲得更好。特别是最后两句:

行路难!行路难!多歧路,今安在?

长风破浪会有时,直挂云帆济沧海。

"他说诗人李白感叹人世间前行的路多么艰难,面对眼前错综复杂的人生道路,不知怎样选择。但在千难万阻面前,诗人没有沮丧、沉沦,而是豪迈地显出一种气概,决定要乘长风去破万里浪,扬帆沧海,勇往直前。

"我握着这本被郑华翻开又合拢过无数次的《唐诗三百首》,心里真不知是庆幸还是愧疚。庆幸的是,当年临走时给他留下了这本中国古典诗歌入门的经典文本,愧疚的是除了一些小学教材,我当时没有其他的东西留给他。现在看来,凭他的自学能力,他完全可以吸收更多的知识。但我心里非常清楚的是,作为老师,我没有为他全力尽到一个老师的职责,作为学生,他却又一次出色地完成了一道并不容易坚持做完、做好的作业。郑华的这股坚韧的踏实劲儿,再次感动了我。正好,我先生所在的科研团队正为他们近年来研发的外骨骼机器人,在物色身残志坚的穿戴测试员,我就自告奋勇地对给他们推荐了郑华……"

讲到这儿,沙老师激动的声音停了下来。她又把目光看向郑华:

"事实证明,郑华,你真的做得很好。郑华,老师看到你站起来、走起来了,真的高兴啊。行路难,是摆在我们每一个人面前的人生难题。多歧路,也是我们每一个人必须面对的艰难抉择。但是,郑华,你终于迎来了自己直挂云帆济沧海的时候！"

房间里不知什么时候涌来了更多的人，他们有的扛着摄像机，有的举着照相机，正对着孙教授、瘫子、沙老师……

"孙教授，我是《天府周刊》的记者，我们了解到你们对外骨骼机器人的机械设计、电动设计、软件等均是从零开始完全自主研发，你们的最新研究成果刚被国际机器人领域的顶级会议 ICRA 接收。我们想请您谈谈你们团队'让科技服务社会'理念的最初构想和未来前景……"

"沙老师，我们是《巴蜀大地》的记者，你们夫妇和郑华的故事深深感染了我们，我们想邀请你们针对人生考题'行路难''多歧路'做一个深度专访……"

"我是《西南科技》……"

"我是《锦瑟年华》……"

"我是《四川青年》……"

记者们很快把孙教授、郑华、沙老师围住。

"对不起，请先让郑华休整一下，他还不能久站。"

在两个白大褂的护引下，瘫子慢慢转过身，准备回到房屋的里间。

"小武，谢谢你把又木带来，我有一年时间没见他了。"

瘫子在启步前侧头对小武说。

"你们两个是老朋友啊？"

"是啊，老朋友。"

瘫子回答道，随即问我：

"你说呢，又木？"

瘫子澄若兴隆湖的眼眸又像从前一样，认真地看向我。他的目光不再是由下往上，而是由上往下。这一次，我终于清楚地对他说道：

"是的，郑华。"

这四个字冲口一出，我才发现，我对他喊的不再是"瘫子"，而是"郑华"。

"又木，你完全会说话了？！"

郑华的双眼一下掀起了波澜。

29. 吕小武

小武把我送到东客站时，爸爸、弟弟和亮亮母子早已等待在大厅。我们刚碰面，亮亮妈就心有余悸地说他们刚才差点把弟弟弄丢了。

"怎么回事呢？"

"又林的书包不见嘞。陈大哥说里面有又林画的画，有又林的画，那好重要喔，我们两个就分头去找这个书包，走的时候让又林挨着亮亮不要乱跑乱动。结果，陈大哥和我分头跑到同一个地方，就是广场外我们吃饭的小店，又林的书包倒是找到嘞，回来一看，又林不在嘟啦！问亮亮，他说这儿太吵，他没有听到又林走动的声音。这下，我们又分头去找又林，结果还是陈大哥聪明，在一大块红色广告牌下找着又林嘞。"

"幸好有惊无险啊！你们两个路上要把三个娃儿照看好哦。"我们要进站了，小武边挥手边对爸爸和亮亮妈说。

"不用担心，有我在。"

我踮起脚尖，回头对被人群隔得越来越远的小武大声说。

太阳要落山的时候，我们终于回到了苕花村。

夕阳给山坡、田舍、树木、池塘……披上了一件熠熠生辉的盛装，它们好像知道我们要在这时回到故乡，都在宁静的等待中装扮着自己的容颜、整理着自己的心绪。风是金色的，鸟儿的叫声是金色的，斜日中佝偻着身子站在门槛外的妈妈也是金色的。

我还没有看到妈妈，但我似乎早已看到她凌乱的头发、寒凉的眼神在落日映照下的寂寥的辉芒。她在等我们回家吗？

"莫往山上看，看这里——"

领着我们一路走来的爸爸指了指离村委会不远的连成片的房屋群。

"看这儿呢，又木、又林，这才是我们的屋！亮亮，你听出来莫有？走在这条路上的声音和以前走在黄泥埂上的声音是不是不一样喔？"

"嗯。是不一样。"

"亮亮，你放心走，这条路，包括村里的其他路全都顺顺溜溜，莫得坑坑凼凼嘞！"

"嗯。"

前面那一片排列得齐整整的灰瓦白墙的房屋都是新崭崭的模样，深灰色的墙裙和浅灰色的屋顶呼应着，暗红的涂料勾勒着屋檐、画梁、窗框，看上去这些房子都俊眉俊眼。纵横的水泥路间隔着它们，又连贯着它们，各家各户屋前统一样式、高矮的篱笆围起的菜畦，小花园似的栽种着一些时蔬。

"看，这些路灯，用的全是太阳能。看，这些垃圾桶，还是分类的，可回收和不可回收的垃圾要分开。看，那边场坝里还有健身器材。喔，前边墙上还有告示栏，在这儿，是不能乱涂乱画的……"

爸爸一处一处指点着我们，我们好像是来参观的人，心底啧啧艳羡着。

"亮亮，那幢一楼一底的小楼房就是你屋，你们快拢屋嘞。"

"陈大哥，那我和亮亮先回屋嘞，你们得空过来耍嘛。"

"嗯啦，嗯啦。"

亮亮随着他妈妈就要拐进一条水泥道了，他轻轻举起手对我和弟弟说："又木，又林，再见。"

"再见，亮亮。"

我目送着他们母子走向那幢一楼一底的小楼，直到他们推开半掩的铁门走了进去，我才突然回过神来。这里真是他们的家啊？他们当真就住在这里了吗？

"我们的家呢？"

看着眼前这一片渐次掌灯的新居,我再也按捺不住地问爸爸。

"走嘛,快到嘞。"

我的心又咚咚咚咚敲起来,好像这会儿踏上的不是回家的路,而是一条通往神秘王国的路,前方保不准会遇见一群跳舞的精灵或者一匹长着翅膀的马。

"到哩啦。"

刚走过那块告示牌,爸爸就领着我们朝一幢门没有闭紧的平房走去,他推开门,屋里传来电视的声音,我和弟弟跟着走了进去。

墙上挂的小电视开着,屏幕的光映着它面前的一张大圆桌和圆桌后面的一排长椅子。妈妈呢?我的眼睛在屋里搜索着。靠窗的角落里,一个人正缩在以前弟弟总是抱在怀里的那张红色小板凳上,望着雪白的天花板。妈妈!我的目光刚触到她,一下又收了回来。她好像没有变,还是穿着那件过于宽大的红色的外衣。和从前不一样的是,她头顶的雪白的天花板好像是我们离开她之后的日日夜夜,在她无尽的凝望中,我们终于回来了。

弟弟不知是朝红色小板凳还是朝妈妈走去,他们的手又牵在了一起。我看着这个干净、新鲜得像一朵刚绽开的白梅花似的家,不忍再往前多走一步。

"看,有三个睡房,你和又林可以一人住一个。看,这儿是灶房。看,这儿还有卫生间,你们不用跑到山上去尿嘞……"

爸爸又一一指点着，只不过跟在他身后的只有我一人。围着屋子转了一圈，我这才看清每间睡房都有一张床，被子床单全是鲜鲜艳艳的，每个窗口前都挂着帘子，帘子也透着花花朵朵。再看一进门的这间屋，小小的壁挂电视，乖巧地贴在墙上。电视里的所有人对这个新家没有任何生分，不管妈妈和弟弟看不看、听不听，他们都不停地说着天南地北的事。

"哪儿来的电视啊？"

我一下想起这个巨大的问题。

"搬进来就有，"爸爸说，"村上给我们配的，搬来就安好了，按下遥控板就可以看电视。"

放下行李，站在电视机前，我好像面对的是一个纷繁的窗口，我拿起遥控板想摁出少儿频道，不知还能不能看到《猫和老鼠》。想起《猫和老鼠》，我一下又想起以前和瘫子，不，是和郑华在一起的欢欣时刻。

这一想，我突然觉得自己此刻更急于看到的并不是那部让人开怀大笑的动画片，而是——

推开房门，我站在水泥梯坎上，只见这一片新居对面的群峰越是淡如云烟越是遥向天际。层层叠叠的山峦波涛一样此起彼伏，暮色中，矗立在最前面的迎风山黛意最浓，它渐渐由深绿变成墨蓝，由墨蓝变成黢黑，身后的大山以轻灵缥缈衬托着它的苍朴，在它深深的皱褶处，我们曾经的家因为少了灯光的提示，仿佛荡然无存。我们曾经的家啊，好像是从我们柔软的身上剥落的一个沧桑的外壳，它的晦暗、阴冷、破朽、肮脏……都溶解在了整座迎风山的苍朴中。

郑华的家在迎风山对面，他妈妈平日一定在家中侍弄着鸡、鸭、鹅、猪儿、狗儿，他家的柑橘林是不是又挂起了满树的小灯笼？它们又被摘入筐，躺进篓，分装进纸箱，只待郑华用电脑鼠标轻轻一击，就欢腾地奔赴村外的世界，开始它们这一生海阔天空的游历？

迎风山上还有哪些人家呢？小武说这片新房子中，钟正轩他们家是我家的邻居，但我还不确定他家究竟住在哪一处，我家新房子前后左右都有邻居。

迎风山上，汪倒霉的家搬了，刘万一的家搬了，李大锤、李二锤的家也搬了……那个穷窝窝的住家户都搬走了，山上还有人吗？

一对慈眉笑眼的面庞忽然跃入我脑海，土地爷爷，土地奶奶，他们还在迎风山上啊，他们还守着那座风中的山。

有庙无僧风扫地，
香多烛少月点灯。

我隐约还记得钟正轩念出的他们小庙前的这副联子。
月亮升起来，天色暗下去。
围着这片新居，我独自走了一圈。平坦、整洁的水泥地面上，每座房屋在各自的独立中不觉孤零，所有房屋在整体的联系中不失静宜。路灯安详地看护着这片新生的群落,房前屋后的树木还没有长高长大,它们就像我的梦一样,还在夜的深处抽枝吐蕊。

这一夜,我仿佛睡在一只漂浮的小船上,河水带着小船和我顺流而下,我们淌过迎风山,淌过兴隆湖,淌过那些腰肢柔软的高楼大厦,淌过启明部、培智部,淌过舞台,淌过银杏树,淌过绿格地毯,淌过玻璃门,淌过顺溜溜的水泥路……

睁开眼睛的时候,我不知自己漂流到了哪里。躺在红红绿绿的花被子下,我极力想着眼前是何处。阳光把窗帘上的花花朵朵照亮了,我拉开它们,这才看见玻璃窗外有一群人,正围着旁边告示栏上贴着的纸张指指点点。我推开窗子,他们七嘴八舌的声音一下飘了进来。

"这个文件上表彰的优秀第一书记,咋个莫得我们苕花村的小武书记啊?"

"双喜村的第一书记罗正君,白塔村的第一书记向守庆都在上头。"

"你是不是看走眼了喔,咋个会莫得我们小武书记嘛!小武书记都不优秀,哪个优秀?"

"你们来看,你们来看,我都从头到尾看咘三遍嘞,还是莫有找到吕小武这三个字。"

"我来看,我就不信莫得小武书记。总是你眼睛打麻糊嘞。你这双眼睛,要是长在狗脑壳上啊,屎都找不到吃!"

"你来看,你龟儿认得来字不?"

"听黄支书说,这只是乡上表彰,还要报到县上,如果在县上也表彰嘞,就要报到省上,如果省上再表彰嘞,就要报到中央,到时候受表彰的第一书记就要到北京去领奖!"

"那小武书记就可以去天安门啰,还可以去看升国旗仪式!"

"肯定还要到处去宣讲他们扶贫的先进事迹嘞。"

"但是小武书记每次开会的时候都不咋个会说啊,人多嘞,他说话就要脸红,还要打结巴。"

"懂个屁,人家那是螺丝有肉在肚皮头。"

"听说受啩表彰,他们回到原单位还要受重用喔!"

"最好提拔一下我们小武书记,让他当个县长。"

"县长不一定,当个副县长啥子的完全可能喔。"

"那小武书记找对象就更难啩啦。"

"当嘞官儿还不好找啊。"

"不是这个说法。你们想,小武书记本身就能干,脾气又好,长得又帅,如果再当个官儿,哪个妹娃配得上他嘛!我说的是老实话。"

"咦,咋个当真莫得小武书记嘞?"

"是莫得,我也挨着挨着一个字一个字地看几遍嘞,就是莫得。"

"不会喔,是不是弄错啩啦!"

"哎哟,小武书记是不是被人告嘞!有个背时货因为村上把他的身份证号填错没领到小额贷款，一直把气归在小武书记身上。每次要测评考核第一书记，他都要使怪。小武书记肯定是亏在这上头嘞！"

"这件事，我晓得。这件事在村上本来是岳主任在办，小武书记来嘞，岳主任就交给他来办。那个背时货说话本来就瓮声瓮气，说个七也像一，说个一也像七，小武书记才来，人都认不到，哪儿听得明嘛，可能是没把背时货说的一和七分清楚，报上去，上面发现身份证号不对，贷款就没有办下来。那个背时货后来有事无事，就是要弯酸小武书记。"

"当真是做的活路越多，背的过就越多！但是这个过也不能完全背在小武书记身上啊，那个背时货现在说话我都听不明。"

"还有，去年冬天有两个二百五，跑到乡上高速公路路口偷嘞几包化雪用的工业盐回来，想卖给馆子灌香肠、腌腊肉，结果硬是被小武书记把那几包工业盐收走嘞。那两个二百五心头也不安逸得很。他们说村上修路丢嘞水泥找不回来，倒把他们捡回来的盐巴收啷啦。"

"那些盐巴咋能吃嘛？那是工业盐，吃啷要致癌致残嘞！小武书记费好多口舌，才把那几包工业盐收走。"

"小武书记经常是费力不讨好啊！"

"还有，有些莫有享受到易地搬迁、集中安置的，心头也不舒服，他们肯定也把气归在小武书记身上嘞。"

"这样真的莫得意思嘞。人家从省城来村上，帮我们做这么多事，修路、修房、修扶贫车间、搞产业发展……皮都掉咽几层，到头来还没得到一个好。"

"我看这两张纸在这儿贴出来说是'公示'，不就是要征求我们的意见？干脆我们就去反映一下，请他们把小武书记的名字加上去。"

"对，把小武书记的名字加上去！"

"他们要是不加，我们来加！找杆笔来，直接把小武书记的名字添上去！"

"这个怕不行喔，'公示'是问大家对纸上这些名单上的人有意见不，有意见的可以提，不能补。"

"那咋办？未必小武书记这两年就白干嘞？"

"唉，他岂止是白干，还倒贴！他每个月都把给他的补助全部拿来帮这家帮那家嘞。"

……

他们越说，我的心越凉。我想自己在安祺，仅仅只是帮老师同学做了一些小事，学校都把我评为"优秀学生"，而小武在村上做了这么多事，帮助了那么多人，包括我、弟弟、邓亮亮、郑华，为什么他还不是优秀？我不相信名单上没有他。等七嘴八舌的这一群人好不容易散了，我跑到公示栏面前，自己在那两张纸上找着"吕小武"这三个字。

"吕"和"小"我都会认会写，我相信找到"吕"和"小"就能找到"吕小武"了。我认真找了两遍没有找到。我又找了一遍，当我的目光挪到最后一个名字上时，我的心顷刻在这个夏天的清晨凉得像冰水里的一块铁。小武真的没有被评为优秀？乡上的优秀都没有他，县上、省上的优秀肯定也没有他了，他去不了北京，看不到天安门，也看不到升旗仪式了。我的心从来没有这样难过过，我不知道该怎么办。我再次盯着公示栏上贴的这两张纸，眼泪吧嗒吧嗒地落了下来。

这两天，住在新家，看着电视，时不时和爸爸去串串门，我的心情都好不起来。这和以前多么不一样啊，以前住在迎风山上那么破败的屋子里，外面下着大雨，灶房里下着小雨，雨水煮在锅里，我都没有这样忧戚过。

30. 繁星

一场绵绵雨，嘤嘤嘤地啜泣着，好像天空也有满腹心酸。窗檐下滴滴答答的雨声把我从午睡中敲醒，我睁开眼，只见新家对面的迎风山在蒙蒙细雨中更加青幽。

"噗——"

爸爸骑着摩托车回来了，他还没进门就对着窗户朝我说："小武昨天回来嘞。"

"啊？"

我一下来了精神。

"他马上要走嘞，你去不去送下他？"

"咋个才回来就要走？他要去哪儿？"

"回成都。他在这儿干满两年，现在要回去嘞。"

"他还回来不？"

"肯定不嘞，他们说他的东西都收走咻啦。"

"他现在哪儿？"

"村委会的二楼上，他平常一直住在那儿。"

往下，我再顾不着问什么，推开门，直接就朝村委会跑去。绵绵细雨扑在我脸上，让刚刚午睡过后的我越跑越清醒。就要看到小武了，我的脚板翻得更欢快了。

刚进村委会的坝子，我一眼看见侧面那幢房子的二楼上挤满了人。钟瘤子、李二锤、亮亮妈、郑华妈……更多的人我不认识，他们都围在一个房间的门口。

我几步跨上台阶，冲上楼道，只见郑华妈一只手提着一大盒鸡蛋，一只手抱着一条小黑狗，这条小黑狗，全身乌溜溜的，它是大黑的孩子吗？郑华妈抱着它干吗？我愣了愣，她脚边伏着的两只麻鸭不耐烦地"嘎嘎嘎"叫了起来。前面还有人抱着大白鹅，大白鹅"刚刚刚"地应着麻鸭。李二锤两只手提着几串篾条串着的柿饼，他旁边的人提着两串铁丝串着的干麻雀，还有人握着一卷报纸包的东西……他们都堵在门口，门关着，小武呢？

又有人冲上楼来，是徐虎，他看着手里都拿着东西的众人，不知是扫兴还是泄气地说：

"都回去吧，小武书记已经走嘞。"

"走嘞？咋就走嘞？"

"我们都还莫有跟他道个别，就走嘞？"

"下雨天，留客天。天都要留他，他咋就走嘞。"

……

"回去吧，你们的心意，他一定会感受到。但是这些东西，他要是还莫有走也不会收，你们晓得他就是这样的人。都回去吧，回去吧。"

"我们把这些东西放他屋里。"

"屋都腾空嘞，他回成都上班嘞，不回咱村嘞。"

"那我们把这些东西送到成都去！"

"是啊，我们也反过来走下亲戚，不能总是城里的亲戚带着东西来看我们，我们也要带着东西到城头看他们。"

"叔，婶，你们的心意，小武肯定都会领。但这些东西，真的请你们带回去。这些鸡啊鸭啊鹅啊还有狗啊，是不能带上动车和地铁的。婶，你抱着这么小的狗干吗啊？"

徐虎突然问郑华妈。

"说来都不好意思，你们晓得的，小武书记才来村上的时候，我家那条挨刀的大黑下口咬哗他，害得小武书记说他后来看到四条腿的板凳都怕，现在大黑下了三条小狗儿，数这条第一乖第一帅，我屋欣妹给它取个名字叫小帅，欣妹说把小帅送给小武，让它从小跟着他长大，这样他就不怕狗嘞。"

"婶，你们想得下细喔，但是狗也带不上动车和地铁的，还是你们帮他养着算嘞。"

"我们养着，那小帅长大，还不是认不到他，还不是要咬他啊。"

"那咋办?"

"我们这些吃的东西带得进城。"

"叔,婶,你们这些东西,就算带进城,也怕小武不收啊。"

"他要是不收,那以后那些亲戚再给我们送东西来,我们也不收嘞。"

"嗯啦,嗯啦。"

"呃,我有办法,"郑华妈突然大声说,"徐虎,你只给我们一个小武书记的地址就行嘞,我们就像做电商在网上发货一样,直接把东西给他寄过去!"

"对对对,这个办法好!"

"我还有一个办法,"亮亮妈说话了,"开学前,我和亮亮要回成都,到时候,我还可以去找小武书记,你们有什么是我能够带走的,交给我,我可以帮你们带给他。"

"这个,这个,肯定你可以带。"那个握着一卷报纸的人一下揭开他手中的报纸,大声说:"这是我要八十岁的老母亲给他纳的两双鞋垫,纳哒半年才纳完,这个总可以带走吧?"

"城头的人不兴穿鞋垫嘞。"

"黄支书说城头现在最讲究的不就是手缝布儿?这两双鞋垫一针一线全手工,我老母亲要八十了,别人向她讨,还讨不到嘞。"

"可以,可以,这个好!老人家的眼睛好亮事喔,针脚好密扎喔!"

"好，好，这个好！"

亮亮妈收下鞋垫，边用报纸卷回去边问大家："还有要我带的不？"

"有，有！"钟瘤子扬了一下手，另一只手突然朝他怀里瑟瑟地摸去，"这个，这个请你帮我们带给小武书记，虽然只是一张复印的纸，但它也是我屋的宝。"

"喔，这个是钟正轩的大学录取通知书！"

"这个好，这个好！这个小武书记见啤肯定好高兴。"

"小武书记帮我屋钟正轩申请到春风助学金嘞，我屋钟正轩后来每天中午在学校就可以不只是啃一个干馒头，他可以吃上一份炒肉嘞，那娃儿说，要是没得这份炒肉，他也考不上大学。"

"是啊，钟正轩是我们村的第一个大学生！"

"他考起的是蜀东医学院，那娃儿就想学医，他说我屋还有我们村得病的人太多嘞，他想以后出来要给大家治病。"

"这个娃儿好醒事喔！小武书记见啤他的录取通知书肯定第一高兴！"

……

绵绵雨还在絮絮叨叨地扬着，大家还在展示带给小武的东西。尽管小武已经走了，但大家铁了心地要把自己带来的东西转在他手中。我什么东西也没有给他的，不知这密密如丝的雨，是让他走得太急，还是让我跑得太匆忙。

八月底，亮亮妈带着亮亮，爸爸带着弟弟就要去成都了。三十号这天晚上，爸爸带我来到亮亮家，对亮亮妈说：

"他婶，明天我把又林送到学校就要赶回来，肯定是见不着小武书记嘞。你留在成都，总有机会见他。"

"这个，"爸爸拿出一张对折的纸，"我家莫得啥子拿得出手的东西，我想来想去，能够带给小武书记的，只有又林画的画。我看他这张画画的好像是一座山，劳烦你带给小武书记，请他像又林他们学校一样，用个木框框把画框起来，就可以挂墙上嘞。"

爸爸说着，打开这张对折的纸。我凑过去一看，这不是迎风山吗？天啦，我的弟弟陈又林，他真的画的就是迎风山。单看迎风山也许和其他山没有太大的差别，但它身后有两层越来越退后的山峦。有了它们作背景，迎风山一下就衬托出来了。在这张被红色铺排得深浅不一的画面上，我看到红得最深沉、最醒目的是前面的迎风山，山上有电线塔、电线杆，若隐若现的电线连接着它们，山脚有小河泛着波光似的水泥路，一轮圆日斜照着，风儿掠过小鸟展开的羽翅。

这张画送给小武真是再好不过了。无论把它挂在哪儿，一定能引起他的很多回忆和遐想。但我不确定小武是否能看出弟弟画的就是迎风山，爸爸和亮亮妈显然没有看出来，他们以为弟弟画的就是一座在哪儿都可以见到的寻寻常常的山。

"陈大哥，又林，你们看，我屋也有一样东西带给小武书记。"

亮亮妈说着，从亮亮书包里取出一块有许多凸起的小钉子凿痕似的厚纸板。

"这是亮亮这个假期写的盲文作文《我的舅舅》。陪亮亮学那么久的盲文，我都会翻译嘞。我翻译给你们听。"

我的舅舅吕小武，和妈妈一个姓，他不是妈妈的亲弟弟。

我从来没见过小武舅舅的样子，但我老远就能听出他的声音。他的声音不像妈妈的声音那么尖，也不像老师的声音那么轻，他的声音带着笑。

他夸我懂事，其实我并不懂事。上学期，我打了妈妈。打了妈妈之后，我很后悔，也很害怕。我怕妈妈不理我了，我怕学校把我开除。

小武舅舅知道后，从来没有给我提过这件事，就像这件可怕的事没有发生过一样。他在网上给我买了音乐课，让妈妈用手机放给我听。这些音乐课，让我听到了很多很多美妙的声音，我的心一天比一天变得宽敞并安静起来……

看着厚纸板上这些凸起的小圆点，我只觉得神奇的它们就像满天繁星，借助它们，亮亮也可以倾诉自己的心声了。

我有什么可以带给小武呢？

也许我和小武很难甚至永远也不会再见上一面了。想到这儿，我又埋下头来。我伸在衣服包里的手触着两样东西，它俩是我随时都随身带着的宝贝。一样是我这辈子得到的第一支笔，一样是安祺奖给我的塑料封壳的小笔记本。以前，那支笔孤零零躺在我的衣兜里，后来有了小笔记本，它们好朋友似的形影不离。笔有时想说话了，小本子就耐心听着。小本子有时想翻翻身活动活动筋骨了，笔就一个字一个字地给它抓耳挠腮。但是，现在却是它们应该分别的时候了。

"婶，把这个带给小武吧。"

我一下掏出小笔记本，递给了亮亮妈。

"这是什么？"

亮亮妈打开小本子的第一页，她和爸爸都看到上面写着：

"奖给优秀学生陈又木。二〇一七年六月一日。"

日期上还盖着一个鲜红的印章：

成都市安祺特殊教育学校。

"又木，这是学校给你的奖品，你把它拿来送给小武，是吗？"

我不作声，又像从前不会说话那样，愣愣地点了点头。

31. 蓝

九月，新学期开始了。我在万顺乡中心校读二年级。

果然，同学们都笑话年龄这么大、个子这么高的我才在读二年级。有几个调皮蛋甚至又叫我大憨。想着这个学校曾经是郑华念过书，也是沙老师教过书的地方，我在心底对这个学校总有一种说不出的亲近。

整个校园没有一棵银杏树。那些皂角树、柚子树、黄桷兰树同样绿得热热闹闹。它们都用自己的身子骨撑着一把把蓬松的大伞。最高那棵黄桷兰树的臂膀上还架着一个大喇叭，每天上午第二节课后都会高声放着《运动员进行曲》和《广播体操》，中午上课前放《眼保健操》和《校园新闻》。

一天中午，放了《眼保健操》之后，照例又是《校园新闻》。和往日不同的是，这天的校园新闻最先播送的是一条喜报。

"喜报，喜报！我校二年级（3）班的陈又木同学，他写作的儿童诗被我省著名期刊《金沙文学》采用，陈又木同学是我校第一位在这个刊物上发表作品的小诗人……"

广播里好像念着我的名字，没错，是我的名字"陈又木"，而且这个"陈又木"也在我们学校"二年级（3）班"。他是谁？他是我吗？同学们都惊奇地回头看向我，随着他们的目光，我也想往我的身后看，但是我的身后已经没有同学了，我坐的就是最后一排。

"是你，陈又木，广播里说的是你！"

前面的同学惊奇地指着我。

怎么会是我呢？我写过诗吗？是不是弄错了？

哦，我一下想起我是写过几句话，但那几句话也算是"诗"吗？

那还是在安祺的时候，培智部举办了自闭症儿童画展，听说部的老师带我们去参观后，对我们说：其实每个孩子都是一个小画家，每个孩子也是一个小诗人。老师鼓励我们听说部的孩子也把心里的世界画出来，把心底的话写下来、说出来。后来，我当真写了几句。对，那天就是六一儿童节，我被评为"优秀学生"，正好得到了作为奖品的那个手掌大的塑料壳小笔记本，我就是用揣在兜里的那只蓝色的笔在上面写的。但是它们怎么会被发表呢？

一定是小武！这个小笔记本我不是送给了他吗？他一定看到了它们，然后……

喜报播完后，教导主任把我叫到办公室。

"又林，你的诗我们已经看到了，你还记得你写的是什么吗？"

"不记得，我只记得有好多字都是用拼音拼的。"

"我们看到《金沙文学》还在微信公众号上对你作了简介，还对你这三首儿童诗作了点评。你看，编辑老师是这样说的——

"陈又木，十一岁，香台县万顺乡中心校二年级学生。从入选的这三首儿童诗可以看出，小诗人有个宁静、细腻而富丽的内心世界。

我看着星星
星星看着我
夜空
把我们拉得很近

近得
我可以听见
星星的眼睛
一眨一眨的
声音

"这首诗呈现出偌大的苍穹下，小诗人凝望璀璨星空，与天地融为一体的宁馨时刻。因为内心静谧，小诗人听到了星星眨眼的声音。自然、宇宙、万物好像在与一个小小少年默默对话。

天黑了
一棵一棵的树
垂下了眼皮

云变成棉絮
自己盖着自己
睡着了

马变成蹄声
自己驮着自己
走远了

我变成呼呼的风
自己把自己
吹散在了迎风山里

同样写夜晚，山林间的静与动，声音与影像，我与非我，相互奇妙而自然地转换。小诗人再次融入其间，变成山间无处不在的风，吹拂着自己对一座山的怀想。

鸟儿
是迎风山的眼睛
花儿
是迎风山的耳朵

鸟儿把它们看到的
都叽叽喳喳
讲给了花儿们听

小溪
是迎风山晶莹的泪花
它们流着，流着
迎风山
就破涕为笑了

"小诗人用轻盈单纯的笔墨,描摹出春暖花开的迎风山的情绪和神采。鸟儿和花儿分别是迎风山的眼睛和耳朵,有讲述,有倾听。最后出现的小溪是迎风山的泪花,它们"流着,流着",迎风山就"破涕为笑"了,有满山的感动。"破涕为笑"既童趣跃然又情感丰沛,洗练地浓缩了一座山林冬去春来的故事。"

教导主任念到这儿,长长地感叹道:
"《金沙文学》的编辑老师真是高明啊,你看,你的诗经过他们一解读和评点,真的就有了那种味道!点评你这三首诗的编辑老师是叶珂琬,你要记住她的名字哦,以后写了更好的诗继续投给她。"
"叶珂琬?"我不禁反问了一句。
"是啊。你认识她?"
她不就是"白围巾"吗?
"嗯!她来过我们村,还去过我家。"
"什么时候?"
"我家还住在迎风山上的时候。"
"她怎么会去你们村和你家呢?"
……
这一天,教导主任的疑问一个接一个:
"谁教过你的诗啊?"
"你这些诗是什么时候写的?在哪儿写的?"

"你知道哪些诗人?"

"你读过哪些诗?"

……

我一一都告诉了他。当我说到我知道李白和里尔克这两个诗人的时候,教导主任睁大了眼睛:

"李白我们都知道,里尔克是哪个?"

旁边,语文组的组长季老师一下惊讶地叫出了声:

"里尔克?陈又木,你怎么会知道里尔克啊?!"

喜报播出大概一个月之后,我从教导主任那儿接到了两本《金沙文学》和一张稿费单。我轻轻抚摸着那两本陌生的书,久久不敢打开它们。它们好像一片芳草萋萋的原野,一打开,那些翩翩飞舞的蝴蝶就会迎面扑来。

"看看你得了多少稿费。"

"三百。"

天啦,这个数就像一只蜜蜂突然蜇了一下我的眼皮,我的眼睛瞬间肿胀起来。三百元,这真的是给我的吗?

"又木,继续写啊,好好写!"

教导主任也替我激动着:

"你看,你写诗都可以挣钱了!拿好,拿回去,让你爸爸用你的户口本到乡上的邮电所去把钱取出来。"

我收到稿费的事很快在乡上和村上传开了。那些路过我家的人,见了爸爸都要把他从头到脚,又从脚到头地打量一遍。

"独眼儿,你口口声声说你这样也不会做,那样也不会做,咋个你这两个娃儿一个会画画,一个会写诗嘞!"

"龙生龙,凤生凤,耗子生儿会打洞。他这两个有那么多艺术细胞的娃儿肯定不是随他,随他,那只会守个夜,还要掉东西。"

"这两个娃儿肯定是随娃儿他屋妈!"

"他屋妈?"

"那不是。莫看她现在是憨的,她以前是啥子样,哪个晓得?"

关于妈妈的传说就这样不胫而起。

有人说她曾经是省城富豪人家的女儿,可惜世事难料,锦衣玉食的她被索债的人逼疯致残,幸亏逃到了穷乡僻壤,才把命保住。有人说她是小家碧玉,不幸被拐,从此找不到回家的路。有人说她是一个艺术家的私生女,从小就遭遗弃……

妈妈早已经无喜亦无忧。她依旧佝偻着身子,面色寒凉地缩在角落里,任随日起日落。她的目光依旧在光与影的间隙游弋在我们看不见的界域。她的身世,永远都是解不开的谜。

这一阵,怀抱《金沙文学》的我,常常站在新家的阶沿上望向迎风山。山腰那条曾经把我双脚灌满泥浆的黄土埂,已然摇身成了平整而蜿蜒的硬化路,它连接着我无比熟悉的那户院落,而今只有大黑和它的孩子们守在那儿。石桌背后的栅栏，公鸡母鸡要么一口一口地啄食，要么冷不防打斗一番。院坝下的池塘，白鹅浮水，麻鸭嬉戏。没有郑华待着的院落，不知是更加清寂还是更加欢实了。

32. 十米

"苍茫的天涯是我的爱，绵绵的青山脚下花正开。什么样的节奏最呀最摇摆，什么样的歌声才是最开怀……"

国庆节的前一天，我刚放学回家，爸爸的手机又声震四方地唱起来。

"陈大哥——"

"小武书记啊？"

"你们一家人都好吧？"

"好，好着嘞。"

"村里其他乡亲呢？"

"都好，小武书记，难为你还记得我们喔！你在哪儿啊？"

"我在成都。又木放学回来了吗？他们国庆节放假了吧？"

"回来嘞，回来嘞。"

爸爸一下把手机递给还站在阶沿上的我：

"快来，小武的电话。"

小武！我有些慌乱地把手机贴着自己的耳朵。

"又木啊？"

"嗯。"

"你猜我和谁在一起?"

"郑华。"

我想也没想地答道。

"呃,猜得准哦。你猜,还有谁?"

"郑欣。"

我又想也没想地答道。

"哈哈,你太神奇了嘛,隔那么远,你看得见我们啊?告诉你,郑华国庆节要在省体育中心参加全国'逐梦人生'特殊运动会的开幕式,他被选为火炬手了!要在开幕式上穿起外骨骼机器人背着火炬独立行走。他要走十米,十米啊!我们要去给他加油,给他助威,你要来吗?"

"要!"我再次想都没想地冲口就说,"要来!"

"那你跟郑华妈妈一起来,明天上午你们从苕花村一起出发,到了成都东客站我来接你们。"

把电话还给爸爸的时候,我的眼眶忽然旋满了骨碌碌转着的东西。我仰起头,望着天,不让它们流出来。

(2018年2月22日)